グッド・バッド・ガール

アリス・フィーニー

ロンドンのケアホームで暮らす80歳のエディス。ここにエディスを押し込んだ娘クリオとは、当然ながらうまくいっていないものの、介護スタッフで18歳のペイシェンスとは、世代はちがえど友情を築いている。そして、ペイシェンスも、一緒に暮らしていた母親と喧嘩して家出してきた身であった。そんなある日、エディスがホームから失踪。時を同じくして施設の所長の奇妙な死体が発見されて……。冒頭から企み（たくら）が始まる、母と娘をめぐる傑作サスペンス！　『彼と彼女の衝撃の瞬間』『彼は彼女の顔が見えない』のどんでん返しの女王が見せる新境地！

グッド・バッド・ガール

アリス・フィーニー
越　智　睦　訳

創元推理文庫

GOOD BAD GIRL

by

Alice Feeney

グッド・バッド・ガール

世の母親と娘たちに……

終わり

母の日

母親の愛に勝るものはないと人は言う。もしそれがなければ、娘の強い憎しみが残るだけだとも。子供を持つことになっても自分の母親のようにはなるまいと、わたしは自分に言い聞かせてきた。母親と同じまちがいだけは犯さない――そんな心づもりだった。自分は子供をずっと愛しつづけると信じてきた。娘が生まれた日にそう誓ったのだ。

だが、わたしはまちがいを犯した。ひどいまちがいを。

そして、何度も約束を破った。

疲れのせいで酔っぱらった感じがする。心はぐちゃぐちゃで頭も働かない。疲労で思考が停止し、ぼんやりしている。しかし、娘には必要なものがあり、わたしがそれを買ってきてやらなければならない。娘の要求に気づき、それを満たすことが、娘が生まれた日からわたしの仕事になった。やりたいと思っていた仕事だ。途中で投げ出すわけにはいかない。母親というのは、愛と憎しみと罪悪感が奇妙に混ざり合った生き物だ。こんなふうに感じるのはわたしだけだろうかと思う。考えてはいけないことを考えながら。

娘が消えてくれたらいいのに、と。

雨が降り出すまえにスーパーマーケットへ行きたくて、ベビーカーを押して大通りを歩いていたところ、年配の女性が道を阻んだ。

「まあ、かわいらしい」そう言って眠っている子を見つめ、笑いかけてくる。

わたしはためらい、混乱した頭で正しいことばを探した。「ありがとうございます」

「何ヵ月？」

「六ヵ月です」

「かわいい子ね」

この子は悪夢なのに。

「ありがとうございます」わたしはもう一度礼を言って、笑みをつくろうとしたが、顔は言うことを聞いてくれなかった。

〝お願いだから起こさないで〟

それしか考えられなかった。目が覚めれば、この子はまた泣き出してしまう。そして、この子が泣けば、わたしもまた泣いてしまう。あるいは、もっとひどいことをしてしまうかもしれない。

スーパーマーケットの店内に入ると、急いで必要なものを手に取った。粉ミルク、オムツ、コーヒー。すると、見覚えのある顔――以前の同僚だ――と鉢合わせし、一瞬、自分が朝から晩までどれほど疲れ果てているかを忘れた。もはや見知らぬ人も同然となった、子供のいない友人が自分の生活の話をするのを聞く。わたしの生活よりはるかに面白そうな生活だ。ひとりで暮らしていると、大人との会話が恋しくなる。元同僚とはしばらく話をした。こっちはほぼ聞き役だったが。取り立てて話すことはないからだ。わたしにとって今の生活は、毎日がそのまえの日の繰り返し。それでも、同僚の話を聞いているあいだは、自分にはもう夢も熱意も自分の生活もないのだということを忘れられた。娘が生まれた日から娘がわたしの世界になり、わたしの目的になり、わたしのすべてになったのだ。

　娘が生まれてこなければよかったのにと思うことがたまにある。

　こういう考えをだれかに話したり声に出したりしてはいけないことはわかっていた。そうするかわりにわたしは、大丈夫なふりを、幸せなふりを、自分のしていることがわかっているふりをしている。ふりをするのは得意だから。でも、ひどく疲れる。それをいえば人生すべてに疲れているけれど。娘に対してもそうだ。

　会話は三分と続かなかった。

　二分もしないうちに、わたしは背を向けた。

　一分後、わたしの世界は終わった。

　ベビーカーが空(から)になっていたのだ。

　時間が止まった。だれかがボリュームを下げたかのように、店内が突然静まり返る。いつもうるさすぎた周りの声をミュートにしたみたいだ。まさかあの子の泣き声を聞きたいと思う日が来るとは思わなかった。絶えず泣き叫び、不可解な怒りで真っ赤にした、あのくしゃくしゃの小さな顔を見たくてたまらないと思う日が来るとは。今聞こえるのは、自分自身の耳の中で響く大きな心臓の音だけだ。ここ何日かではじめてすっかり目が覚めた気分だった。

空っぽのベビーカーに目をやった。もしかして今日はあの子を家に置いてきた？　昨日など、あまりに疲れていたせいでうっかり携帯を冷蔵庫に入れてしまっていたではないか。だから、家を出るときに、ベビーカーに乗せ忘れた可能性はある。とはいえ、さっき道で声をかけてきた年配の女性はあの子を見ている。もはや他人としか思えなくなった元同僚にしてもそうだ。わたし自身だって五分前に見た。いや、十分前かもしれない。最後にあの子を見たのはいつだろう？　突然、強い恐怖が込みあげてきて、わたしはその場でくるりとまわり、店内の通路を見渡した。赤ちゃんが消えてしまった。あの子はハイハイするにはまだ幼すぎる。自分でベビーカーから下りたはずはない。

だれかがあの子を連れ去ったのだ。

頭の中でそのことばが小さく繰り返される。吐き気を覚え、わたしは泣きはじめた。

もう一度店内の通路を見渡した。ほかの買い物客たちは何事もなかったかのように自分の買い物に集中している。赤ちゃんがいなくなったと気づいてまだ数秒しか経っていなかったが、もう何分も過ぎたかのようだった。これは夢だろうか？　こんな悪夢なら見たことがある。あの子が生まれてこなければよかったのにとは確かに何度か思ったが、そんなのはただの冗談だ。本気で願ったことなど一度でもあるわけがないではないか。これ以上ないくらいあの子を愛しているのに。

体が震え出した。涙が止まらない。目がかすむ。

娘が消えてくれたらいいのにと思っていたら、だれかが赤ちゃんを連れ去ってしまった。

わたしはあの子の名前をささやいた。

次に、大声で呼んだ。

みんなが足を止めてこっちを見た。息ができない感じがする。

周りの世界が突然またうるさくなった。わたしは走り出し、赤ちゃんの姿がないか、あの子を連れ去った人物の気配がないか、必死で探した。そのとき、赤ちゃんを抱いている女性の姿が見え、ついかっとなって近寄った。しかし、あの子ではないとわかると、安堵とともに恥ずかしさが込みあげてきた。女性に謝ると、走りつづけた。名前を叫びながらあの子を探しつづける。相手は、どう返事をしていいかもわからない赤ちゃんなのに。みんながじろじろこっちを見てきたが、そんなことはどうでもよかった。あの子を見つけないといけない。わたしにはあの子が必要で、あの子を愛している。あの子はわたしのもので、わたしはあの子のもの。あの子のためならなんでもする。よこしまな考えは二度と抱くまい。

でも、あの子は消えてしまった。

胸が痛い。心がほんとうに砕けているかのようだ。

わたしは泣いていた。気づくと、床に崩れ落ちていた。みんながわたしを助けようとする。

けれども、だれもわたしを助けることはできない。

あの子が、わたしの世界が、わたしのすべてが奪われてしまったのだ。

娘が消えてくれたらいいのにと思っていたら、だれかが赤ちゃんを連れ去ってしまった。もう二度と会えない。そんな気がすでにしていた。全部わたしのせいだ。というのも、だれがあの子を連れ去ったか、わたしは知っていたから。そしてその理由もわかっていた。

フランキー

別の母の日

娘は母親似だ。周りからよくそう言われたし、いなくなってからしばらく経つが、小さな娘の額入り写真を見ながら、フランキー自身もそう思った。緑色の目も、笑った顔も、ボリュームのある巻き毛も同じ。フランキーは、銀色の額に入った写真をバッグに入れ、刑務所の図書室の中を最後にもう一度見てまわった。今日は、クロスローズ刑務所の図書室長として勤務する最後の日だ。もっとも、ほかの人はまだそのことを知らない。今はまだ。

母の日を気楽に迎えられたためしはなく、悲しみから目をそらすためにしたどんなことも、すべてが無駄に終わった。わが子を失うことほどつらいことはない。どうしても忘れたくない相手を記憶から消すというのはむずかしいことだ。娘は行方をくらましたとき、もう十代になっていたが、だからといって、もっと幼い頃にわが子を失うより状況が楽になるわけでは決してない。ほんとうは何があったのか、だれにも話せないのが余計につらかった。だれかに話したからといって、娘が戻ってくるわけではないけれど。忙しくしておくほうがいいのだ。傷心には仕事が一番の薬だ。

フランキーは時代遅れのパソコンを切り、マグカップを取った。何年かまえにプレゼントされたものだ。手描きのイラストの入った手作りのマグ。取っ手はいびつな形をしていて、正面にフランキーの名前——別名——が入っている。〝ママ〟。もはや必要のない名前かもしれない。家でも職場でもこのマグしか使いたくないので、どこへでも持ち歩いていた。ここに置きっぱなしにすることは絶対になかった。特別なものに他人の手で触られるのは我慢ならない。フランキーは、自分の机から図書室のドアまで十四歩進み、明かりを消してしばらく闇の中に立っていた。自分自身も自分の感覚ももはや信じられなかった。最近は、疲れ目のせいで闇の中に幻影が見えることがある。頭では、ほんとうは存在しないものだとわかっているのに。そこで、もう一度明かりをつけ、静寂の音に耳を澄まして呼吸が落ち着くのを待った。

昔から暗闇が怖かったわけではない。

電気をつけては消すという作業を三回繰り返したが、何もかもそのまえと変わらなかった。いつもとまったく同じ。人は暗闇より光に慣れるほうに時間をかけすぎている。悪いことが自分の身に降りかかったときに無防備なのはそのためだ。フランキーは十からゼロまでカウントダウンしてから最後に図書室のドアの鍵を閉めた。制服のベルトには十三個の鍵がついているが、どの鍵も手探りで正しいものを選ぶことができる。切り口と形、冷たい金属の手触りが心地よかった。痛みを感じて跡が残るくらいまで強く指先に鍵を押しつけるのが好きだった。何かを感じるほうが――痛みでもいい――何も感じないよりはましだ。

刑務所図書室から階段までは二十二歩あった。フランキーは歩数を数えるのが好きだった。もちろん、心の中でだ。数を数えるのは、昔から気持ちを落ち着かせる効果があった。別のドアのまえに着いたところで、フランキーは別の鍵を探し、階段に出て、ドアの鍵を閉めた。階段は全部で四十段ある。それを下りると、五歩で中庭へ続くドアにたどりついた。

ここは大きな鍵だ。

中庭を五十八歩進んだ。草地を踏まないよう小道を歩く。

また大きな鍵。

受付まで十八歩。自分のロッカーまで十二歩進むと、携帯と鋭利な持ち物を回収した。毎日、仕事場に入る際には身体検査を受け、所持品を置いていかなければいけないことになっている。それに慣れるのには、フランキーも少し時間がかかったが、やがて適応できるようになった。そういう能力が自分にだけ特別に具(そな)わっているわけでないことはわかっている――変化に対処する力は水や空気と同じく必要不可欠だ。その理はあらゆるものや人に当てはまる。今の生活で普通だと感じているさまざまなことにしても、かつてはなじみのないことばかりだったわけだ。

携帯を確認したが、メッセージも不在着信も残っていなかった。あとでアラームをセットするためのアラームを設定した。何かにつけて携帯のアラームをセットするのがフランキーは好きだった。携帯が鳴るのはアラームのときくらいのものだ。外の門までは三十二歩あった。いつもここは速足になってしまう。なぜなのか、その理由は自分でもよくわからない。自分自身を追い越そうとするかのように、しっかりとした足取りですばやく歩いた。あるいは、逃げたというべきか。呪文でも唱えるみたいに、残りの歩数をつぶやく。祈りでも捧げるみたいに。

三十二。三十一。三十。二十九。

頭の中にあるすべての数字が外へ出たがっているかのようだった。口から出て遠くへ飛んでいくまで、ハチのようにぶんぶんと音を立てている。

十九。十八。十七。十六。

最後の見張り所の守衛とは、普段から挨拶を交わす仲だった。飲みにいこうと二度誘われたことがある。フランキーは二度とも断っていたが。酒なら、ひとりで飲むほうが好きだし、人は信用できない。他人を信用しないというのは、母親が一番大事にしていたルールであり、フランキーもその教えを守っていた。男がどうして自分に惹かれるのか、そこのところはよくわからなかった。刑務所の制服のせいかもしれない。制服など、ある種の固定観念、幻想、見せかけにすぎないのに。人はみんな日頃から着せ替えごっこをしている。ワードローブから服を選ぶとき、だれもがどういうキャラクターになるかを選んでいることだろう。他人に見てもらいたい自分を選んで、服の下に隠れているわけだ。世の中は、悪人になるのが得意な人と善人になるのが苦手な人であふれ返っている。フランキーは昔から自分のことを人のよい悪人だと思ってきた。与えられたひどい人生を精いっぱい生き、その中でもいいことをしようとしている人間。けれども、最近は鏡を見ても、三十代の地味な女の顔しか見えなかった。目の下にくまができ、黒いぼさぼさの巻き毛がいつも言うことを聞いてくれなくて困っている女。昔知っていただれかに似ていた。

亡霊。

刑務所の中と外を隔てる小さな見張り所から守衛が出てきた。笑みを向けられ、フランキーは身が縮む思いがした。名札には〝トム〟と書かれている。

あと十三歩。それとも十二歩？

だれもがここを見張り所と呼ぶが、実際は、頑丈な鉄筋コンクリートの壁でできた建物だ。屋根には有刺鉄線が張りめぐらされ、二十四時間、武装した守衛が配備されている。トムはフランキーより少し年上だった。背は高く、肩幅も広いものの、背の高さを恥ずかしく思っているのか、いつも猫背気味になっていた。

十歩。九歩。

トムの視線を避けるために、フランキーは下を向いた。もともと人に見られるのは好きではない。ふと靴紐がほどけていることに気づいた。でも、そんなのはあとでいい。立ち止まっている暇はなかった。

五歩。四歩。

トムがこっちを見下ろしてきた。もっとも、身長が百八十センチある彼と百五十センチちょっとしかない自分では、そうなるのはしかたがない。

三歩。

息に混じる紅茶のにおいがわかるほどの距離だ。

二歩。

フランキーは痛みを感じるほど強く鍵を指先に押しつけた。

一歩。

守衛が外側の門を開けはじめると、フランキーは呼吸するよう自分に言い聞かせた。門は、刑務所を囲む、決して逃げられない分厚くて高い環状のコンクリート塀でそれとわからないよう隠されている。フランキーは、てっぺんの有刺鉄線に残ったいまいましい白い羽根を凝視しないようにした。トムがまた笑いかけてきたので笑みを返そうとしたが、うまくいかなかった。とはいえ、向こうも会話を始める気はなさそうでほっとした。会話のしかたなど思い出せないし、こっちは門から車までの七十三歩を数えつづけなければならないのだ。


ここまで生きてきた中で、フランキーは他人と一定の距離を置いたほうがいいことを学んでいた。人間は信用できない。当てにして（カウントオン）はいけない。だから、かわりにものの数を数えて（カウント）いた。実在するものの数を数えていると、自分の世界の壁がさらに頑丈になるように感じられた。壁はもともと好きだった。刑務所を囲んでいる壁さえ好ましく思える。フランキーはいつもそういう壁を心の中に築いて他人を寄せつけないようにしていた。

フォルクスワーゲンの青と白の古いキャンピングカーに乗り込むなり、ドアの鍵を閉めた。

特別なマグカップを助手席に置いて思った。これをつくった人がまだここにいてくれたらよかったのに。娘を失ったことは、人生最悪の出来事だった。それよりまえにもいろいろとあったが、そういう最悪な出来事と比べてもさらにひどかった。

フランキーは、気が楽になる効果のあることばをささやいた。

わたしは大丈夫。わたしは大丈夫。わたしは大丈夫。

わたしたちは、あまりにたやすく嘘をつける世界に生きている。

ミッキーマウスの腕時計——子供の頃から持っているものだ——を確認した。急がないと間に合わない時間だった。刑務所から帰るのもこれで最後かと思うと、なかなか車を出せなかった。このところ、正気を保ってこられたのはひとえに仕事のおかげだ。しかし、その頼みの綱ももうすぐ失ってしまう。自分がどんなことをできる人間なのか人に知られれば——過去にしたひどいおこないと、これからしようとしている恐ろしいことを知られれば——クロスローズ刑務所の図書室長の仕事には、もう戻らせてもらえないだろう。過去につけを払わされると、未来はひどくおぼつかなく見える。

気持ちを落ち着かせるものが必要だった。ラジオがいい気分転換になりそうだったが、そこから聞こえてくるのは母の日の話ばかりだったので、フランキーはラジオを切った。バッグの中を探ると、チョコレート菓子が出てきた。十個入りだ。十は縁起のいい数字だからよかった。ピタゴラスの考える完全な数だ。人間の手も足も指は十本あり、モーゼも十戒を与えられた。十で数は一巡するとも考えられる。これは神のお告げかもしれない。また振り出しに戻ったわけだ。フランキーは、チョコレートをひとつずつ数えながら食べたが、最後のひとつは娘のために取っておき、金の包み紙でていねいに包んでおいた。希望を完全に捨てるつもりはなかった。それにしても、一は寂しい数字だ。ピタゴラス派はそもそも一を数とみなさなかった。数は複数を意味するのに、一は単数だからだ。数字の一と聞くと、フランキーはいつも自分がこの世界にいかにひとりきりかを思い出す。

フランキーは、心の奥の暗い隅に落ちていくのを感じた。そこで、グローブボックスからつや出し剤を出し、ハンドルに噴きかけて布でごしごし革を拭いた。深呼吸する。つや出し剤のにおいが心地よかった。フランキーにとって、汚れは暗闇と同じくらい怖いものだった。これにはちゃんとした理由がある。人生が汚点だらけになれば、消えない染みも出てくるからだ。フランキーは、つや出し剤をもとに戻し、グローブボックスに入っている別の三つのものを確認した。

一九九九年製の古い十ポンド札。

新聞の切り抜き。

銀のテントウムシの指輪。

その指輪をはめると、心がようやく静かになり落ち着くのを感じた。フランキーは数を数えるのをやめた。自分のやるべきことはわかっているし、その結果どうなろうと、もうどうでもいい。すべてを失うことの唯一のメリットは、もはや何も失うものがないことからくる自由を手に入れられることだ。

ペイシェンス

日曜日の朝のシフトは、エレベーターの扉が閉まって中に閉じ込められることから始まる。全体ががたがた揺れて息を吹き返すと、ビクトリア朝の珍妙な仕掛けが、うめき声を上げながらしぶしぶわたしを最上階まで運ぶ。わたしは変色した鏡に映る自分の顔を見た。十八歳の女の子がこっちをにらみつけている。自分がだれだかときどきわからなくなる。名前は知っていた。名札にも書かれているとおり――ペイシェンスだ。住んでいる場所も知っている――ロンドン。職場もわかっている――ここだ、残念ながら。食べ物や飲み物や本の好みもわかっているが……わたしは〝わたし〟を知らない。ほんとうのわたしはどんな人間だったか思い出せなかった。

鏡の中の女の子は縁(ふち)の太い眼鏡をかけていた。伊達(だて)眼鏡だ。なぜこれをかけているかというと、かわいくなくなるからだ。他人からすれば、わたしの緑色の目は一番のチャームポイントなのだそうだ。だから、わたしは隠すようにしていた。一番のコンプレックスももっと簡単に隠せたらいいのに。目立つ鼻のそばかすだ。ボリュームのある長い巻き毛は三つ編みにまとめている。その三つ編みが、嫌われたペットみたいに黒と白の制服の肩にのっていた。制服はまだ大きすぎるように見える。一番小さいサイズをもらったのに。

かつてのわたしはもういなかった。

残っているのは、鏡の中の女の子だけだ。

別に、場に溶け込みたいからこういう格好をしているわけではない。目立ちたくないだけだ。古いエレベーターが音を立てて最上階への到着を告げた。わたしは星柄のリュックサックを肩にかけ直し——重いけれど、下に置きたくはなかった——金属の扉を横に押し開けて、清掃用具の載ったカートを薄暗い廊下に出した。扉を開けたまま、エレベーターのボタンをいくつか押す。こういうふうにすれば、エレベーターの具合が悪くなって、しばらく止まったままになるからだ。少しの時間稼ぎ。床板がきしみ、カートのタイヤもわたしを裏切るかのように甲高い音を立てたが、見ている人はだれもいなかった。みんなほかの場所でほかのことに気を取られて忙しくしている。それでも、わたしは二度ほど左右を確認してから十三号室に入った。まちがったことをするのが正しい場合もある。そんなこと、何気ない顔をしている人でさえみんな知っている。

部屋の中は暗かったが、ここは勝手知ったる場所だった。十三号室は、バスルーム付きの大きな二間つづきの部屋だ。まえの住人が壁に残した穴を隠すために最近改装されたばかりだった。部屋の鍵を閉めてカートを置いたら、まず部屋の奥にある閉まったドアを開放しなければならない。ドアを開けて、不足していた光を取り込むと、その先に小さなバルコニーが姿を現した。白いカーテンが幽霊のように膨らむと同時に、空気よりもまえに街の喧噪(けんそう)が飛び込んできた。車の音と生活音の雑然としたシンフォニーがここまでのぼってきてわたしに挨拶をする。そのメロディーがしだいに大きくなり、頭の中の不快な考えをすべてかき消してくれた。

タイル張りの狭いバルコニーに出て、ロンドンのせわしない街並みを見下ろした。人々が速足で行き交っている。携帯で話したり画面を見たりしながら、急いで互いの横を通りすぎている。まるで自分は重要な問題を話し合うために重要な場所へ向かう重要人物だと言わんばかりだ。けれども、ここから見ればみんなすごく小さかった。ちっぽけともいえるほどに。もしここから落ちるか、飛び降りるか、だれかに押されるかすれば、ほぼまちがいなく死ぬだろう。ほかの人もわたしみたいによく死について考えるのだろうか。といっても、わたしの場合は職業病みたいなものだが。

一瞬目を閉じ、顔に降り注ぐ日差しの暖かさを味わった。目を閉じていると、どこにでもいる気分になれる。そして、実際そんな気分に浸(ひた)った。夢の中ほどいい隠れ家はない。数秒間、街がこれから起きることを待っているかのように、妙にひっそりと静まり返っているように感じられた。しかし、ひとりきりのすばらしい時間も一分と続かなかった。とはいえ、わたしの十二時間のシフトの中で、これが一番休憩と呼ぶのにしっくりくる時間だ。

寝室に戻って化粧台の鏡に目をやると、見たくもない自分の姿が目に入った。またあの女の子だ。わたしはメイドに扮(ふん)した女の子。

わたしはメイドに見えるが、そうではない。

ここはホテルのようだが、ちがう。

ここは、人が死ににくる場所だ。

こんなひどい場所に大金を払う人がいるなんて、今でも信じられなかった。ロンドンの〈ウィンザー・ケアホーム〉で働きはじめてもう一年ほどになる。名前だけ聞くと、王室を思い浮かべるが、ここは女王にふさわしい場所ではなかった。ケアホームとしてもろくに機能していない施設だ。従業員は不足しているし、所長は身なりのいい五十代の女のふりをしたモンスターだった。名前はジョイ。なんとも皮肉な名前だ。この女ほど喜び(ジョイ)のない哀れな人は見たことがない。

この美しく修復されたビクトリア朝の建物に暮らす高齢者の入居料は桁外れに高かったが、ここで働くわたしは、最低賃金をはるかに下回る給料しかもらっていなかった。現金で受け取るかわりに、その仕事を週に六日、一日に十二時間している。この〝元宮殿〟は——パンフレットにもそう書いてある——十八部屋を備える四階建てのタウンハウスだ。ここの部屋を借りるには、入居者——あるいは親族——が裕福でなければならない。とはいえ、金をいくら積んでも孤独や死、絶望のにおいは隠せなかった。天国の待合室とも言えるこの場所は一見、豪華に映るかもしれないが、わたしには壁紙と柄入りの絨毯(じゅうたん)に囲まれた刑務所のように感じられた。

と、十三号室のベッドの布団が人の形に盛りあがっているのが見え、わたしは動きを止めた。

「わたしだよ」そう声をかけ、重いリュックサックをそっと床に置いた。

年配の女性がベッドに起きあがった。ピンクのフラミンゴがちりばめられたパジャマを着ている。「どうして入ったときに言ってくれなかったの？」エディスはそう言うと、両手をぱちんと合わせた。「もう、テントウムシちゃんったら。でも、顔が見られてすごくうれしいわ！」

　紫色のホットカーラーをつけたままの白い巻き毛はぼさぼさで、深いしわの刻まれた顔は歓喜を絵で表したかのようだった。エディスのスコットランド訛りを聞くと、いつも笑みがこぼれる。ことばが慌てて口から飛び出そうとしてつい転んでしまったかのような印象を受けた。話し相手に恵まれない人はよくそういう話し方をする。

「どこに行ってたの？」とエディスは言った。「昨日来なかったから、辞めたんじゃないかと心配したのよ！　かわりにジョイが顔を出したわ。従業員が不足してるから、ほかの人たちと一緒に食堂で食事しろ、なんてとんでもないことをわたしに言うわけ。ほんと、なんにもわかってない人よね。口から出まかせばかりしゃべって。この部屋で飢え死にすればいいと思ったんでしょうけど、まんまとカスタードクリームビスケットとキャラメルで生き延びてやったわよ。そんなことがあったものだから、またあの女が来たのかと思って、さっきは死んだふりをしてたわけ。ねえ、ほんとに死んだと思った？」

「ううん。ごめんなさい、昨日は休みだったの。今日はまだだれも来てない？」

　エディスは首を横に振り、わたしもつられて首を振った。残念ながら、同僚がだれもエディスの様子を見にこなかったと聞いても、別に意外ではなかった。来ても、どうせ出ていけと言われていただけだ。

「また階下に行くようにしてみてもいいかもね」とわたしは言った。「みんなと一緒のテーブルじゃなくてもいいんだから。まえは一応あそこで食事をしてたでしょ」

「あなたがわたしの立場だったら、歩く屍たちと一緒にごはんを食べたい？　あんなの動物園の餌の時間じゃない。それに、まえはメイがいたから、それほど苦でもなかったのよ」

　メイは、十二号室で暮らしていたエディスの隣人だ。ふたりは一緒に食事をとり、ほかの人たちから離れてサンルームで推理ゲームのクルードを楽しんでいた。いつもふたりでくっついて、女子生徒みたいにくすくす笑い合っているところをよく見かけたものだ。ところが——なんの前触れもなく——ある日出勤すると、メイの部屋が空っぽになっていたのだ。ベッドシーツははがされ、持ち物はなくなり、本人の姿も消えていた。「メイが亡くなって、まだ悲しみに暮れてるのはわかるけど——」

「あんなばかげた話もないわ。わたしは悲しんでるんじゃなくて怒ってるの。メイはただ死んだわけじゃない。殺されたのよ。この施設はどこか腐ってるとメイは言ってたけど、それに気がついたせいで始末されたのよ」

「その話はまえにも——」

「話、話って、最近はみんな自分の話ばかりよね。人の話に耳を傾ける方法なんてだれも知らないんだから」

「わたしは聞いてるよ、ほんとに。ここで友達が見つかるなんてすてきなことだと思う。ふたりは共通点が多かったよね」メイとエディスはふたりとも元刑事で、お互いの部屋で『ジェシカおばさんの事件簿』の昔のエピソードを何時間もよく見ていた。「メイが亡くなって、わたしもすごく悲しい」

「メイは殺されたのよ」とエディスはつぶやいたが、わたしは無視することにした。

「ほかの入居者とも試しに交流してみたら？ 新しい友達をつくってみたらどうかな？」

「なんのためにそんなことをするわけ？ わたしにはあなたがいるじゃない」

「わたしも毎日ここに来られるわけじゃないし、ベッドの下に隠してる食料だけじゃ生き延びられないでしょ。たまに部屋を出るのは体にもいいと思うよ。みんなもそれほど悪い人たちでもないし」

「年寄りばかりじゃない。みんな病気を抱えてるか、しょっちゅうおしっこを漏らすか、頭のねじがはずれてるかのどれかでしょ。わたしは全然ちがう。ここにいるような人間じゃないの。頭がしっかりしてる人なんて、ここではひとりもお目にかかったことがないわ。従業員も含めてね——あら、悪く思わないで。それに、あなたがいないあいだ楽しく過ごす方法ならもう見つけたから。ほら、この髪形どう？」

わたしは笑みを浮かべた。「すてき。でも、カーラーは全部取ったほうがいいんじゃないかな」

「どうして？ こうすると面白いでしょ。少なくとも十歳は若く見えるわ」

「まあ、普通はそうするって言いたかっただけ」

「普通がどうかなんて、そんなの気にしなくていいのよ。わたしは一度も気にしたことがないわ」

エディス・エリオットは八十歳だ。まだ頭はしっかりしているのだが、一年前、本人への通知も同意もないままに、娘に〈ウィンザー・ケアホーム〉へ入居させられてしまった。エディスはあるときうまく言いくるめられ、いくつかの書類にサインをした。その結果、自分の家と自由を失った。さらに、娘はある日、さよならも告げずにエディスをここに入れてしまったのだ。ジョイ——あの世界一哀れな所長——は施設内を案内し、ここがこれからエディスの家になると説明した。エディスはそのとき以来ずっとここにいて、今は自分の部屋から出るのを拒んでいる。

「休みはどうだった？」とエディスは訊いてきた。「何か楽しいことでもした？」

「ううん」エディスが座っているベッドを整えながら、わたしは言った。

「新しい切り絵は？」エディスは壁に飾られた小さな額入りの作品に目をやった。わたしからのクリスマスプレゼントだ。切り絵は、子供の頃から親しんでいるが、最近はナイフを使っている。よく切れるナイフで何もない状態から何かを生み出すまで紙を切り刻んでいく。自分の想像力で、紙でできた人や動物、鳥、木、空、海、街並みをつくっていると、寂しさを紛らわすことができた。壁に飾られた赤と黒の切り絵はテントウムシだ。エディスは出会った当初からわたしを〝テントウムシちゃん〟と呼びつづけている——どうも、ほんとうの名前だと思っているふしがあった。だから、わたしも誤りを正すのをやめていた。

「昨日は新しいのをつくる時間がなくて」とわたしは言った。

「自分が大好きなことのためには時間をつくらないと。そんなことじゃおばかちゃんになっちゃうわよ。せっかく才能に恵まれたアーティストなんだから」

ここでの仕事が終わったあとどれほど疲れているか、エディスはわかっていないのだ。ほかのことをする余力が一切ないときもある。「頑張ってみる」

「やるか、やらぬかだ。〝やってみる〟などない」とエディスは唐突に言った。「だれのことばかわかる？」

「シェイクスピア？」わたしは枕を膨らませながら当てずっぽうで言った。

「ヨーダよ」エディスはにんまり笑った。まさかこの女性が『スター・ウォーズ』のファンだったとは。エディスには驚かされるばかりだ。

「ねえ、あげたいものがあるの」エディスは、ベッド脇のテーブルに手を伸ばし、見覚えのない小さな木の箱を取って開けた。中から、テントウムシの形をした銀の指輪が出てきた。

「ありがとう。でも、これは受け取れ――」とわたしは言いかけた。

「お願い」エディスは引きさがらなかった。指輪をわたしのまえに差し出してくる。節くれだった手で、指はひん曲がった小枝みたいだ。「わたし、指輪はもうつけられなくて。指がやせ細ってしまって、何をつけてもするりと落ちちゃうのよ。でも、この指輪はすごく大事なものだから、あなたに持っててほしくて」

「入居者から贈り物を受け取るのはルールで――」

「ルール、ルールってばかばかしいことを言わないの。年寄りのいまわの願いを本気で断るつもり？」

「あなたはまだ死なないでしょ」

「みんな生まれたその日から死に向かってるのよ。単に時間の問題なだけ。テントウムシは新たな始まりと愛、幸運の象徴なの。その三つをこの小さなテントウムシがあなたに届けてくれたらと思ってる」

幸運には好かれたためしがなかったが、わたしは指輪を受け取り、指にはめてみた。ぴったりだった。「ありがとう。落ち着いたらまた返すね」とわたしは言った。指輪は年代ものに見えた。エディスはどういう経緯でこの指輪を手に入れたのだろう。また、どうしてテントウムシにそこまでこだわっているのか。わたしが部屋から出ていくとき、いつも歌ってくれる童謡があった。

テントウムシ、テントウムシ、とんでかえれ。
おうちがもえている。こどもたちはいない。
でも、ひとりだけいた。そのこはアン。
アンはフライパンのしたに――

部屋の隅で物音がし、思考が断ち切られた。わたしの頭はいつも決着のついていない考えであふれ返っている。

床に置いてある星柄のリュックサックをふたりで見た。リュックサックがひとりでに動いていた。

「連れてきてくれたの？」とエディスは小声で訊いてきた。

わたしはうなずいた。悪いことをしてしまったが、こうするのが正しかったのだ。善と悪は、一部の人が思っているほどかけ離れたものではない。母の日はわたしにとってもそうだが、エディスにとってもつらい日だった。今日、面会に来てくれる人はだれもいないだろう。それもあって、彼女を励ましたかった。

〈ウィンザー・ケアホーム〉に入居したエディスの初日は、わたしの勤務の初日でもあった。偶然というものがもしあるなら、あれは偶然だったかもしれない。実際にはそんなものは存在しないけれど。わたしたちは一年前にこの部屋で出会った。そのとき、肘掛け椅子に座って泣いているエディスを見かけた。〈ウィンザー・ケアホーム〉には規則が数え切れないほどある。そのひとつがペットの持ち込み禁止だ。母親を言いくるめてここに入居させるだけでは飽き足らなかったエディスの娘は、母親の大事にしていた犬を奪い、動物の保護施設に捨てたのだった。だからわたしはその犬を見つけ、貯金をはたいて引き取った。可能なときはいつでもこっそり犬を連れてきてエディスに会わせ、シフトが終わったらまた家に連れて帰るようにしている。そのことは、わたしたちのほかにはだれも知らなかった。もし知られたら、わたしはクビになるだろう。とはいえ、エディスと犬が再会している場面を見ると、危険を冒したのが報われる気持ちになった。

ディケンズは八歳のボーダーテリアで、エディスを除けばわたしの唯一の友達だ。飼い主のことも大好きだが、わたしはそれと同じくらいディケンズを愛している。リュックサックのフアスナーを開けると、ディケンズが勢いよく飛び出してきた。ベッドに乗り、エディスの顔をなめている。小さなしっぽを必死で振るものだから、体全体が一緒になって揺れていた。最近は寝てばかりとはいえ、ディケンズもリュックサックの中で大人しくすることには慣れてくれたので、ここに連れ込むのもずいぶん楽になった。少し耳が聞こえにくいところがあるが――自分に都合の悪い話だけかもしれない――ほかはどこにも問題がなく、元気いっぱいの犬だ。犬と飼い主の絆(きずな)には実に摩訶(まか)不思議なものがある。エディスとディケンズが一緒にいるところを見ると、こっちまでものすごく幸せな気分になるのだった。

「ほら、新しいおもちゃよ」とエディスはディケンズに言い、白と黒のクマのぬいぐるみを犬のほうに投げた。「娘から母の日のプレゼントってことで、郵送で届いたの。この年でテディベアなんかもらってどうしろっていうのよね」ディケンズはそれをくわえると、エディスのところへ持ってきた。「まあ、少なくともあなたはいくらか楽しめるか」エディスはもう一度クマのぬいぐるみを犬に放り投げた。ディケンズはまた歯でしっかりくわえてそれを振ってみせた。

わたしはディケンズからぬいぐるみを取りあげた。「とりあえず、これはしまっておくことにしない？　階下(した)の人にディケンズが走りまわる音を聞かれたら困るし」そう言って、クマのぬいぐるみを化粧台の上に置いた。「あと、忘れないうちに言っておくけど、頼まれてたものを全部買ってきたよ」

エディスには週に一回、銀行のキャッシュカードを渡されておつかいを頼まれている。週刊誌の《ラジオ・タイムズ》と本一冊、カスタードクリームビスケット一パック、大きいサイズのデイリーミルクチョコひとつ、缶入りのピムスレモネード三本、スクラッチ式の宝くじ二枚。宝くじは、いつもふたりで一枚ずつ削るのだが、最高でも一ポンドしか当たったことがなかった。それをすべてリュックサックから取り出すと、ベッドの上に置いた。

「これは安全な場所にしまっておいてね」とわたしは言って、銀行のキャッシュカードを返そうとした。「ここはよく高価なものがなくなるから」ここの入居者は規則で、ひとりでの外出ができないことになっているのだが、エディスには家族に手をつけられずにすんだお金がまだ残っていた。わたしとしても、必要なものを外の世界から調達してくるのは別に手間でもなんでもなかった。

「持っておいてちょうだい。まだ買ってきてほしいものがいくつかあるから。リストをつくったの」エディスはそう言って、お気に入りのノートから一枚紙を破った。〝後悔と名案のリスト〟と呼んでいて、いつもベッド脇に置いているノートだ。ページのまえのほうから後悔を書いていき、名案はうしろから書いている。空いているのはうしろに近いほうのページだけだった。

「外はいい天気みたいね。こんなところに閉じ込められてる場合じゃないわ。ディケンズを散歩に連れていけたらいいのに」

「別に閉じ込められてるわけじゃないでしょ。少なくともこの部屋からは出られるわけだし。ここは刑務所じゃないよ」

「あらそう？」とエディスは言った。「刑務所は、形も大きさもさまざまなのよ。知らず知らずのうちに自分で築いてる場合もある。でも、これを聞いたら喜んでくれるかしら。わたし、脱走を計画してるの！」

わたしはベッドの端に腰を下ろした。毎日一日中立ちっぱなしで仕事をしているせいで四六時中足が痛む。「あまりいい考えには思えないんだけど」

「いい考えじゃないわ。すばらしい考えなのよ。協力してくれる弁護士も見つけたの」

「えっ？　どうやって？」

「先週投函をお願いした手紙があったでしょ。あれは法律事務所宛てだったの。《ラジオ・タイムズ》の最後のページで広告を見つけたのよ。〝負けたらお代はいただきません〟っていうモットーだったから、きっと腕はいいはず。わたしの家を取り返せると思ってるみたい。あそこは娘が賃貸に出してると思うのよね。他人がわたしの家に住んでるなんて、考えるのも嫌だわ。〝負けたらお代はいただきません〟の弁護士さんたちが委任状を無効にしてくれたら、ディケンズもまたわたしと暮らせるようになる。よかったら、あなたもうちに来て、わたしたちのために働いてくれない？　自宅でわたしの世話をしてもらえないかしら？」

「楽しそう」とだけわたしは答えた。エディスが今話したことを鵜呑みにしていいのかわからなかった。なんとなくその法律事務所は怪しそうな気がするし、エディスの記憶もほかの入居者と同じでぼんやりしていることがあった。今まで〈ウィンザー・ケアホーム〉から出ていく人は何人か見てきたが、いずれも霊柩車に乗ってだった。

「よかった！　こうなったら決まりね。ほら、これが次の買い物リストよ。お願いしてもかまわない？」

「うん」そう言って、わたしは立ちあがった。これ以上長居はできない。

「それから、自分用にも少しお金を下ろしたら？　もしよければ、ささやかなお返しがしたいんだけど」

「まえにも言ったけど、わたしは好きで手伝ってるの。お金なんて必要ないから。でも、そろそろ仕事に取りかからないと。このままじゃ、掃除が終わらなくなっちゃう。シフトが終わったら、また会いにくるね。ちゃんと静かにしておいてよ。ルール違反なんだからね。もしディケンズがいるってばれたら――」

「わかってる、わかってますよ。わたしたちのことは心配しないで」エディスはそう言って、ディケンズを撫でた。「ふたりでいい子にしてるから。ルールは必ず守ることにしてるの。納得がいかなければすっかり破っちゃうけどね。でも、ほんとにありがとう。いろいろしてくれて。あなたがいなければ、わたし今頃死んでたわ」その言い方がどこか恐ろしかった。それに、わたしを見送るエディスの顔が、普段より悲しそうに見えた。

少し落ち着かない気持ちで十三号室をあとにしたが、その理由は自分でもよくわからなかった。わたしの心はときどきひそかにわたしを追いつめようとしてくる。つねに自分が一番よくわかっていると思い込んでいる過干渉の母親みたいだ。エディスのことはすごく好きになってきていたので、さまざまなことで嘘をついているのが心苦しかった。もっとも、その嘘にエデイスが気づくことはまずないだろう。また、彼女がこの施設から出ることもないはずだ。

エディス・エリオットには、出会った日からずっと、ほとんどすべてのことで嘘をついていた。

フランキー

フランキーは、キャンピングカーのキーを挿し込み口に入れた。一発でエンジンがかかってほっとする。いつも一回で成功するわけではなかった。これも、自分が正しいことをしているというしるしだ。そう思ったものの、もう二度と訪れることはない刑務所をあとにしながら、どうしようもない悲しみが襲ってきた。

フランキー・フレッチャーはほぼ十年間、クロスローズ刑務所で図書室長として働いてきた。〝図書室〟といっても、最初に来たときは、ほこりをかぶった古い小説が隅のほうに悲しげに積みあげられているだけの、ただのがらんとした物置にすぎなかった。本は昔から好きだったので、そのままの状態は許せなかった。人生ではじめて職を得たのは十六歳のときだ。セント・アイブスの海のそばにある小さな美しい書店の仕事だったが、自分が大好きなことをして給料をもらえるという現実が信じられなかった。それ以来、フランキーはなんらかの形で本に関わる仕事をしてきた。クロスローズ刑務所で働くまえは、ブラックダウンという小さな町で司書として働いていた。議会で予算削減が決まり、そこの図書館が閉鎖されることになったときは、もうほかの仕事は見つからないのではないか――とくにシングルマザーに合う仕事はないのではないかと心配になったものだが、あるとき刑務所の図書室長の仕事を募集する広告を見つけたのだった。経験は豊富だったが、本物の資格は何ひとつ持っていないフランキーにしてみれば、面接を受けられる仕事はそれくらいしかなかった。結局、必要としていたこの仕事に就き、望んでこの職にとどまった。

フランキーにとって、本はそれを読む人間や場所より重要なものだ。

よい本は、暗闇に差す光になる。

よい本は、孤独を癒し、気持ちを変え、世界まで変えてくれる。

よい本は、魔法にほかならない。

本は、不幸な幼少期の現実からフランキーを守ってくれた。現実の世界がうるさくなりすぎたときはいつでも、物語のページの中に身を隠すことができた。成長しても変わらず問題が多いとわかった大人の時期も、本は、フランキーに仕事やお金や目的を与えてくれた。本のおかげで住む家を確保でき、本のおかげでテーブルに食べ物を並べられた。現実世界で手にしている幸せはなんであれ、すべて小説のおかげだ。

本を利用できる環境は全員に与えられるべきだとフランキーが考えているのも、ひとつにはそれが理由だった。車を運転していると、刑務所で働いていたときの記憶が繰り返しよみがえってきた。この町で唯一の女性刑務所の図書室長としての仕事を引き受けたときは、不安と楽観が入り混じった複雑な気持ちだった。知らないものへの恐怖心と同じくらい、物語がどうやって人を救ってくれるか、それを他人に教える楽しみもあった。最初の数日は自分の殻に閉じこもっていた。刑務所のすべてが恐ろしく、見た目も美しくはなかったからだ。濃い灰色のれんが造りの建物はかつての精神科病院で、ビクトリア朝の外観は寒々しく不気味だった。そこで聞こえる音さえ怖かった。一時間ごとに鳴るチャイム、ドアを激しく叩く音、門が閉まる音、ジャラジャラいう鍵束、ときおり聞こえる叫び声。平常心を保つには数を数えるしかなかった。図書室の下から定期的に聞こえる、受刑者たちがひとつの場所から別の場所へ移動する際の足音や話し声を聞くと、いつも学校を思い出した。女の子がひとり残らず邪悪だった学校。

昔働いていた田舎の図書館の静かで落ち着いた環境が恋しかった。それと、本も。だから、フランキーは寂しい机にひとり座り、古いパソコンを起動して、思いつくかぎりの協力を依頼できそうな人に手紙を書きはじめた。出版社や、ときには連絡先がわかる著者にも直接手紙を書いた。大胆な気分になっていた。手紙の内容はすべて同じだ――寄付してもらえる本はありませんか。

手に余るほどの本が届くと、刑務作業の責任者に頼んで本棚をつくってもらった。当時も、自分が周りからかわいいと思われていることは知っていた。三十八歳になった今もそうだが、昔からよく男は喜んで手を貸してくれた。どうも救い出してやらなければならない――救い出すとすれば、フランキー自身からなのだが――そういう存在だと肌で感じるらしく、フランキーもそのときばかりはその事実をうまく利用した。一週間後には、刑務作業の責任者と彼が指導した女ばかりの大工見習いたちの手による、マツ材でできた特注の美しい本棚が図書室の壁に並んでいた。

そこまでする価値はあったと、フランキーは胸の内でつぶやいた。もっとも、いつもそう思えるわけではない。世の中というものは、悪いおこないに罰を与えるほうが、いいおこないに褒美を与えるよりも得意らしいから。それでも、フランキーは長年にわたって刑務所の中で多くの女性たちを助けてきたという自覚があった――受刑者に字の読み方を教えたこともある。他人が自らを救う手助けをするのは気分がよかったが、この仕事は疲れるうえに感謝されることが少なかった。とはいえ、受刑者の何人かのことはこの先恋しく思うにちがいない。同僚とはもう会えなくなっても寂しいとは感じないだろうけれど。図書室でボランティアをしてくれていたリバティという名の若い女の子にしてもそうだ。リバティは、フランキーの娘と同い年だったこともあり、どことなく娘を思い出させる存在だった。ただでさえ寂しいのに、リバティを見ると、いっそう娘を思う気持ちが募った。

この仕事を始めた頃は――今でもそうだが――刑務所は極端なお役所主義で、部屋を改装する予算などないに等しかった。だから、フランキーは作業スタッフにブラウニーを焼き、かわりに余りのペンキをもらった。それを使って、与えられた暗い部屋を、受刑者はもちろん自分もくつろげる、明るくさわやかな場所に変えたのだ。だれにも信じてもらえないだろうが、最近は、自宅より刑務所の図書室のほうが落ち着くくらいだった。亡霊に取り憑かれた家でくつろぐのはむずかしい。たとえその家自体がふわふわ浮かぶ家だったとしても。フランキーは、人生のほとんどをテムズ川に浮かぶ細長い船で暮らしていた。

サウス・ロンドンからウェスト・ロンドンまでの移動は、予定外の訪問のために思いのほか時間がかかった。けれども、長らく会っていなかった人をどうしても訪ねる必要があったのだ。これからやろうとしていることをするまえに、その人にどうしても別れを告げなければならないと感じていた。入口に向かっていると、恐怖で足取りが重くなった。歩数を数えてもなんの助けにもならなかった。来るべきだと思ったからここへ来たのだ。来たいと思ったからではない。何しろ、今日は母の日だ。

ほかの訪問者はみんな花を持参しているらしいことにフランキーは気づいた。腰を下ろしながら、おなじみの罪悪感を無視しようとした。

「久しぶり、お母さん」と小さな声で言った。

返事はなかった。返事など一度もあったためしはない。自分の抱えている恨み自体がさらに恨みを抱えているような女性なのだ。

声が聞こえない場所までほかの訪問者たちが離れてから、フランキーはもう一度話しかけてみた。

「前回会いにきてからずいぶん時間が経っちゃった。ごめんね」

自分の靴に目をやると、靴紐がほどけたままだった。このままではだらしなく見えてしまう。母親は、声に出さなくてもいつも気持ちが周りに伝わってしまう人だった。顔を見るだけで丸わかりだ。そこにはだいたい〝失望〟と書かれていた。過去に感じたすべての痛みと怒りが、泡になってぷつぷつと浮かんでくるのがフランキーにはわかった。何か後悔することを口にするまえに、この場から立ち去ったほうがいいのかもしれない。母親に一番嫌われている子供は、そのことを必ず自覚している。そして、一番嫌われている子供が唯一の子供であった場合、残るのは傷跡だ。

「いつもお母さんを喜ばせようとしてきたけど、頑張りが足りなかったよね?」だれにも聞かれていないことを肩越しに確認しながら、フランキーは小声でそう言った。

沈黙がそれ自体で答えになっていることもある。

フランキーは、ここへ伝えにきたことを言おうと、意を決してさらに続けた。

「でも、わたしのことを見下してたお母さんは正しかったのかも。お母さん、わたしひどいことをしちゃった。だれにも言えないようなことを。そして、今からもっと悪いことをしなくちゃいけない。最後までやり通せるかな。何が正しいのか、もうわからなくて。なんだか自分がひどく壊れてて迷子でひとりぼっちみたいな――」

フランキーは泣きはじめ、袖にしまってあったハンカチに手を伸ばした。どうして今日はここへ来たのだろう。これなら壁にでも話しかけたほうがよさそうだ。

「とにかく、長居はできないの。ひと言挨拶したかっただけだから。あと、さよならを言いたくて」

フランキーは立ちあがり、墓地を見まわした。だれも見ていないと確信できると、近くの墓から白いバラの花束を取り、さっきまでいた墓の上に置いた。この墓にはときどき話しかけにくる。自分の指先にキスをし、その指で白い大理石でできた墓石に刻まれた名前に触れた。一方通行の会話だったが、母がまだ生きていてケアホームにいた頃と大して変わらなかった。母親はケアホームをひどく嫌っていたので、今頃、木の箱に埋葬されてほっとしていることだろう。

「母の日おめでとう」とフランキーはつぶやいたあと、最後の別れを告げた。

エディス

十三号室のドアをノックする音がし、エディスはびくっとした。来客は昔から好きではない。この〈ウィンザー・ケアホーム〉だけでなく、自分の家で暮らしていたときもそうだった。人に対して警戒心が強いのだ。人間より犬のほうがはるかに忠実で信頼できる。エディスはディケンズを抱いて、吠えさせないよう口に手を当てた。

「どなた?」とエディスは訊いた。

「わたしよ」ドアの向こうから聞き覚えのある声が返ってきた。

エディスは躊躇(ちゅうちょ)した。声を出したことを後悔した。黙っていればよかった。

娘のことは恋しかったが、娘が成り果てた女は、もうだれだかわからない。

「ドアを開けて、お母さん。話があるの」

エディスはゆっくりとベッドから下りた。骨が抗議するようにきしむ。もう少しでバランスを崩しそうだと感じた。急に立ちあがろうとすると最近はいつもこうなのだが、よろけている暇はなかった。ディケンズを強く抱いてバスルームまで運んでいると、嫌でも自分の手に気づかされた。いかにも老人の手だ。染みだらけの肌は青みがかっていて、ほとんど透き通っている。バスルームの鏡からちらっと見えた女は、ただ老けているだけでなく、もうすっかり年寄りの顔だった。弱々しい。昔と比べると小さくもなっていた。もともと小柄だったのに。迷惑な泥棒みたいに、年波は人を選ばず忍び寄ってくる。

「ここで静かにしててね」エディスは小さな声でそう言うと、タイル張りの床にそっとディケンズを下ろし、バスルームのドアを閉めた。

腰の痛みを無視しながら、ぎこちない足取りでベッドまで戻り、シーツやフラミンゴ柄のパジャマについた犬の毛を払いのけようとした。犬がいたありとあらゆる痕跡をできるだけすばやく消す。娘はすでにディケンズをエディスから一度取りあげていた。あの子を二度も失うわけにはいかない。

「大丈夫なの？　鍵はかけちゃだめじゃない」ドアの向こうから、偉そうな声がそう言った。

エディスは鍵を開けてドアノブをまわした。ぐいっと力を入れ、ドアを開ける。「鍵はかけちゃだめって言うけど、それ以前に、そもそもここにいることがまちがってるのよ」

放蕩(ほうとう)娘がドア口に立っていた。幼い頃、悲しんだり怯えたりしたときと同じように、目を落として肩をすぼめている。が、実際はもう五十代だ。

「入ってもいい?」とクリオは訊いてきた。

「どうしてもと言うなら」

エディスは頭から足先まで娘を観察した。記憶にある姿より年を取っていたが、前回会ってから数ヵ月経っているのだからしかたがないのかもしれない。いや、もう一年ほどになるだろうか。近頃は時間の感覚が薄れていた。娘が選んだワンピースを見て、エディスは鼻にしわを寄せた。短すぎるし、赤すぎる。赤は似合わないのに。とはいえ、口に出して批判するほどエディスもばかではなかった。心の中で思っておくだけにする。アドバイスしたところで、もはや聞き入れられも、ありがたがられもしないことはわかっていた。最後に娘の足元を見た。大人の女性がどうして日中に運動靴なんて履くのか、エディスには理解できなかった。ジョギングでもしてきたのか。あるいは、ちゃんとした靴は買えないとでもいうのか。

エディスは、突然の来客が持ってきた花束に目をやった。すでに一番いい状態を過ぎて、しおれてきているように見える——きっとセール品だろう。次に、娘の顔を見た。昔の自分に少し似ていた。髪は、似合わないにもかかわらず、真ん中ではなく横で分けている。美容院にも行ったほうがよさそうだ。エディスはじっくり観察して思った。昔知っていた、自分が愛そうとした子供にいったい何が起きたのだろう。スコットランドから出たのはまちがいだったかもしれない。ロンドンという都会に引っ越して子育てをしたのは、エディスにとって大きな後悔のひとつだ。スコットランドの子供は親を尊敬する。あそこに留まっていればよかったのだ。この五十代の女——ほとんどだれだかわからないこの女——がいい子だったわが娘を丸飲みしてしまったかのようだった。いい子だったわが娘は、悪い大人になってしまった。

エディスは、人が隠そうとしている細かいところにまで気がついてしまう癖があった。三十年間務めた刑事（ディテクティブ）の職業病のようなものだ。もちろん、今は引退しているし、刑事（ディテクティブ）といっても、ただの万引きの監視員（ストア・ディテクティブ）だった。とはいえ、仕事は本家本元とそう変わらない。それどころか、あらゆる意味でエディスの仕事のほうが大変だった。犯罪を解決するだけでなく、起きるまえに防がなければならないのだから。腕はよく、エディスの右に出る者はいなかった。地域の月間優秀監視員にも何度も選ばれたほどだ。

「今日はまた、どうしてはるばるここへ？」とエディスは腕組みして訊いた。こんなことなら着替えておけばよかった。綿のパジャマは、鎧（よろい）として少々心許ない。

「母の日でしょ」

「そうだった？　知らなかったわ」エディスは嘘をついた。

「カードを送ったじゃない。プレゼントも」

「あのかわいいぬいぐるみのこと？　あれはあなたからだったの？」

「お母さん、お願いだからそういうのはやめて。ああするしかなかったのはわかってるでしょ」

「クマのぬいぐるみを送るようだれかに強制でもされたわけ？」

「そういうことじゃなくて」

「選択肢はいつだってあるわ。まずい選択をした自分の気を楽にするために、みんな選択肢がなかったふりをしてるだけ」

またいつものが始まる、とエディスは思った。扱いにくかった十代の頃と同じように、クリオがため息をついている。「ケアホームの入居料のことでちょっと問題が起きたの」

「どういう問題？」とエディスは訊いた。

「入居料が払えなくて」

「じゃあ、払わなくていいわ。これでわたしも、本来いるべき自分の家に帰れる」

「家計をやりくりするために売れるものを売っちゃったのよ。でも――」

「何を売ったの？　わたしのものじゃないでしょうね？　家は売ってないといいけど」

「お母さんに必要のないものだけ売ったわ。必要なもののお金を払うためにね」

「またわたしをだませると思ってるなら――」

「だれもだまそうとなんかしてないわよ、お母さん。よりによって娘のわたしがそんなことをするはずがないでしょ。ここの所長も今までは理解を示してくれてたけど、このまま解決策が見つからなかったら、やっぱりここを出なきゃいけなくなりそうで。でも、もしここが気に入らないなら――」

「気に入らない？　それどころか、嫌でたまらないわよ。これなら刑務所に入れられて、死ぬまで放置されたほうがまだましだわ」

「それならきっと別のケアホームも気に入らないでしょうね。ここはましなほうだから。仕事を増やせば、ここの入居料も払いつづけられると思ってたの。でも、全然お金が貯まらなくて――」

「それなら、わたしを家に帰らせてちょうだい。あそこがわたしの家なんだから」エディスは娘の話を遮(さえぎ)って言った。

「それが無理なのはわかってるでしょ。自分の家で転んで、数日間だれにも気づかれなかったのは覚えてる？　それに、心臓の薬もいつも飲み忘れて――」

「くだらない。わたしの心臓(ハート)にはなんの問題もありません」

「だって心(ハート)がないものね」

「はい？」

「薬を飲んだほうがいいって言ってたどのお医者さんより、お母さんは賢いんでしょ。何しろ、お母さんはどこのだれより物事がよくわかってる人だもんね」

「子供相手みたいなしゃべり方をするのはやめて」

「子供みたいに振る舞いつづける人が相手なら、そうするしかないでしょ。ガスコンロの火をつけっぱなしにしてたときのことは覚えてる？　もう少しで隣近所が火事になるところだったじゃない。それに――」

「だったら、あなたのところに一緒に住まわせてくれればいいでしょう。あのピンクの家に」とエディスは震え声で言った。これほど弱く、傷つきやすく、人に依存しなければならない自分が嫌だった。生まれてこの方、他人を必要としたことなど一度もないのだ。親子の役割が逆転したみたいだった。昔は自分がありとあらゆるむずかしい決断を下していたのに、今は娘のほうが親の立場に立っている。エディスはそれが気に入らなかった。まったく気に食わない。最近は、自分がしてほしいことをだれもしてくれなかった。だれも話を聞いてくれない。クリオが首を横に振るのを見て、エディスはその意味を理解した。自分の子供に正しいことをしてくれと泣きつかなければならなくなったのが残念だった。わが子に頼みごとをしなければならないなんて。これなら、最初からしなければよかった。

「顔が赤いし、少しむくんでるんじゃない、あなた。体調は大丈夫なの？」とエディスは言った。

「おかげさまで元気――」

「更年期かもね。あなたのおばあちゃんも、風船みたいに膨らんでひどい顔になってたから。わたしはラッキーだったわ。きっと隔世遺伝ね」

娘はため息をついて首を横に振った。「お母さんのものが入った箱の中からこれを見つけたんだけど」

「これって？　ほかのものと一緒に売り払ってなかったなんて驚きね」

「ここに置いておきたいんじゃないかと思って持ってきたの」娘は偽物の革のバッグから重そうなものを取り出した。装飾品も偽物ばかりつけている。最初は、娘が手にしたものを見ても、なんなのかよくわからなかった。しかし、しばらくすると、金属製の虫眼鏡の置物が引き金となって、記憶が次々によみがえってきた。どれもいい思い出ではなかった。虫眼鏡が溶接された、どっしりとしたブロンズの台座に〝退職おめでとう！〟の文字が刻まれている。

「なんでこれを持ってきたの？」エディスは、軽蔑の念を込めた顔でそう言った。しぶしぶその置物を受け取ってじっくり見たあと、自分からできるだけ遠い化粧台の隅にそれを置いた。

「わたしを傷つけようとしてるわけ？」

「ちがう！　そんなわけないでしょ」

「それなら、どうしてわたしが忘れたいことをわざわざ思い出させてくるの？　それに、どうして一緒に暮らしたらいけないのよ？」

「一回試したじゃない。一緒に暮らしてみたこと、覚えてる？　だけど、うまくいかなかった」娘の顔をした女はそう言った。エディスは思った。本物の娘はどこに行ったのだろう。言われたとおりに動き、口答えなどしなかった本物の娘は。

めまいがした。「いちいちわたしが覚えてるかどうかを確認するのはやめて。年を取ったからって、もうろくしたわけじゃないのよ。わたしはホームにいるような人間じゃありません」

娘はじっとエディスを見た。一瞬、幼い頃のクリオの顔が浮かんだが、次の瞬間、またあの女に戻った。知らない女だ。「どこかに花瓶はある？」とその女は訊いてきた。「この花を入れたいんだけど」女は部屋を見まわすと、ディケンズが隠れているバスルームのほうへ歩き出した。

「そこには何もないわ」とエディスは言った。思った以上に声が大きくなってしまった。

女はかわりに花をベッドの上に置いた。「ごめんなさい、お母さん」

「心にもないことを言わないで。あんなにあれこれしてあげたのにね」

「ハハ。面白い冗談」

「どういう意味よ？」とエディスは訊いた。

「〝クリオ、調子はどう？〟〝仕事は順調？〟〝元気？〟〝最近どんなことをしてるの？〟母親なら普通、子供に久しぶりに会ったらそんなことを訊くわよね。お母さんはわたしに、わたしの人生になんかなんの興味もないのよ。子供のときからお母さんがしてくれたことといえば、わたしを批判して、わたしを寄せつけないようにすることだけだった。赤の他人も同然でしょ。それなのに、急に一緒に暮らしたいですって？」

「自分の子供がこんな恩知らずの、悪意に満ちた、自分勝手な大人に育つなんて、わたしがいったい何をしたっていうのかしら」

「そんなの、訊かなくてもわかってるくせに」

クリオ

クリオは速足で階段を下りた。こんなところに来なければよかったと思いながら。母親は昔から娘のありとあらゆるボタンの押し方をよくわかっていた。クリオの服のサイズは12でいつもと変わらない。むくんでいるはずなどないのだ。念のため、足を止めて手鏡で自分の顔を確認した。別に、母親がどう思っているかを気にしているわけではない。とはいえ、さっきのやりとりのおかげで決心がついた。今からケアホームの所長を探すのみだ。休憩室に行くのは避けた。あの野暮ったい部屋は今日、入居者と、母の日に義務感から顔を見せにきた親族であふれ返っているからだ。ほかの人が幸せな家族ごっこをしているのを見ても悲しい気持ちになるだけだ。できるだけ早くこの問題を片づけて家に帰りたい――だれも自分を傷つける人がいない家に。

　新型コロナウイルスが流行して以来、クリオは出不精になった。健康食品を扱う店と週に三回ほど通うヨガのクラスへ行く以外は用事もめったになかった。ロックダウンはけっこう楽しめたし、最近はむしろ、他人に近づきすぎるほうが不快で不必要だと感じるようになった。クリオにとっては、みんなして家の中に閉じこもっていたときのほうがよかった。その頃なら、外出してもまだひとりでいられた。

　ケアホームの所長のオフィスはいつもどおりドアが閉まっていた。クリオはノックしたが、返事を待つことなく入室すると、ジョイが自分の机のまえに座ってチョコレートチップクッキーを食べているのが見えた。オフィスは小さく、スーパーマーケットの紅茶と安い香水のにおいがした。ファイリングキャビネットと大きな金庫が置かれているほかに、額に入った無意味な証明書が壁に飾られていた。それを振りかざす女と同じくらい意味のない資格証明書。机の上には、開いた雑誌とクッキーの皿と枯れかけたエキゾチックな植物が置いてあった。所長がサボテンの世話もろくにできないようでは、入居者たちの行く末が案じられる。

　ジョイ・ボネッタはおそらく自分と同じ五十代前半だろうとクリオは見当をつけた。自分とちがって、ジョイは年相応かもしくは少し上に見えるけれど。所長は中年女性のイメージそのままの格好をしていた。少なくともワンサイズは小さすぎるニットのアンサンブルに花柄のロングスカート——ウエストがゴムなのはまちがいない。ぱっとしないそのファッションに、豊満な胸にのせたパールのネックレスを合わせていた。きついパーマをかけた短い髪は醜い後光のようだ。

　気に食わない女だと感じたが、クリオは作り笑いを浮かべた。

「どうされました?」ジョイは口いっぱいにクッキーを詰め込んだままそう言った。口からあふれたくずがあごについている。

　クリオは笑みを崩さないよう精いっぱい努力しながら、勧められるまえからジョイの向かいの椅子に腰を下ろした。「いつもお世話になっております。エディス・エリオットの娘です」そう言うと、ジョイはぽかんとした顔でこっちを見てきた。「今週お電話でお話しさせていただいた者ですが」所長のぼんやりした表情はまだ変わらなかった。「十三号室の母のことで」今度は合点(がてん)がいったようだ。

「ああ」とジョイは言った。「もちろん覚えてますよ。残念ながら、答えは電話と同じですけどね」

クリオの笑みが崩れた。「話し合えばなんらかの妥協点が――」

「ごめんなさい。ほんとうに申し訳ないわ。でも、これはビジネスですから。入居者、あるいはその親族が入居料を支払えないとなれば、あいにく別の施設を見つけていただくしかありません。同じことを――」

「数週間待っていただけませんか?」

「幸運は待つ者のところへ来るとよく言いますが、実際問題、そういうことはあまりないですよ。うちには、サルの腕より長いキャンセル待ちのリストがあるんです。ロンドンのケアホームは数が極めて少ないうえに、いい施設となると、需要が供給をはるかに上回っていますから」

「ここがいい施設だとは、わたしは思わないですけど」

ジョイは、抜きすぎた眉毛を片方だけ吊りあげた。「お電話でもお話しさせていただいたとおり、契約期間が終了するまえにお母さまをここから出すとなれば、早めの退去（アーリーディパーチャー）に伴う手数料として八千ポンドと税金の追加料金をいただくことになります」

「そんなの、ひと月の利用料より高いじゃないですか。そんなお金があれば、こっちもさっさと払ってますよ。というか、もし母が亡くなったら、その場合も早めの死（アーリーディパーチャー）ということで追加料金を取るんですか?」

ジョイは机の上に身を乗り出した。あまりに距離が近いせいで、クリオは口臭ケアのミントタブレットを渡したい衝動を抑えなければならなかった。「もちろん、そうなれば悲しいことです。ですが、もし入居者が亡くなったために十三号室が空き部屋になるとすれば、その場合、追加料金は——どれもこれも利用規約にはっきり書いてありますが——部屋を徹底的に掃除する費用だけということになります。わたしたちは、入居者とそのご家族のことをとても気にかけています。ですので、金銭的な負担がときに手に負えないこともあるというのは理解しています。こちらとしては、どのような形でもお力になりますよ」

　クリオはジョイを見つめた。「どのような形でも？」

　ジョイが答えるまえに、ドアをノックする音がした。「どうぞ！」ジョイは金切り声をあげた。

　ドアが開くと、杖を持った年配の男性がしかめっ面（つら）をして立っていた。シャツにきっちりネクタイを結んでその上にカーディガンを着ている。カールした髪全体が白かった。

「はい？　ご用件は？」ジョイは年配の男性がいるほうに向かってきつい調子でそう言った。

「苦情を申し立てたいんだが」と年配の男性は言った。

「今日はもう三件目ですよ、ミスター・ヘンダスン。まえにも言ったとおり、日に三つまでですから」

「こっちだって文句をつけることがそんなになけりゃ、苦情なんか言わずにすむんだよ。女が来てる。質問ばかりして、入居者の名前やどの部屋にいるかを訊いてくる女がね。わたしに言わせりゃ、あの女はよからぬことを企（たくら）んでるな」

「別に、あなたの意見は訊いていませんけど」

「それと、午後の紅茶がまだだ。エレベーターもまた壊れてる。それから、わたしの持ち物を盗むのはやめさせると前回言ったが――」

ジョイは、車でも止めるみたいに片手を上げた。おかげで、老人の暴走は止まった。ジョイは椅子から立ちあがると、重い足取りで男性のほうへ歩いていった。「ミスター・ヘンダスン、午後の紅茶はすぐ用意します。それから、だれも何も盗んでなどいませんから。前回財布をなくしたときはポケットの中にありましたよね。覚えてます？〈ウィンザー・ケアホーム〉の従業員は全員しっかり身元調査をしています。あなたもあなたの持ち物もまちがいなく安全だとお約束しますので」

「エレベーターはどうするんだ？この腰では階段なんかのぼれんぞ」

「修理担当をまたすぐ向かわせますから、今日中には直りますよ」ジョイは男性を部屋の外へ送り出してドアを閉めたあと、クリオのほうを向いた。

「ちょっと考えてみてください」とジョイは言った。

「何をですか？」

「愛する人が死に近づいてくると、いろいろと大変ですよね。ほかのご家族とはお話しされましたか？」

「何をですか？」とクリオはもう一度訊いた。

ジョイは気色ばんだ。「今月の利用料を支払えない、しかも、お母さまの健康状態がこのまま いい状態が続くとなれば、ご本人のためにも、お願いですからかわりの施設に必要な手続きをしてあげてください」

「もしわたしがそれをしなければ？　しなければどうするって言うんですか？　まさか年老いた女性を外に放り出すとでも？」

「わたしたちは介護費用を払える入居者の面倒しかみられません。ここは慈善施設ではないんです」

「じゃあ、どんな施設なのよ」

「十三号室について結論が出たらお知らせください」

クリオは言い返した。「もし母の身に何かあったら、ただじゃおかないから」

その場を離れようと立ちあがり、オフィスのドアを開けると、まだ外をうろついていたさっきの年配男性にぶつかった。立ち聞きしていたのはまちがいない。一言一句もらさず聞いていたことだろう。

ペイシェンス

あとひとつ最上階の部屋を掃除すれば、エディスとディケンズのもとへ帰れる。なんの資格も持たない見習いの介護スタッフとして、入居者の世話はもちろん、彼らが汚した場所をきれいにするのがわたしの仕事だった。入居者のベッドを整え、部屋を掃除し、衣服を洗濯する。必要なときは、というより、本人に助けが必要であれば——ここの入居者はだいたいそうなのだが——彼らの体も洗う。着替えをさせ、髪をとかし、入れ歯を磨き、足の爪を切り、食事をさせ、話をする。トイレに行く手伝いもする。足元がおぼつかなかったりトイレの場所を忘れていたりする場合は厄介だ。入居者はひとりひとりちがい、それぞれが異なる次元の配慮を必要としている。十八歳のわたしはチームで一番の若手なので、ほかの人がやりたがらない仕事を基本的にすべて引き受けていた。惨(みじ)めな生活をなんとか維持するだけにしては大変な仕事だったが、わたしには正直、これくらいしか仕事がなかった。そのうえ、クビにならないようにするのも簡単ではない。

携帯で時間を確認すると、メールが届いていた。

〝ペイシェンス、話があるんだ。あとでそっちに行っても——〟

続きを読むことも、返事を書くこともなくメールを消した。〝話がある〟ということばから始まるメールがめでたい結末に終わることはまずない。ケアホームの最上階にまた人がいなくなってうれしかった。今日は面会者の数が多すぎた。母の日のような特別な日にはここは面会者であふれ返る。入居者の親族は一年に一、二回、遺産のにおいに誘われて突然ぞろぞろ姿を現すのだ。向こうがわたしを見下しているのと同じくらい、わたしもあの人たちを見下していた。あっちから見れば、わたしはただの透明人間だが。自分が世話をしたくない、もしくは世話のしかたがわからない人の世話をしてくれる透明のお手伝いさん。

　ポリエステルの制服のポケットに携帯をしまい、掃除用具と清潔なシーツが山のように積まれたカートを次の部屋まで押して移動した。カートもわたしと同じく最後の部屋へ入る足取りが重いようだ。ぐらぐらしたタイヤが、柄入りの絨毯(じゅうたん)の上で抗議するみたいに甲高い音を立てていた。ドアの鍵は閉まっていた――ほんとうは閉めてはいけないのに。そこでわたしは、マスターキーを使って中に入った。

　十四号室は、本来なら十三号室に引けを取らないほど美しいはずなのだが――同一の家具が配置され、まったく同じように装飾されていて、街並みも遠くまで見渡せる――現在入居しているのは、もうあの世へ行っていても全然おかしくない男だった。ミスター・ヘンダスンは、この世を忌(い)み嫌っているにもかかわらず、頑としてこの世に留まっていた。世の中が彼の命を奪おうとするたびに生き延びてきた男だ。戦争もパンデミックも、二階建てバスに起きたテロも、どれも彼をあの世へ送るには至らなかった。今日出勤してきたときのやりとりがまだ頭から離れなかった。あれは、ミスター・ヘンダスンのいつもの挨拶から始まった。

「またおまえか?　嫌われ者のくせに」

「わたしの給料が少ないのもきっとそのせいですね」わたしは笑みを浮かべて、いつもどおり明るい調子を崩さないようにした。「おはようございます、ミスター・ヘンダスン」

「うせろ、この小娘が。わたしの部屋に入るんじゃないぞ。わたしのものには手を触れてくれるな」

「わたしもそうせずにすむのならありがたいんですけど」

「黙れ、クソガキ。おまえらの世代ときたら、ほんとにどいつもこいつも。とっとと生まれ故郷に帰れ。この醜いぼんくら（バスタード）が」

ミスター・ヘンダスンはよくわたしをそう呼んでくる。私生児（バスタード）と。そう呼ばれるたびに、それもそうかもしれないとわたしは思った。確かにわたしは母子家庭で育った。けれども、ミスター・ヘンダスンはほとんどの従業員に対してそのことばを使っているので、その悪口もとくにわたしだけに向けたものではないのだろう。ただ口が悪いだけだ。金持ちこそマナーが悪い。わたしは言い返したい気持ちをぐっとこらえた。この人はただの哀れな老人だ。もし友人や家族がいたとしても、ミスター・ヘンダスンに会いにくる人はいなかった。ひとりぼっちなのも、それなりに理由があるのだ。多くの人は、年寄りはみんなかわいくて優しいものだと思いがちだ。老人というのは、次から次へお茶を出して知恵を授けてくれる、カーディガンの似合う親しみやすいおじいちゃんおばあちゃんだと。しかし、わたしがここで働いて目にしたものからすると、若い頃に悪かった人は老人になっても悪い人のままというだけの話だった。憎しみが年とともに消えることはない。

　十四号室の上げ下げ窓を開けた。ミスター・ヘンダスンの寝室のよどんだ空気を外に出して、できるだけたくさん新鮮な空気を取り込みたかった。次に、イヤホンをつけ、この場にふさわしいサウンドトラックを選んでから丈夫な黒のゴム手袋をはめた。窓のないバスルームから取りかかる。照明の紐を引っぱって、見なくてもわかる不愉快な光景を照らした。以前はこの作業をするのが気持ち悪かった。しかし、人間というものは順応し、慣れ、進化する。そうやって、わたしたちは生き延びている。業務用の消毒薬で武装すると、現場を観察して被害の程度を確認した。床に濡れたタオルが散らばっている。洗面台には、歯磨き粉と剃ったひげが残っていて、流していないトイレには、便の跡がこびりついていた。ほかの部屋なら、トイレブラシをつかんで洗剤の蓋を開けるところだが、部屋の主にさっき一階であんなことを言われたのもあり、わたしはミスター・ヘンダスンの歯ブラシを使って彼が残した汚れをきれいにした。上等な歯ブラシだった。電動の高価なものだ。おかげで、しっかり仕事をしてくれた。最後に、トイレを流して歯ブラシをゆすいだ。

バスルームが終わると、寝室に戻った。まずベッドからシーツをはがす。今日は不快な染みがなくてほっとした。ミスター・ヘンダスンはときどきわたしにサプライズを用意してくれる。彼を階段から突き落とすところをたまに想像してしまう。彼にはいつもひどいことを言われ、杖で腕を叩かれているが、先週はそれに加えて、自分の部屋からわたしがものを盗んだと責め立てられ、そのせいで危うくこの惨めな仕事を失うところだった。だから、彼の入れ歯と亡くなった入居者のものを交換してやったのだ。数日経ってようやくサイズが合わない理由に気づく人が出てきた。でも、あれは盗みではない。盗みとはこういうことだ。

ベッドメイキングが終わったあと、わたしは化粧台の引き出しの中身をチェックした。チョコレートバーが出てきて、包みを開けてひと口かじった。次に、ワードローブを確認した。この建物から一歩も外に出ない男にどうしてこんなにもたくさんのおしゃれなシャツやネクタイが必要なのだろう。紳士らしい服装をしている人が紳士だとはかぎらないと思う。上着の中から銀のマネークリップが見つかった。十ポンド札が百ポンド分入っている。そのほとんどを自分のポケットに入れたとき、マネークリップに文字が彫られていることに気づいた。〝おじいちゃん〟とある。わたしにはいないのに、あんなに感じの悪い人にも家族がいるとは――そう考えると、泣きたくなった。頭の中からミスター・ヘンダスンの声がする――〝とっとと生まれ故郷に帰れ。この醜いぼんくら（バスタード）が〟。

石を投げる人は、その石がときに自分に跳ね返ってくることもあるとは理解していないのだ。

「とにかく世代がちがうんだから」前回杖で叩かれたとき、思い切って不満を訴えると、所長のジョイはそう言った。口が悪いのも暴力を振るうのも年のせいだと言わんばかりだった。腕にできたあざも見せたのだが、ジョイは気にも留めなかった。わたしが経済的な理由から、また、ほかの理由からも、ここを離れられないということがわかっているのだろう。ジョイは何をしても状況を悪化させてしまうタイプの所長だった。あんな女、大嫌いだ――ほかの従業員もみんな嫌っている。ジョイはわたしの状況をとことん利用してわたしをこき使ってくるのだった。

今日ミスター・ヘンダスンに言われたことばがどうしていつも以上に心に引っかかったのか、その理由がわかったような気がした。

わたしは生まれ故郷に帰れないのだ。それがどこだかわからないから。

とはいえ、自分がどういう人間になりたいか、どこへ行きたいのかはわかっていた。それこそ意味のあることだろう。充分なお金を貯めたら、さっさとここを出ていくつもりだった。

携帯のプレイリストから別の曲を選んでボリュームを上げ、秘密の〝借り物競争〟を再開した。ベッド脇の棚にスコッチのミニボトルが三本入っているのを見つけた。一本飲み、残り二本は没収しておいた。アルコールは規則違反だ。

そのとき、手紙を見つけた。

五十通はありそうだった。厚手の白い紙に手書きで書かれていた。愛情と献身と優しさに満ちたラブレターで、すべてミスター・ヘンダスンの妻宛てだった。一番最近の手紙は昨日書かれていた。

ちなみに、ミスター・ヘンダスンの妻は五年前に亡くなっている。

〝夜、きみがそばにいなくて寂しいよ。手をつなげなくて、きみの笑い声が聞けなくて寂しい〟。

ミスター・ヘンダスンの知らない顔だった。

〝今日、生け垣でコマドリを見た。どことなくきみに似ていたよ〟。

ひと言ひと言に、喪失と悲しみの重い痛みを感じた。

〝きみなしで、どうしたら自分のままでいられるのか〟。

いくつか手紙を読んでから、もとの場所に戻した。この手紙を書いた人物とさっき会った人物を結びつけようとしてもうまくいかなかった。自分が見知っていると思っていた男をわたしは誤解していたらしい。向こうもわたしを誤解しているのと同じだ。人の振る舞いには必ず理由がある。悪い人というのは、悪い人のふりをしたただの悲しい人なのかもしれない。

ベッド脇の棚の奥に小さなガラスケースがしまい込まれていた。入居者がここへ何を持ってくるのか、死の間際に何をそばに置いておきたがるのか、わたしは最近興味を引かれるようになっていた。一生分の荷物が、なじみの薄い部屋に置かれた、たった一箱の思い出に変わるわけだ。ガラスケースを取り出して、中に入ったメダルふたつをよく観察した。ひとつは金色で星の形をしており、もうひとつは銀の十字架のメダルだった。刻まれた文言からすると、ふたつとも第二次世界大戦でもらったもののようだ。あの人がこの国のために貢献してくれたからといって、現在のおこないすべてがチャラになるわけではない。とはいえ、それを見て、わたしは自分のおこないを恥じた。そしてついケースを落とし、ガラスが割れてしまった。

後片付けにはずいぶんと時間がかかった。小さなガラス片があちこちに飛び散っていたからだ。片付けが終わると、メダルと壊れたガラスケースのフレームを制服のポケットに押し込んだ。どうにか修復できるといいのだけれど。あとのミスター・ヘンダスンの私物は、見つけた場所に戻すことにした。わたしときたら、まともに悪事を働けたためしがない。

ミスター・ヘンダスンの上着から取った現金をもとの場所に戻そうとしたちょうどそのとき、耳元の音楽が止まった。

同時に、別の音が聞こえた。

だれかが部屋にいるようだ。

ずっとこっちを見ていたらしい。

「あなた、どういうつもり?」とジョイが言った。わたしは、銃を向けられた人みたいに両手を上げてゆっくりうしろを向いた。いかにも満足げな顔で、ジョイがドア口に立っている。派手な綿菓子みたいな色のアンサンブルを着るのがやけに好きな、心の狭い女だった。今日は青のアンサンブルを着ている。きついパーマは豚のしっぽを連想させた。抜け目のなさそうな目がいつも以上に邪悪に見える。その目は今、わたしが持っているお金を凝視していた。今もとに戻すところだったのに。

「そういうことじゃないんです」とわたしは小さな声で言った。自分の声を真似しているみたいな変な声だった。

「そうよね。そんなわけないわよね。でも、あなたが部屋からものを盗んでるってミスター・ヘンダスンから聞いたものだから、わたしも実際に来て、自分の目で確かめてみようと思ったのよ。どうやら彼の言うとおりだったみたいね。ポケットの中身を全部ベッドに出しなさい」

わたしは言われたとおりにした——ほかに何ができただろう。清潔な白いシーツの上に十ポンド札とスコッチのミニボトルを置いた。

「これで全部？」とジョイは訊いてきた。わたしが黙っていると、首をかしげた。「お願いだから、身体検査までさせないでちょうだい」

ジョイに体を触られると思うとぞっとした。わたしはもう一度ポケットに手を入れて、ほかのものも出した。ミスター・ヘンダスンの戦争の勲章とエディスのキャッシュカード以外すべてだ。ただでさえ目が笑っていないジョイを本気で怒らせたくはなかった。

「盗みを働いてたのは十四号室だけ？」とジョイは訊いてきた。七面鳥みたいなしわしわの首が、ストレスやら歓喜やらで赤みを帯びはじめていた。ジョイは入居者のことを全員部屋番号で呼ぶ。

「盗みなんかじゃ——」

ジョイは、舌打ちをして片手を上げた。「嘘をつくだけ無駄よ。今すぐ警察を呼んでもいいんだけど、あなたをここで働かせてるのは内緒だったから、そこが厄介なところなのよね。まったく、新しいスタッフを雇わなきゃいけなくなっちゃったじゃない。もちろん、あなたはクビよ。推薦状を書いてください、なんて頼んできても無駄だからね」

わたしはパニックを起こしそうになった。なんの身分証明書も銀行の口座も本名も持たないとなれば、仕事はなかなか見つからないだろう。「お願いです。話を聞いてください」ジョイの顔はそれ以上しゃべるなと言っていたが、わたしはかまわず続けた。「この仕事を失うわけにはいかないんです」

「わたしだって泥棒を雇うわけにはいかないわ」

「わたしは泥棒なんかじゃ――」

「荷物を持って出ていきなさい。鍵と名札はわたしのオフィスに置いといて。制服は洗濯したあとに返してくれればいいから。あなたの嘘に耳を傾けてる暇はないのよ。また仕事が増えちゃった」

ジョイはそう言うと、ドアを指差した。

わたしのリュックはまだエディスの部屋にある。

ディケンズもだ。

ディケンズを置いて去るわけにはいかなかったが、ジョイは廊下までついてきた。ぐらぐらした最上階の手すりにもたれかかって、わたしが階段へ向かうのを見ている。選択肢が多いわけではなさそうだった。それに、選ぶ時間もほとんどない。何が正しくて何がまちがっているかは、ときに見分けるのがひどくむずかしい。

「それから、この町で別のケアホームの仕事を見つけようなんて思わないことね。ペイシェンスという名前の女の子は雇ってはいけないと全員に知れ渡るようにするから」

「どうぞお好きに」とわたしは言った。本心だった。

忍耐（ペイシェンス）は、人生のさまざまな問題を解決してくれる。
忍耐（ペイシェンス）は、生き延びるためにわたしに必要なものだった。
ペイシェンスは、わたしの名札に書かれている名前だが、わたしの本名ではない。

エディス

娘が〈ウィンザー・ケアホーム〉を出ていってからどれくらい時間が経ったか、エディスにはよくわからなかった。もう戻ってこないと思うほどには長い時間だ。でも、そんなことはどうでもよかった。とはいえ、帰るまえに、また来ると言っていたような気もする。聞きまちがいかもしれないが。あるいは、誤解か。しかし、それも大した問題ではなかった。話し相手も、することもなく、ただここで何時間もひとりで座っているのにはもう慣れていた。それに、エディスは辛抱強くなっていた。そうなるしかなかったからだ。ベッドに座り、ディケンズを撫でて気を紛らわしていると、さっきの娘との口論が思い出された。何もかもこんなふうにうまくいかなくなったのはいつからで、どうしてなのだろう。

その答えは自分でもわかっていたが、わからなければよかったのにと、エディスは思った。

エディスの人生も昔からこうだったわけではない。万引きの監視員（ストア・ディテクティブ）だったときは、みんなしかるべき敬意を自分に示してくれていた。あの仕事のおかげで、人生の目的を得られ、住む場所も確保できた。エディスはよき母親だった――たとえ娘の意見はちがったとしても。ベストマザー賞をもらえるような母親では決してなかったし、今までにまちがいもいくつか犯したかもしれないが――まちがいをひとつも犯さない人間などいるだろうか――それでも最善は尽くした。この年になってみてわかるが、せいぜいできるのは全力を尽くすことくらいだ。親になれば、子供が喜ぶ決断を下してばかりではいられない。自分と娘の面倒をみるために、エディスはやるべきことをやってきたのだ。

何者かがドアをノックする音がし、エディスはパニックになった――鍵を閉めていなかった。とはいえ、不安はすぐ希望に変わった。もしかしたら娘が戻ってきてくれたのかもしれない。さっきのことを謝って、このひどい場所から連れ出してくれるのだろうか。きっと家に連れて帰ってくれるのだ。エディスはディケンズを抱きあげて、またバスルームの中に隠した。人が来たら隠されるという決まりに、ディケンズは思ったとおり不服そうな顔をした。と、だれかがまたもやノックした。ディケンズの耳が年のせいで遠くなっていてよかった。そうでなければ、今頃吠えていただろう。エディスは急いで自分のベッドに戻った。もう一度犬の毛を払い、シーツを撫でつける。準備はできたが、それでも不安感に押しつぶされそうになった。そのとき、ドアノブがまわりはじめるのが見えた。

どうぞ、とは言っていないのに。

掛け布団をあごの下まで引っ張りあげ、眠っているふりをしようかと考えたが、やっぱり片目だけ開けておくことにした。ドアがキーッと音を立てて、床板がきしみ、だれかが部屋に入ってくる。

「あら」とエディスは言った。「あなただったの」

フランキー

目的地に着く頃には、フランキーは少し気落ちしていた。最近の出来事とそれに対する自分の反応をつらつら思い出していると、どの決断もすべてまちがいだった気がしてくる。窓の外を見ると、別世界にたどりついたかのようだった。自分には似合わないと最初からわかっている世界。車を停めたノッティングヒルの路地は、本物の人間が住んでいる場所というよりは映画のセットのようだった。ロンドンのこの一画は、フランキーが住んでいるテムズ川沿いとはちがい、富と成功に彩(いろど)られている。かわいいタウンハウスのひとつひとつが異なるパステルカラーできれいに色付けされていた。よく手入れされた、色とりどりの花があふれる吊りかごがあり、丸石敷きの歩道には鉢植えも置かれている。どの家にも、値の張りそうな防犯装置がついていた。

フランキーはエンジンを切ってキャンピングカーの車内にしばらく座り、時間が自分に追いついてくるのを待った。携帯のアラームはまだ鳴っていなかったので、予定より早く着いたのはまちがいない。人差し指にできた切り傷に気がついた。図書室の本でさっき切ったのだ。こんなにも小さな傷がなかなか治らず、けっこうな不快感をもたらすとは驚きだ。ただ、この傷も実際に目にするまでは痛くなかった。ということは、痛みは現実なのか、それとも、想像の産物にすぎないのか。

着替えのため後部座席に移動し、刑務所の制服を脱いで、この機会のために取ってあった黒のワンピースを着た。そして、運転席に戻り、バックミラーで自分の姿を確認した。悲しげな緑色の目がこっちを見返していた。娘がいなくなったときにできた目の下のくまは一向に消えてくれそうにない。ここ何年というもの髪形や髪の色を頻繁に変えてきたが、ボブにした巻き毛は今日の気分と同じくらい疲れているように見えた。根元は白くなってきていて――まだそれほど年を取っているわけでもないのに――肌は幽霊みたいに青白かった。気分もまさしく幽霊だ。最終章を待ちながら夢遊病者のように人生を歩む幽霊。

フランキーの手はじっとりと冷たかった。赤い革の手袋をつけながら、震えを止められなかった。実に皮肉なめぐり合わせだ。フランキー――物静かで内気な刑務所の図書室長――に会ったことのある人はみんな、彼女が罪を犯すところなど想像もできないだろう。選択の余地がなくなったとき、人は驚くべき行為に走る。書類上は、フランキーは善良な人間だった。善良な人間も、ときには悪いことをする。そうしなければならないときがあるのだ。しかし、こんなことにならなければよかったとフランキーは思った。悲しいことに、愛を浪費し、憎しみを溜め込むのが人間の性だ。寂しい数字の一から完璧な数字の十まで数を数えてから、フランキーは車のドアを開けた。

車からかわいいピンクのタウンハウスの玄関までまた歩数を数えた。ぴったり三十四歩あるのは知っていた。ここを訪れるのははじめてではなかったが、中に入るのはこれが最初で最後になるだろう。丸石敷きの歩道を一歩進むごとに、記憶の痛みが鋭くなるように感じられた。心の中には、今まで奪い取られてきたあらゆるものが渦巻いていた。取り戻せることは二度とないかもしれない――そう恐れているもの。失ったものの代償はだれかに支払わせなければならない。そのだれかはピンクの家の中にいた。そのとき、玄関の鍵に気がついた――とんでもなく簡単にこじ開けられる鍵だ。これなら、その気になればいつでもこっそり中に忍び込めたかもしれない。もっとも、フランキーは家主に招き入れられたかった。

携帯のアラームはまだ鳴っていなかった。早いからもう少し待つべきだろうか。ここまで先延ばしにしてきたのなら、あと数分待ったところで大したちがいはなさそうだ。とはいえ、さっさとすませるのが一番という気もする。フランキーは手を上げてノックしようとした。が、そのとき、住居番号が書かれた、光沢のあるぴかぴかの表札が目に留まった――十三番。おかげで、また踏ん切りがつかなくなった。数字にまつわることばが頭に浮かぶ。十三――素数、二桁、不吉な数、最後の晩餐、ティーンエイジャーの始まり、これまで経験した男の……

計画をくるわされるまえに、フランキーは考えるのをやめた。十三は矛盾をはらんだ数字だ――不吉な数でもあるが、同時に幸運な数でもある。これも、正しいことをしているというサインかもしれない。それとも、これからやろうとしていることはまちがっていると、宇宙が警告しているのだろうか？　悪事に悪事を重ねても正義にはならないが、そうすることで、世の中は釣り合いが取れていると、不公平ではないと、多少なりとも感じることはできる。

携帯のアラームが鳴った。と同時に、ピンクの家のドアが開いた。

「クリオです。フランキーね」赤いワンピースと同じ色のスニーカーを履いた、身なりのいい中年の女がそう言った。温かい笑みを浮かべ、片手を差し出してくる。フランキーはその笑みにも手にも、どう応えていいのかわからなかった。「ドアの上に小さな隠しカメラがあるでしょ？」女は、だれも気がつきそうにない小さな黒い点を指差した。「待ってるのが見えたものだから。ノックするのをためらってたでしょう。だから、こっちから挨拶しようと思ったわけ。初回はだれでも緊張するから、全然心配しなくていいのよ。ほら、入って」すごく愛想がよかったので、フランキーは気持ちが悪くなった。攻撃的なほどに親切だ。義務感からしか好きになれないタイプの人間。女は眉をひそめた。きれいな顔が台無しだ。「フランキー、よね？」

フランキーは、外国語を話している相手を見るような顔で女を見た。ドアの上のカメラの存在は知らなかった。以前にも何回も外に車を停めているが、そのことはばれていないだろうか。フランキーは躊躇した。もしかしたら、相手はこっちの正体と自分がここにいる理由をすでに知っているのかもしれない。何か返事をしようとしたが、ことばが喉につかえて出てこなかった。言えないことばが多すぎて窒息しそうだ。相手は理解したようだった。というより、こういう反応は予想済みなのかもしれない。女は背を向けると中に入り、マニキュアをした手で、フランキーにあとに続くよう合図してきた。

フランキーとしても、そうするつもりだった。


けれども、そのまえに、車に戻るときの三十四歩を思い出した。引き返すなら今だ。歩き去って、二度とここには戻らないという選択肢もある。

ミッキーマウスの腕時計を見ると、時間が止まっていた。もうひとつサインがほしいなら――サインなら、もう充分見てきたが――これこそがそれだろう。時間までフランキーから逃げ出す始末だった。フランキーは、心の中で三まで数えてから――三は一番いい数字だ――女のあとに続いてピンクの家に入った。

ペイシェンス

「天国の待合室にいる人とは仲良くなりすぎないこと」

〈ウィンザー・ケアホーム〉の勤務初日に、ジョイはそう言っていた。耳を貸しておくべきだった。

クビにされてから起きたことは何ひとつ実感が湧かなかった。自分ではできると思っていなかったことをわたしはした。悪いことを。でも、もう引き返せない。コベント・ガーデンへ戻る道のりの記憶は、お世辞にも、はっきりしているとは言えなかった。地下鉄の駅の外でホームレスの女の子の体につまずいた。そこに座っていることにも気がつかなかったとは。悪事と不正行為にさらされすぎたせいで、もう無感覚になっているのかもしれない。とはいえ、この女の子もだれかの娘なわけだ。わたしと同じ年頃に見える。ポケットから出した十ポンド札を渡すと――彼女のほうがよっぽどこれが必要なはずだ――心から感謝された。こんなことなら、もっと渡しておけばよかった。都会へ逃げてくる若者の身にも悪いことは起きる。わたしは恵まれていたほうだったのだ。大都市の生活は往々にして、人々が描く夢よりずっとちっぽけだ。悪夢も夢のひとつだということを人は忘れている。

角を曲がると、雨が降りはじめた。霧雨が肌を覆う。すぐに道路がぬれ、明るく照らされた店と街灯のぼんやりした光が路面に美しい模様を描いた。いつものことだが、コベント・ガーデンは観光客でいっぱいで、みんなにじろじろ見られているように感じられた。気になるたびに顔を上げても、だれも見ていなかったけれど。体が震えた。寒いせいばかりではない――おそらく罪悪感のせいだ。丸石敷きの広場を、ペースを上げて歩いた。頭の中の声がうるさすぎて、考えを整理できなかった。仮に、いけないことをするのが正しい行動だとする。それなら、いけないことをしてもかまわないのだろうか?

ロンドンの中心部に引っ越すまえは、わたしの世界はどこまでも静かだったので、ロンドンはいまだにときどきうるさく感じられる。一年ほど住んでいる今の屋根裏のアパートは、小さな画廊のてっぺんにひっそりと隠されていた。探そうと思わなければ、そこにあることすら気づかない場所にある。そうでもなくても、最近は下を向いて自分の携帯を見るのに忙しくて顔を上げる暇もない人が多い。みんなひたすらにスクロールして、自分の意見によく似た意見を探すのに必死だ。屋根裏部屋の窓は、空に開けた舷窓のような小さな円窓で、秘密の目みたいに建物の屋根から外をのぞいていた。屋根裏部屋自体はかろうじてシングルベッドを置けるくらいの広さしかなかったが、賃料はわたしのような人間にはとても手が出せない金額だった。たとえ靴箱くらいの大きさだったとしても、わたしには手が届かなかっただろうが。実際のところ、家賃は払っていなかった。ここに住める特権への対価は別の形で払っている。

〈ケネディーズ・ギャラリー〉は、百年以上前からコベント・ガーデンにある画廊だ。当初から建築計画に含まれていたというよりは、建築家があとでちょこっと付け足したみたいな建物だった。れんがでできた四階建てのビクトリア朝の細長いタウンハウスで、もっと大きくて立派な両隣の建物に挟まれていた。もともとは路地だったと言われても、わたしは驚かない。ほんとうにそうだった可能性もある。場所というのは人と同じで、機会が与えられれば成長できるから。〈ケネディーズ・ギャラリー〉は、芸術を愛する中流階級の世代から次の世代へと引き継がれてきた。しかし、それもこの代で終わりだ。今のオーナーのジュード・ケネディ――わたしの大家でもある――は、後継者を育てるのに失敗し、会社の未来を考えて夜も眠れずにいた。わたしがそれを知っているのは、彼が決まって夜にわたしのところへ来るからだ。

ジュードは日焼けした肌と無造作な髪が特徴の洗練された四十代の男だ。いつも若い男性向けにデザインされた服を着て、しゃれた格好をしている。一見成功している人にありがちなように、才能よりも人を惹きつける魅力に富んだ男だったが、世の中は彼に優しかったようだ。そのお返しに、ジュードはわたしに優しくしてくれた。といっても、自分の画廊の上の屋根裏部屋に住まわせてくれる程度には、ということだけれど。

わたしたちの契約には、正式な条件が三つあった。

一、日中は音を立ててはいけない。

二、部屋に人を呼ぶのは禁止。

三、一ヵ月に一回、嫌でも、あるものを彼に差し出さなければならない。

ジュードに会った人はきっと彼を見て、自信に満ちたカリスマ性のある男のサクセスストーリーを想像するにちがいない。幸せと富をもたらす事業を引き継いだ男のきらきらしたストーリーだ。でも、わたしたちはみんな仮面をつけている。ジュードとは、裏の顔を知るくらいのつきあいはあった。彼を本に喩(たと)えるなら、表紙だけきれいで中身のない、見かけ倒しの本だ。夢を実現したと思われている人にはよくある話かもしれないが、ジュードもまた、実現したのは自身の夢ではなかった。

画廊の電気が消えているのを見て、わたしは体が軽くなった気がした。それはジュードが一日の仕事を終えて帰宅した証拠だからだ。ごみ箱が置かれている、画廊の裏へ続く狭い路地に入り、裏口のドアの鍵を開けた。なじみのある暗くて狭い階段が現れる。建物の最上部にある屋根裏部屋へと続く、曲がりくねったきしむ階段だ。ひときわ大きな音が出る段――階下にいる人に聞かれたくないときは飛ばすようにしていた――はどこだか把握しているし、全部で百二十三段あるのも知っていた。それを数えないと落ち着かないのは自分でもイライラする。悪癖は伝染病みたいなものだ。わたしは、万が一階下の画廊にまだ人がいた場合に備えて、できるだけ音を立てないように屋根裏部屋のドアを開けた。そっと中に入り、世界を外に締め出す。

わたしの身長は百六十センチ程度だが、部屋で背筋を伸ばして立てる場所は隅くらいしかなかった。傾斜した天井との距離が近いせいで、頭をぶつけないようにするために身をかがめることには慣れている。人生が自分のために書いてくれた物語に合わせるために、現実よりも小さい自分にならないといけないときが人にはあるのだ。奥の壁のそばにシングルベッドが置かれており、ワインの古い木箱ふたつでつくった本棚と小さな机、それに小ぶりの棚もあった。その棚はキッチンとして使っていた（電子レンジと湯沸かし器を置いてある）。食器棚サイズの〝バスルーム〟には、トイレと小型の洗面台――唯一の水源だ――があり、部屋の隅には、日没から日の出まで天井に満天の星を映し出してくれるプロジェクターライトを置いていた。暗闇は怖い。これは、昔からずっとそうだった。

壁には、切り絵がびっしり貼られていた。

切り絵は、始めてもう五年ほどになる。十三歳のときに、もらったグリーティングカードを切ることから始まったのだが、デザインは想像力とともに大きくなっていった。自分の作品を人に見られるのはいつも恥ずかしい。わたしは自分のためだけに作品をつくっているのだと、ときどき感じる。それでも、いつか本物のアーティストになりたいという夢は確かにあった。エディスいわく、夢のない人生なんて緩やかな死も同然ということらしい。

ベッドの下に古い引き出しがあった。子供の頃も、これと似たようなものがあった――秘密のものを隠す秘密の場所だ。この引き出しには、紙とペン、のり、ナイフを入れていた。刃が完全に鋭くないと使い物にならないので、ナイフは多く持っていた。引き出しには日本製の茶缶も入っている。人、木、鳥の入り組んだかわいい絵が描かれた、黒と金色の美しい代物で、かつては母のものだった。でも、茶葉を保存するためにこれを使っているわけではない。母が持っていたときもそうだった。かわりにわたしは、ここに自分の夢を詰め込んでいた。蓋を開け、ポケットから取り出した現金をすべてしまい込む。厳密に言えば、ジョイのオフィスから盗んだものだったが、わたしには一週間分の賃金をもらう権利があるし、あの女に与えられた精神的苦痛の埋め合わせもちゃんとしてもらわなければならない。だから、罪悪感は一切なかった。少なくともこの件に関しては。ここを出るためのお金が必要なのだ。そして、それはほぼ貯まっていた。

またもや食べ物を一日中口にしていなかったので、ひとつしかないボウルを取り、チョコレートシリアルをたっぷり入れた。天井の低い梁を避けるために身をかがめ、お気に入りの場所――屋根裏部屋の窓辺――に座った。通りから見ると、この窓は船についているような小さな円窓なのだが、ここに来て間近で見ると、みんなが思うよりはるかに大きかった。わたしひとり分くらいの大きさがある。窓は時計を思わせるデザインで、木箱と使い古しのクッションでつくった間に合わせのこの席に座るといつも、時間が自分のものに戻っていくように感じられた。昼間は、どこまでも美しい光が部屋中に降り注ぐ。夜になると、円窓は世界の窓となり、わたしは暗がりにひっそりと座って、屋根の向こうをはるか遠くまで見渡し、下の通りで繰り広げられている人々の人生劇を鑑賞するのだった。

円窓は回転式だ。望むなら屋根の上に出ることもできるが――ジュードがここを表立って貸せない多くの安全上の問題のひとつだった――冷やしておきたいものがある場合、ここは便利だった。冷蔵庫は持っていない。わたしは窓を開け、外の出っ張りに置いていた牛乳に手を伸ばした。残った牛乳をシリアルに注いでいると、遠くからビッグベンの鐘の音が聞こえてきた。スプーンを取った拍子に、エディスがくれた銀のテントウムシの指輪が目に入った。エディスの身に起きたことには、うしろめたさを痛感せざるをえない。

屋根裏のドアをノックする音がし、わたしはシリアルを喉に詰まらせそうになった。彼だということはわかっている。階段をのぼってくるのがばれないよう、きしむ階段はすべて飛ばしてきたにちがいない。音がもれたらまずいので、わたしはじっとしていた。今はこの人の相手をするのは無理だ。

ジュードがまたノックしてきた。「ペイシェンス、そこにいるのか?」わたしは答えなかった。動かない。「今日無視しても、明日また来るだけだぞ」

一分が過ぎた。一時間くらいの感覚だった。

全部で百二十三段ある階段をジュードが下りはじめるまで、わたしは一切音を立てなかった。

やがて、窓から外を見ると、彼がソーホーに向かって歩いていくのが見えた。雨は本降りになっていて、外のあらゆるものをきれいに洗い流していた。怒った水滴が窓を叩き、涙のようにガラスを伝っていく。わたしも泣いた。座って泣きながら、時計の形をした窓の外を眺め、時計の針を戻せたらと思った。来たければ明日も来ればいい——その頃にはわたしはもういないから。でも、今夜だけは近寄らないでほしかった。邪魔者はいなくなったと確信できたところで、上着をつかみ、また外出する準備をした。追いつめられたときに自分に何ができるのかを知って怖かったが、それでも、やりかけたことは終わらせなくてはならない。

フランキー

フランキーは、女のあとに続いてピンクの家に入った。廊下にあるドアは、ひとつを除いてすべて閉まっていた。この家の中をもっと見られないのが残念だった。この機会をずっと待っていたのに。クリオ・ケネディは美しい家を持ち、いい生活をしているようだった。

「日曜日なのにすみません」とフランキーは言った。

「よかったら、上着とバッグをお預かりしましょうか?」木でできたコート掛けの横を通るとき、クリオはそう訊いてきた。

「いいえ」フランキーは、この女に盗まれるのを恐れるみたいにハンドバッグを強く握った。「大丈夫です」ぶっきらぼうに聞こえるのが嫌で、そう付け足す。

どちらかというと飾り気のない、がらんとしたリビングルームのような部屋に足を踏み入れた。しかし、そこはリビングではない。正しい答えのない質問をぶつけるための部屋だ。壁は、一面を除いてすべて灰色で塗られていた。ひとつだけ、鳥の絵で覆われた高級そうな壁紙が貼られている壁があった。それを見て、フランキーは鳥のように飛んで逃げたくなった。典型的なカウンセリングルームには見えなかったが、それを言えば、クリオにしても典型的なセラピストには見えなかった。クリオは、キャスター付きのターコイズブルーの豪華な肘掛け椅子に座ると、フランキーにも、向かい側にある鮮やかな黄色のソファを勧めてきた。

フランキーは、ソファの端にぎこちなく腰かけた。部屋は驚くほどの光であふれ、暖炉の上には大きな金属製の時計があった――早くも約束の六十分をカウントダウンするのに忙しそうだ。部屋の隅には小さな机があり、その上にノートパソコンとみずみずしい花を生けた小さな花瓶、懐かしいダイヤル式の電話が置かれていた。それらすべてを凝視せずにはいられなかった。ようやくこの女と同じ部屋に入れたのだ。そのことが信じられなかった。今はじめて顔を合わせたわけだ。営業時間外の予約ということもあり、邪魔が入らないことをフランキーは祈った。

「よく来てくれたわね、フランキー」

最初から嘘くさかった。クリオが自分の名前を呼ぶのを聞いて、フランキーは胸がよじれる思いがした。ほんとうに人の胸は張り裂けたりするのだろうか。居心地が悪いのは、この女のせいばかりでもなく、部屋自体もそうだった。こんなに想像とちがうなら、今日よりもまえに確認しておけばよかった。とはいえ、インターネット上に部屋の写真は公開されていなかった。すべてがあまりに感じがよすぎるせいで、ここへ来た目的を果たすのがむずかしくなってきていた。気持ちを落ち着かせるには、数を数えるしかない。それはわかっていたが、慣れない場所ではそうするのも簡単ではなかった。

　壁が四つ、窓が三つ、椅子がふたつ、ピンクの家の女がひとり。

　太陽みたいにクリオを直視するのがむずかしかった。

　セラピストやカウンセラー、精神科医にはここ数年ひととおり会ってきたが、この女と似たタイプの人はひとりもいなかった。一度も会ったことがないにもかかわらず、クリオの顔は自分の顔と同じくらいなじみ深いものに感じられた。フランキーは昔から自分のことを未完成品のように感じていたが、一方のクリオは、人生が計画どおり進んだ女に見えた。髪の毛は、まとまりのある横分けのボブできれいにスタイリングされ、顔には、薄いけれども念入りな化粧が施(ほどこ)されている。赤のワンピースは、男に媚(こ)びているというより上品な感じで、小さな体形を引き立てていた。同じ色のスニーカーは、履いている人を楽しそうな雰囲気に見せてくれる。見た目は五十代の実年齢より若かったが、顔だけ見れば、若々しい体とは不釣り合いだった。ワンピースとおしゃれな靴では隠しきれないものがある。目の周りのしわや目の下のくまに年齢が表れていた。と、思いがけない汚れが見つかり、フランキーは目を丸くした。ケチャップか血のような小さな点がクリオのあごについている。完璧な家で暮らしている完璧な人でも、見た目どおり完璧であることはめったにないのだ。

さらに欠点がないか探してみたが、それ以上は見つからなかった。スニーカーは、一度も外で履いたことがないみたいに見えた。箱にでも入れて保管しているのだろうか。フランキーは自分の靴に目をやった。片方の靴紐がまだほどけたままだった。しかも、履きやすさ重視のブローグシューズはかかとが擦り切れているうえに色がくすんでいた。ワックスでも塗ってくればましになっただろう。フランキーは、恥ずかしい靴を隠すように、できるだけ自分の体から遠いところに足を置いた。もう少し身なりをよくすることも考えはしたのだが、すべてが無意味に思えたのだ。どうして自分ではない人のふりをしなければならない？　とはいえ、第一印象ないしは最後の印象をよくするチャンスはこの一度しかなかった。ピンクの家の女と比べると、フランキーは真っ暗なチャリティーショップの中で着替えてきた人みたいに見えた。

しかし、問題はない。印象は、悪いほうが記憶に残る。

フランキーは、クリオの目線が全身を這うのを感じた。体がむずがゆくなる。観察されていると思うと、逃げたり隠れたりしたくなった。

「気を楽にして」とクリオは言った。そう言われたフランキーは逆の気分になった。「カウンセリングは恥ずかしいものじゃないから。でも、知らない人に心を開くのは大変よね。この仕事は長年やってきたけど、約束するわ。どんな悩みごとでも、だれかに話せば楽になるの。言いたいことはなんでもお聞きします。まずは、今日ここへ来た理由から話してみない？」

復讐。悲しかったから。心が傷ついていたから。

頭に浮かんだそのことばのどれもフランキーは口にしなかった。ひとりのときでもめったに口には出さない。呼吸のしかたを忘れたみたいに胸が苦しくなった。目のまえの女を見て、それから手袋をはめた自分の手を見下ろし、紙で切った指の痛みを感じた。こんなにも小さな傷がどうしてこうも痛むのだろう？　クリオの手に傷はなかった。かわりについているのは、ワンピースやスニーカー、口紅と同じ、きれいな赤のマニキュアだけだ。

フランキーと、頭の中でざわめいているさまざまな思いをあざ笑うかのように、壁にかかった特大の時計の音が大きくなっていた。

チクタク。家に帰れ。チクタク。ここから出ろ。チクタク。今すぐ立ち去れ。

「時間をかけて、ゆっくりでいいから」心を読んでいるみたいに、クリオはそう言った。

心を読んでいるわけなどないのだ。もしそんな能力があれば、そもそもフランキーを家に入れはしなかっただろう。

時間というものが、フランキーは最近よくわからなくなっていた。時間——それは、天から与えられたものだ。それなのに、無駄になったり奪われたりする。ブ、レ、イ、クタイムということばがあるくらいだから、一度壊れても、もとに戻るものなのかもしれない。時間には、歴史を書き換える力もある。けれども、絶対になくならないのが時間だ。人の場合、日常生活から消えれば、二度と戻ってこないこともあるのに。時間をかけて——そう言われても、フランキーは今まで時間をかけすぎてしまった。

もう一度時計に目をやった。時を刻むペースがあまりに速い。その音をかき消すために数を数える必要があった。しかし、この部屋には集中できるものがほとんどない。

壁が四つ、窓が三つ、椅子がふたつ、ピンクの家の女がひとり。

適切なことばが出てこないかと思って首を左右に振ってみた。その拍子に口からことばが転がり落ちたが、そのことばには自分でも驚いた。

「娘のことでここに来たんです」フランキーはどうにかこうにかそう言った。

それはほんとうのことでもあり、嘘でもあった。クリオは好奇心と本物っぽい優しさの混じった目でフランキーを見てきた。話を続けさせようとしている。自分のしたことのせいでフランキーがすべてを失ったとは、まったく気がついていない。

「娘さんの話がしたい？」とクリオは訊いてきた。

いや、天気の話がしたい。

向かい合った女の目に何かがよぎったのが見えた。心の声が外に漏れてしまっただろうか。けれども、それは揺らめく炎のようで、フランキーが起こしたそよ風が止むと、クリオはまた食い入るようなまなざしを向けてきた。

一年前にひとり娘が家出したとはクリオには話せない。

その理由を言うつもりもなかった。

二度と見つからないものを探すつもりはもうない。

「やっぱり無理かも」フランキーは小さな声でそう言い、まばたきをして涙をこらえようとした。

　クリオはきれいな銀色の箱からティッシュを差し出してきたが、フランキーは受け取らなかった。受け取れない。受け取るものか。ここへ来た唯一の目的は、答えをもらい、幕を閉じることだ。クリオの顔がわずかにゆがみ、完璧な顔が台無しになった。

「大丈夫？」とクリオは言って、心から知りたがっている様子で少しだけ身を乗り出してきた。心配だと言わんばかりだ。

「大丈夫じゃないです」フランキーは、相変わらず視線を合わせないようにしながら首をわずかに横に振った。正直な答えだった。最後にもう一度だけ数を数えはじめる。

　壁が四つ、窓が三つ、椅子がふたつ、ピンクの家の女がひとり。

　また時計を見た。約束の時間はもう終わりかけている。時間がない。やるなら今だ。

「わたしの名前はフランキー・フレッチャーと言います。わたしのことは知らないかもしれませんが、ここに来たのは――」

　携帯の着信音がいきなり鳴り、フランキーが何週間もリハーサルしてきたスピーチは邪魔された。ばかげた着信音がフランキーをあざ笑っている。

「ごめんなさい」とクリオは言い、ワンピースの見えないポケットに手を入れて携帯を取り出した。顔をしかめたかと思うと、すぐ画面をタップした。「マナーモードにしたはずなんだけど。これじゃ、プロとは言えないわね。謝ります。続けて」

　フランキーは、呆気に取られてクリオを見た。ことはまったく計画どおりに運んでいない。

壁が四つ、窓が三つ、椅子がふたつ、ピンクの家の女がひとり。

ひどくぎこちない展開だった。我慢ならないほどだ。フランキーは、用意してきたスピーチをまた最初からやり直した。最初から始めないとせりふを思い出せないような気がする。

「わたしの名前はフランキー・フレッチャーと言います。わたしのことは知らないかもしれませんが、ここに来たのは――」

クリオの手元で携帯がまた鳴りはじめたが、今度はバイブレーションだった。

クリオは目を細めて振動している携帯を見た。赤い爪のひとつで画面を叩いている。「ほんとにごめんなさい。どうぞ続けて」

フランキーは汗がにじむのを感じた。完璧なピンクの家の完璧な部屋の気温はもちろん完璧だったけれど。信じられない思いで首を横に振り、深呼吸してからまた始めた。

「わたしの名前はフランキー――」

今度は、机に置いてあるダイヤル式の電話が鳴りはじめた。その音はけたたましく容赦なかった。

「ごめんなさい。ほんとに申し訳ないわ。家族に何かあったのかしら」クリオは肘掛け椅子に座ったまま机まで移動し、受話器を取った。

家族。

そのことばに平手打ちされたようだった。

相手の話を聞くクリオの顔から血の気が引くのがわかった。「わかりました。一分以内に別の電話からかけ直します」とクリオは言って、受話器を置いてフランキーのほうを向いた。「ちょっとごめんなさい。急用でちょっと電話をかけないといけないの。でも、すぐ戻るから、ここで待ってて」それだけ言うと、クリオは部屋を出てドアを閉めた。

フランキーはぽかんとして部屋を見まわした。ここで何をしていろというのか。立ちあがり、独房に閉じ込められた囚人みたいに部屋を行ったり来たりしはじめた。独房に閉じ込められているというのは、ある意味ではそうかもしれない。わたしたちはみんな恐怖というれんがと見えない鉄格子でつくった自分の刑務所を築きあげる。部屋の端からもう一方の端まで歩数を数えてみたが、遠くから警察車両のサイレンが聞こえてきて足を止めた。ふと思った。さっきの電話の相手はだれだったのだろう。ピンクの家の女がフランキーの正体をすでに知っていたとしたら？　こっそり警察を呼んだのだとしたら？　外のサイレンはしだいに大きくなってきていた。頭の中で鳴る警報音に、携帯のアラームの音が重なった。どうやらカウンセリングの時間はここまでらしい。壁にかかった時計も賛成するように鐘を鳴らした。

フランキーはパニックを起こしそうになった。しかし、あるものを目にした瞬間、時間がゆっくり進みはじめ、やがて止まった。最初に足を踏み入れたとき、窓の横の壁に飾られた絵には気がつかなかった——ほかにも気になるものや気にかかることがたくさんあったからだ。しかも、さっきまで座っていた場所からは見えなかったこともあり、目に入っていなかった。だが、ようやく見えるようになった今、フランキーは身動きひとつせずその場に立ち、額に入れられた小さな切り絵を眺めた。ターコイズブルーの背景に黒い紙の木が何枚も重なっている複雑なデザインで、木には目があった。目がいくつもある。隅に手描きのテントウムシが見えた。その作品のスタイルはすぐにわかった。おなじみの精巧なカードの切り抜き。独特で美しい作品だったが、フランキーはこれをつくった人物を知っていた。ただ、わからないのは、行方不明になっている娘の作品がどうしてピンクの家の女の部屋にあるかだ。

クリオ

クリオは、ノッティングヒルの美しいタウンハウスの自宅の廊下に立っていた。電話の向こうの声に耳を傾けるものの、聞こえてくることばを理解できないように感じた。最初のひとことふたことは、意味を把握するのがとてもたやすかった。

「お世話になっております。〈ウィンザー・ケアホーム〉です。ちょっとお母さまのことで……」

そのあとは、向こうの女が外国語でも話しているかのように感じられた。聞き覚えはあるのだが、意味を理解することができない。あまりに重く、難解で、決定的すぎた。あまりに恐ろしい。とりあえず座る必要があった。クリオは、子供の頃と同じように、階段の一番下の段に腰かけた。まさに子供に戻った気分だ。

「ほんとうですか?」とクリオは訊いた。状況を考えれば、妙な質問のようにも思えたけれど。

「つらいお知らせで大変申し訳ないのですが」とその声は言った。電話の相手はどのくらいの頻度でこういう電話をかけているのだろう。週に一回? 日に一度? 悪い知らせを伝えるのは、まちがいなく高齢者向け施設の仕事の一部だ。台本すら用意されているのかもしれない。気まずい沈黙が流れ、クリオは心を落ち着かせようとしたが、うまくいかなかった。電話をかけたい相手はいたが、その相手に電話するのは無理だ。返すべきことばがなんであれ、それは口から出てこなかった。どうすればいいのか、自分がどう感じればいいのかわからない。

「すぐ行きます」クリオはたまりかねて、動かないままそう言った。

「無理に――」

「大丈夫です」とクリオは言った。

階段に腰をかけたまま電話を切った。携帯は手に、思いは別の場所にある。と、カウンセリングルームにいる女性のことを思い出した。名前は何だったか? 何か大切な意味でもあるみたいに、あの患者は自分の名前を繰り返し言っていた。こんなことなら、日曜日に新しい患者など診ないと断っていればよかった。とはいえ、電話口では切羽詰まっている様子だったのだ。それに、クリオにはお金も必要だった。こういう家やこういう生活は高くつく。

カウンセリングのあとは毎回、患者ごとにメモを残し、オフィスにある大きなピンクのファイルキャビネットに番号付きのファイルとして保管するようにしていた。さっきの女性の名前は覚えていなかったが、患者番号は999だ。今思えば、それも不吉な前触れだったのかもしれない。あるいは、神のお告げか。でも、クリオはそういうものを信じていなかった。信じているのは、つねにプロに徹することの大切さだ。そして、初回のカウンセリングで患者番号999を見捨てるのはプロとは言いがたい。あとで挽回できるといいのだけれど。

クリオは立ちあがり、ワンピースのしわを直した。人生のほかのしわや折り目も簡単にきれいにできたらいいのに。若い頃にした選択が、いつまでもわたしたちを苦しめることがある。もし過去に戻って、すべてを失う結果につながるまちがいを犯さないよう若い自分に警告できるとすれば、当然そうするだろう。後悔などひとつもないという人間をクリオは信用していなかった。そういう人にはどれだけカウンセリングを重ねても無駄だ。廊下の鏡で自分の姿を確認して顔の具合を整え、人々を救う方法を知っているセラピストらしくした。あごに赤い汚れがついていたので、それを手で拭いた。もっと早く気がつかなかったとは。自分に失望した。詐欺師にでもなった気分だ——患者の生活より自分の生活のほうがよほどめちゃくちゃではないか。アドバイスも薬と同じだ。自分で飲むより人に与えるほうがたやすい。

今しなければならないのは、さっきの新しい患者に謝罪し、何があったかを説明することだ。また別の機会に来てもらうようお願いすればいい。今回も次回もカウンセリング代は無料ということにすれば、問題ないだろう。タダで何か手に入るとなると、どんな失望でもその度合いは薄まるものだ。しかし、現実にはタダなものなど何ひとつない。その事実を受け入れれば、みんなもっと幸せになれるのに。クリオは深呼吸し、顔に笑みを貼りつけてドアを開けた。

大変申し訳ない——そう声をかけようとしたが、カウンセリングルームにはだれもいなかった。

患者番号999が帰っていれば、当然気がついただろう。クリオのまえを通らないと、玄関には行けないのだから。しかし、変わっていたのは、新しい患者がいなくなったことだけではなかった。壁から絵がひとつ消えていて、かわりに古い十ポンド札がピンで留められていた。三十年この仕事を続けてきて、あらゆるものを見てきたと思っていたが、どうやらそれはまちがいだったらしい。そよ風に揺られて、薄い白のカーテンが怠け者の幽霊みたいにわずかに膨らんだ。と、回転式の窓が全開になっているのが見えた。

患者番号999は、そこから額入りの切り絵を持ち去っていた。

フランキー

フランキーの細長い船〝黒い羊〟は、テムズ川沿いのこの静かな片隅に十年前から停泊している。ここはつい最近までフランキーにとって世界で一番好きな場所だった。フランキーと娘が引っ越しをしなければならなくなったときでも——そういうときは頻繁にあったが——船がいつもわが家だった。テムズ川はイングランドで最も長い川で、ロンドンの街も含め、九つの州を流れている。水上を移動するのは、国内のある場所から別の場所へだれにも気づかれずに移るのに便利このうえなかった。

フランキーは、ピンクの家の女のことを考えずにはいられなかった。あそこには真実を探しにではなく、告げにいったのだが、真実とは水のようなもので、最後には必ずもれてしまうのだ。今ではすべてが変わった。希望を持つ理由が、進みつづける動機ができた。かわいい娘を取り戻す方法はまだあるかもしれない。ある人にとっての真実が別のだれかの真実とまったく同じであることはめったにない。真実は、所有者にぴったり合うよう引っぱられて形を変えがちだ。人々は物事をそれぞれちがった形で記憶し、記憶は人を嘘つきにする。だが、ピンクの家の女が嘘つきだということだけは真実だとフランキーは知っていた。

細長い船に住む大きなメリットのひとつは——メリットはたくさんあるが——危険が近くに迫って見つかりそうになったときはいつでも、キーをまわして船を出すだけですむことだった。姿を消すことができれば、透明人間になるのは簡単だ。この船は時速六マイルしか出ないかもしれないが、完璧な逃走用の乗り物だということを一度ならず証明していた。しかも、数学者なら六は最小の完全数（パーフェクトナンバー）だと知っているはずだ。中国でも六は〝流れ〟を意味し、世界にも六が幸運な数字だと考える人は多い。フランキーがこの期（ご）に及んでまだ船を出していない唯一の理由は、もしそんなことをすれば、娘が母親の居場所を把握できなくなってしまうからだった。

娘が生まれたとき、フランキーはまだ十八歳だった。今の娘と同じ年頃だ。美しい赤ん坊だったが、よく泣く子だった。自分が愛されたかった愛し方で娘を愛そうと決めたのだが、シングルマザーとしての最初の数ヵ月は、自身もまだ子供だったというのもあり、人生で一番過酷な日々だった。重くのしかかる責任に、絶え間ない疲労、恐怖。経験したことのない人には、到底説明できないものだった。

経済的にも苦しかったが、フランキーはいつもどうにか家計をやりくりしてきた。デッキに鉢植えや大きな袋を置いて野菜を育て、エギサ（EGGITHA）・クリスティという名前のペットの鶏も飼っていた。エギサは、食べきれないほどの新鮮な卵を産んでくれた。物質的な面からすると、フランキーと娘はあまり恵まれていなかったが、満ち足りた生活をしていた。ふたりにはお互いがいて、それだけで充分だった。少なくともしばらくのあいだは。世の中というものは、人に喜びを与えたあとでまたそれを奪うというおかしな癖があるらしい。

赤と黒の細長い船は、フランキーが相続したときにはもう〝黒い羊〟と呼ばれていたが、名前を変える理由はとくに見つからなかった。人間だれしも錨が上げられたときにしがみつける、なじみのある何かやだれかが必要なのだ。漂流するのは危険きわまりない。〝黒い羊〟は『ドクター・フー』に出てくるターディスよろしく、見た目より中が広い船だった。端から端まで三十二歩ある。小さな円窓が八つあり、それぞれの窓から、揺れるシダレヤナギと川岸の多様な景色が眺められた。細長い船ではあったが、寝室ふたつ――端にひとつずつ――にコンパクトなバスルーム、部屋の真ん中にゆったりしたリビングエリアを具（そな）えられるだけの広さがあり、リビングエリアには、小さな調理室と薪ストーブ付きの部屋があった。

フランキーは、キツネの形をした変わったオーブン用の手袋をつけて薪ストーブの扉を開け、薪を一本追加した。大きなハエが船内を飛びまわっているせいで、考えごとに集中できなかった。そこで、近くにあったスプレー缶をつかみ――家具のつやを出す以外にもこの缶の用途は多い――ハエにスプレーをかけた。ハエが床に落ちるさまを眺める。沈黙が訪れたものの、さっきと変わらず周りがうるさく感じられた。物事が計画どおりに進まなかった今、何をしたらいいのかわからない。フランキーは時間稼ぎをするのをやめ、薪ストーブの部屋から娘の寝室までの十五歩を移動した。電気をつけて消すという行為を自分が三回繰り返さなければいけないのはわかっていたので、すばやくそうした。一回目は問題なかった。二回目は、明かりがともったのは一瞬だったにもかかわらず、ベッドの上で泣いている女の子の姿が見えたような気がした。三回目はまた、部屋が空っぽになっていた。

わたしは大丈夫、わたしは大丈夫、わたしは大丈夫――フランキーは胸の内でそうつぶやいた。

何度も繰り返せば、説得力が出てくるような気がする。

寝室は、娘が出ていったときのままだった。壁には絵が飾られ、椅子には服がかかっていて、枕の上にはぬいぐるみが置かれていた。アップライトピアノの蓋が開いている。おかしい。閉めたと思ったのに。冷えと何か別のものに背中を押され、フランキーは部屋を出た。薪ストーブの部屋までの十五歩は、迅速な撤退戦さながらだった。薪ストーブの横にある小さな肘掛け椅子に座り、躍っている火を見つめた。揺らめく炎が、船内に動く影を投げている。ここは〝黒い羊〟の中でもお気に入りの場所だった。自分ひとりのささやかな読書コーナー。ストリングライトで飾られた古いオークの書棚があり、そこはお気に入りの小説とアロマ・キャンドルのコレクションで埋め尽くされていた。リラックス効果があるというキャンドルに火をともした。効果がなかったときに備え――効果があったためしなど一度もないが――椅子の横にある、飲みかけのボトルからコルクを抜いて、〝ママ〟のマグカップに赤ワインを注いだ。娘がまだここにいたときも、フランキーはこうしてお茶を飲むふりをしてワインを飲んでいた。マグカップを口に運んだ拍子に、指にできた小さな切り傷がまた目に入った。紙で切った傷は木の復讐なので、薪ストーブにさらに薪をくべてやった。

紙はフランキーの人生で大きな役割を担っていた。今まで本を扱う仕事をしてきたし、生涯を通じて読んできた物語や愛読書はすべて紙に印刷されている。そのうえ、娘は紙から美しい絵を切り取ることを何より楽しんでいた。壁に立てかけられた額入りの切り絵を見た。さっきピンクの家から盗んできたものだ。まるで幽霊を見ているようだった。作者はまちがいなく娘だ。フランキーは久しぶりに希望に似た感情が湧きあがるのを感じた。

切り絵に署名はなかった――右下の隅に手描きのテントウムシのようなものがあるだけだ――が、額の裏に貼られた輝く金色のステッカーには名前が印刷されていた。コベント・ガーデンの〈ケネディーズ・ギャラリー〉とある。その名前と場所には聞き覚えがあった。何年もまえに行ったことのある場所だ。画廊はもう閉まっているだろうが、朝になって開いたらすぐに行ってみるつもりだった。外は風が強くなっていて、川が波立ち、船はきしみながら横揺れしていた。嵐が来たときなど、たまに壁にかかった絵も揺れることがある。フランキーはまたワインを注ごうとしたが、ボトルが空になっていることに気づいた。でも、問題はない。同じようなワインならまだある。フランキーは昔からアルコールに対する耐性のほうが人に対する耐性よりしっかりついていた。楽しむために飲むのではない。フランキーにとって、酒は痛みを消すためのものだった。それと、忘れるためのもの。しかし、コルク抜きが見つかるよりも早くピアノの音が聞こえた。はじめは鍵盤をふたつ押しただけの音だった。あまりに小さい音で、ほとんどピアノだとわからなかった。

船には自分ひとりきりだ。フランキーはそう確信していた。いつも乗船したらすぐドアに鍵をかけている——刑務所で働いていると、鍵をかける習慣からはなかなか抜け出せない。幻聴か、疲れのせいでそんな気がしただけだろうと思ったが、そのとき、また鍵盤の音が聞こえた。

フランキーは数を数えることで心を落ち着かせようとしながら、忍び足で娘の部屋へ向かった。

薪ストーブの部屋から調理室まで五歩。

船はまだ横揺れしていた。またピアノの音が聞こえた。

小さな通路まで四歩。

ピアノの鍵盤は全部で八十八ある。白が五十二と黒が三十六。

船の端まで三歩。

まちがいなく嵐が近づいているようだった。さっきの音もやっぱり気のせいだったのかもしれない。

娘の寝室まで二歩。

またもやピアノの音が聞こえた。今度のは大きかった。

寝室のドアまで一歩。

ドアは開いていた。

閉めたはずなのに。

暗すぎて中が見えなかったので、身動きひとつせずドア口に立ち、不完全な静寂に耳を澄ました。川の水が船体を打っている。さっきのは耳の錯覚にちがいない。娘はよくピアノを演奏していたから、記憶の亡霊が音を鳴らしたのだ。

きびすを返して歩き去ろうとした。さっき開けようとしたワインが飲みたくてたまらない。

ピアノがまた鳴り出した。

大きいが、はっきりしない音だった。

だれかがすべての鍵盤を一度に押したかのような、メロディーとも言えない雑音。その音がしだいに大きくなる中、フランキーは向きを変えて娘の寝室に戻り、震える指を電気のスイッチに伸ばした。

クリオ

　クリオは、また外出しなければならないことに腹を立てていた。日に二回の外出は、二回分余計だ。が、さっき受けた電話のことを考えれば、〈ウィンザー・ケアホーム〉に戻らなければ、妙どころか、怪しく思われるだろう。クリオは自分の家にいるときが一番幸せだった。自宅だと、何事も自分の思いのままになると感じられ、自分の城の——孤立した城であったとしても——女王になれる。もっとも、そのことをだれかに話したことは一度もない。世間に見せている自分と今の自分に、もはや共通点はあまりなかった。

　やっとのことで到着すると、タクシーの運転手に料金を払い——表示金額ぴったりでチップはなしだ——〈ウィンザー・ケアホーム〉に向かった。ロンドンの一日中混んでいる道路と運転手のだらだら続くおしゃべりのせいで、ここまでのタクシーでの移動はひどく長く感じられた。おかげで、嫌なことを考える時間がずいぶんとできた。建物の中に入る足取りは、どうやって歩いたらいいかを思い出せない人みたいに一歩一歩が重かった。もしかしたら心の奥底の何かが、足を踏み入れずにここからそのまま立ち去るよう警告していたのかもしれない。

　入ってみると、中は拍子抜けするほど静かで落ち着いていた。予想していた雰囲気とはまったくちがう。廊下や休憩室にはだれもおらず、廊下の先のほうか見えない場所からくぐもった声が聞こえてくるだけだった。クリオは、所長やほかの従業員を探して時間を無駄にしたりしなかった。かわりに、静かに一段飛ばしで最上階へ向かった。エレベーターはほぼまちがいなく故障しているだろう。いつもそうだから。とにかく、できることならひとりで母親の部屋に戻りたかった。結局、何かをなくしたときには普通そうするはずだ——来た道を戻るだろう。

今日以前にもケアホームからの誤報は何度もあった。それこそ数え切れないくらい。クリオはそのひとつひとつを覚えていた。

「お母さまが混乱されているようで」

それは今に始まったことではない。

「お母さまが食事を口にしようとしないんです」

クリオが料理しても、母は食べようとしなかった。

「お母さまが転倒されまして」

何かよからぬことでもしていたのだろう。

クリオはセラピストとしての長年の経験から、人が注意を引きたいときというのが嫌でもわかってしまうようになっていた。注意を引くことだけが目的という場合も多い。しかし、今回のはちがうような気がした。

「ほんとうに申し訳ありません。お母さまがいなくなってしまって。やれるだけのことはやったのですが」

母親が〈ウィンザー・ケアホーム〉に入居した当初、クリオは週に一回ここを訪れていた。数ヵ月が経ってメイという名前の友達ができるまで、エディスはほかの入居者たちとはちがって階下（した）へ行こうとしなかった。クリオは毎週火曜日、母親の寝室に一時間座っていたが、エディスは娘と一切話をせず、もう会いたくもないという気持ちを態度ではっきり表していた。だから、クリオは会いにくるのをやめた。電話でも話すのを拒否されるようになると、電話をかけるのもやめた。ふたりが意識して連絡を絶つのはこれがはじめてではなかった。ふたりの関係は、うまくいっているときよりもうまくいっていないときのほうが多く、何ヵ月もお互いに口を利かないこともたびたびあった。クリオが十代の頃から、ふたりの親子関係はもろく複雑だった。

　エディスはケアホームに移るのではなく、娘と一緒にピンクの家で暮らすことを望んでいた。けれども、同じ屋根の下で暮らすのはいい考えとは言えなかった。クリオの家は小さすぎるし（嘘だ）、階段は急で狭いし（ほんとうだ）、クリオにとって自宅は職場でもあり、母親の様子を観察したり世話をしたりする暇はなかった（ほんとうでもあり嘘でもある）。とにかく、そんなことはしたくなかったのだ（偽りのない真実だ）。何より、自宅はオフィスでもあるので――ほとんど毎日患者を診ているわけで――高齢の母親を介護する時間も忍耐力もエネルギーもクリオにはなかった。ノミだらけの犬に関しても同じだ。老人ホームが唯一の選択肢だったわけだが、エディスはこの状況を利用して娘を悪者に仕立てあげた。話を聞いてくれる人がいれば、だれかれかまわずその話をしていた。

今日のこの日まで、エディスとクリオは何ヵ月も顔を合わせず口も利いていなかった。それが、この始末だ。

クリオは、廊下と罪悪感の迷路を進み、やがて十三号室のまえにたどりついた。鍵のかかっていないドアをそっと押す。部屋が――ベッドも――空っぽなのを見て、妙な安堵感を覚えた。だれかがやってくるまで、どれくらいのあいだこうしていないといけないのかわからないまま、手がかりを探しはじめた。何を探せばいいのかわからなかった人が見逃しているかもしれない手がかりだ。化粧台に母親のお気に入りの保湿クリームがあった。三十年使っている同じブランドだ。それにより呼び覚まされた記憶は必ずしも嫌なものばかりではなかった――クリオにも幸せな子供時代はあったのだ。クリオは、保湿クリームを自分のポケットに入れた。

しゃがんでベッドの下をのぞき込んだ。母親の古いピンクの革のスーツケースがなくなっていた。見つかったのは、食べかけのカスタードクリームビスケットと雑誌の《ラジオ・タイムズ》、スリッパが片方、ペーパーバック二冊、スクラブルのボードだけだった。これらをいったいどこで入手したのか、見当もつかなかった。だれに聞いてもエディスは、ケアホームはもちろん、自分の部屋からすら一歩も出ていないという話だった。ベッド脇の棚の中を見ると、手紙が入っていて驚いた。一通目は弁護士からだった。読むにつれ、手が震えてきた。見つかってはじめて、自分が何を探していたのか、人は往々にして気がつくものだ。

最初は、書かれていることばの意味がいまひとつ理解できなかった。

〝ご提供いただいた証拠に基づき、委任状を無効にするお手伝いをさせていただければ幸いです〟。

クリオはページをめくり、さらに読みすすめた。

〝ご存知のとおりわれわれは、負けたらお代はいただかない、という方針でやらせていただいています。ご自宅を取り戻し、いかなる居住者がいようとも強制退去させられると確信しておりますので、どうぞご安心くださいませ〟。

続きを読むまえに、クリオは手紙の日付を確認した。今週送られたもののようだ。

〝また、ご指示のとおり、遺言状の内容を変更させていただきました。コピーは郵送済みです〟。

クリオは手から手紙を落とした。こんな話は母親からは聞いていない。ベッド脇の棚に入っていた別の封筒を開け、ようやく分厚い紙の束が入っている封筒を見つけた。読みはじめた途端、胃がむかむかしてきた。

ほんとうだ。母親はどういうわけか遺言状の内容を変更していた。胸の痛みと怒りが混じった感情が込みあげてきた。関係ない書類にざっと目を通した結果、ようやく重要な書類にたどりついた。現在母親が所有しているすべてのもの――大金ではないが、かなりの額の貯金と株――はふたりの人間に分割して相続されることになっていて、クリオはそのうちのひとりだったはずだ。ところが今は、遺言状にはひとりの名前しかなく、それはクリオの名前ではなかった。

十三号室の中を最後にもう一度見てまわったが、価値のあるものや興味を引かれるものは一切見つからなかった。しかし、ベッド脇にひとつ、好奇心をそそるノートがあった。表紙には〝後悔と名案のリスト〟とある。母親が書いたものなのはわかった。最初のページを開いてみた。

後悔のリスト

一、娘

クリオは力を込めてノートを閉じ、弁護士の手紙と一緒にハンドバッグに入れた。母親がぼけていると証明できれば――そうするのはそれほどむずかしくないはずだ――新しい遺言状を無効にできるだろう。手がかりを見逃さずにすんでよかった。一方、母親の居場所を示唆するようなものはこの部屋には何もない。クリオは部屋を出た。絨毯（じゅうたん）の敷かれた階段を速足で下りたが、一階に着いてもまだすべてが驚くほど静かだった。母親が行方不明になってから数時間経っているが、職員たちは明らかにまだ母親を発見できていないらしい。普段は騒がしい廊下にいるのは、二十代後半のこぎれいな格好をした若い女だけだった。肩までのブロンドの髪に一筋だけピンクのハイライトが入っていて、『スター・ウォーズ』のTシャツの上からツイードのパンツスーツを着ている。ことの顚末（てんまつ）をだれかに話す必要があった。この女が夜勤の責任者なのかもしれない。責任者になるには少し若すぎるようにも見えたが、こういう場所で働いてくれる人を探すのはなかなかむずかしいのだろう。

「すみません、担当の方ですか？」とクリオは訊いた。

若い女はかすかな笑みを浮かべた。「ええ、そうだと思いますが」

「母のことでお電話くださいました？」

「いえ、していませんけど」

礼儀正しく振る舞おうとするとひどく疲れたが——ここは無能な従業員ばかりだ——失礼な態度を取るより行儀よくしていたほうが、いい結果につながることは多い。そこで、クリオは食い下がった。「じゃあ、どなたがかけてくださったかご存知です？」

「知っているとは言えないですが——」

「あなた、ここで働いてるんじゃないの？」

「今は仕事中ですけど、わたしはここで働いているわけではありません」若い女は謎めいた返事をした。ばかげたピンクの髪を、大量にピアスのついた耳にかけている。クリオが普段向けるような目でその女がクリオを観察してきて、調子がくるった。相手が何か言うのを待ったが、若い女は何も言わなかった。ことばとことばの切れ目はときとして、ことば自体より雄弁だ。

「ごめんなさい。どういうことかよくわからないんだけど」クリオはしびれを切らしてそう言った。

「わたしは刑事です」と若い女は言った。それだけで説明は足りているだろうと言わんばかりに。

クリオは恥ずかしさと、説明しにくい別の感情で顔を赤くしたが、すぐに持ち直した。「でしたら、当然母のことはご存知ですよね。行方不明になってるのはわたしの母なんです。その件であなたもこちらにいらしたわけでしょう?」

刑事は首を横に振った。「行方不明者の件でわたしはここに来たわけではありません。わたしが捜査しているのは殺人事件です」

ペイシェンス

コベント・ガーデンの丸石敷きの通りをいつもより速いペースで歩いた。罪に問われるとすでにわかっていることと自分とのあいだの距離を、できるだけ広げなければいけないように感じていた。でも、まずはどうにかしなければならない別の問題があった。いや、別の人というべきか。明日まで計画に忠実に動けば、何もかもうまくいくだろう。近くの食料雑貨店に寄って生活用品を買ってから、セントポール教会へ向かった。

教会へ行くのは、罪を告白するためではない。そこに隠したものを回収するためだ。

数百年前のコベント・ガーデンは畑に覆われた場所だった。その畑が巨大な青果市場になり、その後、店や建物が建設され、ロンドン一の劇場近くにある観光スポットになったわけだ。現在は、セントポール教会の裏手にある魔法をかけられたような一帯を除けば、コベント・ガーデンに本物の庭（ガーデン）はほとんどない。ここは、現実世界がうるさくなりすぎたときに隠れにくる、わたしのお気に入りの場所だった。

ロンドンのシアターランドの中心部という場所柄か、セントポール教会は俳優の教会として知られていた。わたしもいい俳優になっていたかもしれない。演技の経験は豊富だった。だれしも人生で振り当てられた役を演じているものだ。自分がそうしているとも気づかないまま。

教会のひっそりした美しい庭のベンチには、ひとつひとつ意味深長なメッセージが刻まれていた。わたしはお気に入りのベンチのまえを通った。〝わたしを忘れないと約束して。忘れそうになったら、取り憑いてやるから〟とある。この世には二種類の人間がいると思う。絶対に忘れられたくないと思うタイプの人間と、そもそも最初からだれにも気づかれたくないと思っている人間。わたしは気分次第で両方にあてはまるような気がした。

教会の外よりも中のほうが寒く感じられた。古い石の床に足音が響き、不気味な雰囲気が漂っていた。置いたときのままの場所に古いピンクの革のスーツケースがあり、わたしは胸をなでおろした。

「カスタードクリームビスケットはちゃんと買ってくれた？」エディスが右手にスーツケースを持ち、左手に犬のリードを持ってそう訊いてきた。ディケンズがわたしを見てしっぽを振っている。

「うん。紅茶と牛乳とシャルドネもね。こんなに時間がかかっちゃってごめんなさい。人目がないことを確認しなきゃいけなかったから。これでちゃんと家に連れて帰れるよ」

「すごくわくわくしてきたわ！　ワインなんてもう何ヵ月も飲んでないもの。それに、ついに家に帰れるのね！」とエディスは言った。帰るのはわたしの家だということは黙っておいた。エディスはまだ自分の服の上からわたしのパーカーを着たままだった。変装としてはなかなかの出来だ。

「きみにもご褒美を買ってきたよ」そう言うと、ディケンズはまたしっぽを振った。さっきからずっと教会に置いてある猫餌の入ったボウルをじろじろ見ていたのだ。ここにはいつもおなかを空かせた迷い猫のためにボウルが置かれていた。世の中には、迷子になった人間より動物に対してのほうが優しい人が一定数いる。そのことがわたしは昔から不思議だった。

エディスは笑みを浮かべた。「あそこから連れ出してくれてありがとう、テントウムシちゃん」

「どういたしまして」といっても、わたしに選択の余地があるわけでもなかった。「あまり面倒なことにならないといいけど」

「面倒っていうのは、自分から寄っていかなければ巻き込まれたりしないものよ。くよくよするのはやめなさい。最後にはきっとうまくいくから。もしうまくいかなければ、それはまだ最後ではないってこと」

フランキー

この家に侵入者がいる。ピアノの音は耳の錯覚ではなかった。さっき感じた言いようのない恐怖は今や、極度の苛立ちに変わっていた。猫は好きではない。呼んでもいないのに船に上がってくる黒猫はとくに嫌いだった。勝手に娘の部屋に入ってピアノの上を歩きまわるなんて。ただでさえ黒猫は災いをもたらすと言われているのに。災いなら、すでにもう充分フランキーには降りかかっていた。

「この船は〝黒い猫〟じゃなくて〝黒い羊〟よ」とフランキーは言って、猫を持ちあげ、自分の体からできるだけ離して外まで運んだ。川岸に置くと、猫は大きな緑色の目でじっとこっちを見てきたが、そのあと走り去り、暗がりへ消えた。

娘の部屋を掃除するのにはしばらく時間がかかった。招かれざる客がいた痕跡は一切ないと満足できるまでほこりを払い、掃除機をかけ、ワックスで磨いた。念のため、この部屋は当時のまま——少し散らかってはいるが、きれいに掃除されている状態——にしておきたかった。ミッキーマウスの腕時計に目をやって驚いた。もうこんな時間だ。この腕時計は、幼少期から使いつづけている数少ないもののひとつだ。もともとは母親のものだった。そろそろ新しいのを買ったほうがいいかもしれない。変えられない過去にしがみつくのはやめにしなくては。

自分の娘には、もっと幸せな幼少期を過ごしてもらおうと最初から決めていた。親からの愛が確実に伝わるようにしたし、いつも娘にとって安全で温かい家を用意してきた。教育はホームスクーリングで受けさせ、娘が一緒に過ごす相手には目を光らせていた。幾度となく引っ越しをしたが、娘は古い友達のかわりとなる新しい友達をつくるのがうまかった。テムズ川が自宅になることは多かったが、グランドユニオン運河やリージェンツ運河で生活していた時期もある。住む場所を変えると、娘が悲しむのはわかっていたが、また引っ越しをしなければいけなくなったときに備えて、気を抜いたりひとつの場所に入れ込みすぎたりしないことが肝心だとフランキーは思っていた。しばらくは逃げる必要のない日々を過ごしてきたのだが、それも、娘が家出するまでだった。今はこれまで以上に警戒している。

船にフランキーの私物はほとんどなかった。ここに置いてあるのは、慌てて出ていかなければならなくなったときにぱっとつかめる小さなものばかりだ。たとえば、娘の成長を追った写真を収めた大事なアルバムとか。手紙や請求書や書類は一切なかった。フランキーは、玄関のドアに鍵がかかっていることを再確認してからすべての電気を切ると、船の反対の端にある自分の寝室へ向かった。暗がりでベッドに横になり、最後に娘と会ったときのことを思い返した。

お互いにかけたことばがよみがえる。眠りにつくまえにいつもしていることだった。

「十八歳になったら、父親がだれか話してくれるって約束したよね」

「話せないの」フランキーはそのときも、今もそうつぶやいた。

だから、娘は出ていったわけだ。自分で父親を探すために。

幸せな結末を迎えることは決してない物語だった。

自分がしたことは、娘を真実から守るためにしたことだ。ほかにどうしようもなかったが、そのせいですべてを失ってしまった。歴史には、最悪な部分を繰り返すという悪い習性がある。

そして、今日だ。あんなにあれこれ計画したにもかかわらず、何もかも悪い方向へ進んでしまった。

ピンクの家に行くまえに、あまりに動揺していたせいかもしれない。

まさかある人に会うために ケアホームに立ち寄った結果、あんなことになるとは。

クリオ

「殺人事件?」とクリオは訊いた。

「はい」と刑事は答えた。「残念ながら、ここは犯罪現場ですので、別の者から話を聞かせて

――」

「だれ?」

「後輩の刑事です。現場にいるすべての人から話を――」

「いえ、殺されたのはだれかって訊いてるんです」

「われわれも近親者と話をするまでは、はっきりしたことは申しあげられません」

「でも、こっちはさっき母のことで電話をもらったんです。その方の話では、母が行方不明だと……」

「お母さまではありません」

「どうしてわかるんです?」

クリオは、刑事に観察されているのを感じて落ち着かなくなった。警官数人が割り込んできてほっとした。ケアホームに非常線を張りはじめている。刑事は、ピアスのついた耳にかかったピンクの髪の毛を引っぱり出して、平らな胸のまえで細い腕を組んだ。クリオの患者もよく似たようなしぐさをするが、これは、圧倒されていると感じたときに物理的な壁をつくろうとする、典型的な不安の表れだ。この若い刑事は明らかに経験不足のようだ。「わたしの大好きな祖母も、こういう施設で亡くなったんです。わたしに言わせれば、若すぎる死だったんですが」

妙なことを言うものだとクリオは思った。こっちから訊いたわけでもないのに。クリオは無意識に鼻にしわを寄せた。「お名前を聞いていませんでしたが」

「これは失礼しました。自己紹介がまだでしたね。警部のシャーロット・チャップマンです」と刑事は言って、片手を差し出してきた。刑事の爪がすべてちがう色で塗られていることに気がついた。刑事にしては若すぎる。クリオはそう思った。格好も不適切すぎると言わざるをえない。「ケアホームの所長が殺される理由については、どういうものが思い当たりますか？ ぜひ専門家のご意見をうかがえればと」とチャップマン警部は唐突に言った。

クリオは驚いた顔をした。「まず近親者に伝える必要があるのでは――」

「ええ、そのつもりです」

「じゃあ、どうして――」

「確か、あなたは精神科医でしたよね？」

クリオはまた鼻にしわを寄せた。「セラピストです。どうしてわたしのことを知ってるんですか？」

「その人がどういう人か、なんの仕事をしているのか、どういうことができるのかを把握するのがわたしの仕事ですから。所長はあまり人に好かれていなかったという印象を受けましたが」

クリオは肩をすくめた。「知らないですけど」

刑事はメモ帳を取り出し、指をなめてページを何枚かめくった。もはや不安を抱いているようにも、経験不足にもまったく見えなかった。「失礼ですが、クリオ・ケネディですよね？ 赤いワンピースと同じ色のスニーカーからそう思いまして」そう言われ、クリオは顔をしかめた。「今日あなたがここの所長と言い争うところが目撃されています。入居料を払えないならお母さまをここから追い出すと、ジョイ・ボネッタは脅した。まちがいありませんか?」

「だれが見てたんです?」とクリオは訊いたが、そのとき、ジョイのオフィスのまえをうろついていた気むずかしそうな老人を思い出した。

「面白い質問ですね。でも、そういう質問は困ります。ところで、お母さまの部屋は最上階ですが、ここではいつも階段を使われるんですか?」

クリオは頬が紅潮するのを感じた。「運動するのは別に犯罪ではないですよね?」

「まあ、場合にもよりますが。でも、殺人は確実に犯罪です。さっきはエレベーターを使われませんでしたよね。わたしにはそれが少々奇妙に思えるんですが」

「自分の仕事をしないでこっちの時間を無駄にしてることこそ、わたしには奇妙に思えるんですけど」

刑事はかすかな笑みを浮かべた。「今日、あなたは所長を脅した。確か、こう言っていたと……」刑事はメモ帳をもう一度確認した。「〝もし母の身に何かあったら、ただじゃおかないから〟。心当たりはないですか? お母さまは行方不明になり、ジョイは死んだ。これはわたしにとってははじめて担当する殺人事件ではありませんが、現場に到着して、死んだ女性が首から札を下げていたのははじめてですね。そんなことをしたのがだれであれ、その人は世界に知らしめたかったようです。エレベーターと同じく、ジョイが〝故障中〟だと」

「そういうことをわたしにぺらぺら話す必要がほんとうにあるんですか?」とクリオは訊いた。

「わたしが言うことに対する反応を見たい場合は、まあ、ありますね。今日の午後、あなたのふりをした別の人物がケアホームに来て、あなたの名前で面会者名簿にサインしたのはご存知ですか?」クリオは刑事を見つめたが、何も答えなかった。「犯罪現場でこそこそ嗅ぎまわっているのは、怪しいんじゃないでしょうか」

「嗅ぎまわってなんかいません。さっきご自分でもおっしゃったとおり、母が行方不明なんですよ」

「まあ、少なくともその点に関しては、わたしも同意します。ですが、お母さまはいなくて、あなたはここにいる。こんなことを言うのは気が早いかもしれませんが、現段階でわたしがこの事件を見るに、ここには三人の容疑者とふたつの殺人事件、それに被害者がひとりいるようです。クリオ・ケネディ、あなたは現在のところ、ひとり目の容疑者です」

ペイシェンス

「ここは家じゃないわ」画廊の脇にある暗い路地に案内すると、エディスはそう言った。

「うん」とわたしは言った。「でも、ここなら今夜安全に過ごせるはず。この数ヵ月、ディケンズもここでわたしと暮らしてたんだよ」エディスはやはり、あまりうれしそうな顔はしなかった。わたしのパーカーを着た彼女は普段の雰囲気とかけ離れていて、今まで目にしたことのないとげとげしさを感じた。

「この通りには見覚えがある——ここはどこ?」とエディスは訊いてきた。

「コベント・ガーデン」

「だと思った」とエディスは鋭く言った。それはどうだか、とわたしは思った。「狭い世間が小さな町に凝縮されちゃったわけね」どういう意味なのか、わたしにはよくわからなかったが、そのあと、エディスはわたしが知っているエディスに戻って口調を和らげた。「まあ、これが最善だと言うなら、あなたを信じるわ」

信じないほうがいいのに、とわたしは思いかけた。

ディケンズが慣れた百二十三段の階段を、先陣を切って駆けのぼった。エディスはもう少しゆっくり進む必要があったので、ふたりで途中に何度か休憩を挟みながらのぼった。エディスはなんとしてもてっぺんにたどりつこうという強い気持ちもあらわに、手すりをつかんで自分の体を持ちあげている。わたしは、彼女のもう一方の手を取って転ばないよう支えながら、ピンクの古いスーツケースも含めて彼女の荷物のほとんどを運んだ。

「もう少しだよ」とわたしは声をかけた。

「ほんとにそうであってほしい」わたしが屋根裏部屋のドアの鍵を開ける横で、エディスは少し息を切らしていた。

「あらまあ」部屋に足を踏み入れた途端、エディスは息をのんだ。「まるで画廊の中にいるみたい。それも、すばらしい画廊よ」そう言って、壁を埋め尽くしたわたしの切り絵を眺めている。「テントウムシちゃん、ほんとにすごいわ。あなた、本物のアーティストじゃない」

わたしは顔が赤くなるのを感じた。まだ人に見せる準備ができていない作品を人に見てもらうのは妙な感じだった。自分のつくったものを気に入ったと言われたときの感情はなんとも説明しがたい。ほかに喩えるものがなかった。紙とナイフだけで何もないところから何かを生み出すのは、ときに魔法を使っているように感じる。ふと思ったが、わたしたちはだれしも、最初は真っ白なキャンバスなのかもしれない。わたしたちが自分のものだと思っている思いや感情で世間に絵を描かれるまでは。わたしはその考えが気に入った。つまり、わたしたちは変われるということだ。この部屋にある作品はどれも、愛、憎しみ、痛み、喜びから生まれたもので、ひとつひとつにわたしの小さな一部が入り込んでいた。作品に署名をしたことはなかったが、エディスに〝テントウムシちゃん〟と呼ばれるようになって以来、切り絵の右下の隅にテントウムシの絵を描いている。わたしがつくったものだというしるしだった。

ディケンズは犬用のベッドにまっすぐ向かい、そこで三回くるくるまわったあと、横になって目を閉じた。くつろいでもいいとわかっていてくれてうれしかった。エディスもすぐそうなるといいのだけれど。

「もしよければ、自分の服に着替える？」とわたしはエディスに声をかけた。

「それはいい考えね。これじゃあ、街のごろつきかニートみたいだもの。気を悪くしないでね。でも正直、パーカーがすてきだと思ったためしは一度もなかったけど、着心地はけっこういいわ。着替えるあいだ、ちょっとひとりになってもいいかしら?」

「もちろん」とわたしは言った。エディスと古いスーツケースがわが家の〝バスルーム〟に消えた。少しすると、エディスは水玉模様のワンピースと綿のカーディガンを着て出てきた。わたしが窓の外に牛乳を置いているのを見ると、声を上げて笑い出した。

「お茶でも飲む?」とわたしは訊いた。

「ワインがあるのに、お茶なんて飲むもんですか」

わたしも声を上げて笑った。耳慣れない奇妙な音だった。エディスがスーツケースをベッドの下にしまうのを手伝ったあと――置ける場所はそこくらいしかなかった――シャルドネのボトルを開けるのに集中した。なんだか気持ちが沈んできた。

「ワイングラスは持ってなくて」

「何か使えるものがあるでしょう」

さっきの一件のあとでお祝いをするのはまちがっているような気がしたが、わたしはエディスのためにタンブラーにワインを注ぎ、自分用にはマグカップを使った。そうしていると、母を思い出した。

「逃げ切れると思う?」とエディスが訊いてきた。

わたしはワインにむせた。「何から?」

エディスは笑い声を上げた。「ほら、みんなに内緒であそこから出てきちゃったじゃない!」

「ああ、そうだった。時間が経てばわかるんじゃないかな」

「今すぐわかるといいのに。でも、いずれわかるわね。時間が経てば、それだけ秘密も守られる」

階段をのぼってくる足音がして、わたしはいつものことだが、ぎくっとした。その表情を見て、エディスも同じくらい怯えた顔をしている。わたしは落ち着いて見えるよう冷静さを保とうとした――心配することは何もない、そんな顔をする。そして、立てた人差し指を唇に当てた。エディスは理解したしるしにうなずいてくれた。ドアの下からもれそうな明かりを消し、ふたりで暗がりの中、黙って座っていた。窓からの月光がドアに天然のスポットライトを当て、プロジェクターライトがわたしたちの不安げな顔を動く星で照らしていた。

だれかがノックをした。続いて、もう一回。

ドアの下から人影が見えた。

「おーい」と男の声が言った。「だれかいますか?」わたしは返事をしなかった。「Lサイズのペパロニピザとガーリックブレッドとチョコレートブラウニーふたつをお持ちしました。住所は画廊の上の屋根裏部屋とあったんですけど、だれかいませんかね?」

「はい、います」とわたしは言い、ドアを少しだけ開けて、注文したことを忘れていたピザを受け取った。

「そろそろ失礼します」とクリオは刑事に言った。「ずいぶん長いこと足止めされてるものですから。こっちも、もっとほかにやることがありますので」

「お母さまを探されたりとかですか？　それはそうですね。でも、心配しないでください。またお話しさせていただく必要があれば、お住まいがどこかは把握していますので」とチャップマン警部は言った。彼女の何もかもが――ピンクのハイライトの入ったブロンドの髪にしても、ナナフシみたいな体形にしても、その態度にしても、年齢にしても、しわひとつないきれいな肌にしても――心底クリオをいらつかせた。

「わたしに何か恨みでもあるんですか？」とクリオは訊いた。答えはとくに知りたくもなかったけれど。

「人間心理のことなら、そちらのほうが詳しいんじゃないでしょうか。最近では、すべて親子関係に起因しているとか言いますよね？　まあ、個人攻撃とは受け取らないでください。わたしは、普段からだれにでも無礼だと、よく言われるんです」クリオが何か言い返す暇もなく、チャップマン警部はそう言うと、背を向けて立ち去った。

クリオは、今や人の出入りが盛んになった正面玄関から離れた、ケアホームの裏口へと警官に案内された。うしろを見ると、鑑識の作業服を着た人でいっぱいの廊下が見えた。クリオは外に出るや、ケアホームから充分離れた場所まで通りを歩いた。非常線や警察車両から離れ、チャップマン刑事の目の届かない場所まで移動する。そして、深呼吸をして心を落ち着かせようとした。この瞬間までどうにかこうにか自分を保ってこられたが――自分を守るためなら、体はいかようにも動くものだ――今頃になって全身が震えてきた。脚に力が入らない。歩こうとすれば、転んでしまいそうだったので、体を支えようと壁に寄りかかった。もし警察から殺人事件で事情を聞かれたなどと人に知られれば、一生の恥になる。失うまいと必死にしがみついてきたものすべてを手放すことになりかねない。たばこは二十年以上吸っていなかったが、今は、それを手に入れるためなら人殺しでもしかねない勢いだった。殺すとすれば、あの男だろうか。どうしていつも自分ばかり物事に対処して、あれこれ問題を解決しないといけないのか。そこで、また電話をかけることにした。いつかけても電源がオフになっている男だったが、今度はどんな言い訳が飛び出すだろう――〝遅くまで仕事をしてた〟とか〝クライアントと食事中で〟とか〝充電器を忘れてた〟とか。あるいは、今度は新しい口実で驚かせてくれるかもしれない。もっとも、ここ数年の様子からすると、その展開はありそうになかった。予想どおり相手は電話に出なかったので、クリオはとりあえずタクシーを拾って家に帰るほかなかった。

ピンクの家に戻ると、ドアに鍵をかけてからすべてのブラインドとカーテンを閉めた。それが終わると、電気を消してベッドに向かった。カウンセリングの予約を希望するメールが患者から届いていないか確認したが、一通も来ていなかった。そのかわり、受信箱は母の日に関するメールでいっぱいだった。そのメールを送ったすべての企業の会員登録を取り消してやろうかと思いつつ、メールを全部削除した。人生の会員登録も取り消して、別の人生に申し込みし直せたらいいのに。眠ろうとしたが、うまくいかなかった。次に、瞑想しようとしたが、それも失敗した。母親についての思いと今日の出来事のざわめきがうるさすぎた。

今日あったことを繰り返し頭の中で再生し、別の成り行きにならなかったか想像してみた。しかし、疑っていることこそ本心の表れだ。自分のしたことが正しかったかどうか疑問に思うのは、自分のしたことがまちがっていたかもしれないと恐れているときだけだ。

どうしてこうなったのだろう？　頭の中で昔の記憶がスナップ写真のように切り替わっていった。一番頭にこびりついて離れないのは幼少期の記憶だ。母と自分のふたりだけだった頃。最悪なのは数十年前の記憶だ。当時のエディスは、今日ケアホームで会った小さくてか弱いおばあさんとは似ても似つかない女性だった。母親のことを考えると、いつもどおり、怒りと胸の痛みと罪悪感が混じった感情に襲われたが、心配することはもっとほかにあった。たとえば、今月のローンを支払えないこととか。人生というのは、ひとつの問題が解決すると、またすぐ別の問題が出てくるものらしい。心配事はつねになくならない。

朝になったら、銀行に電話して、もう少し待ってもらえないか確かめてみるつもりだった。

それが終わったら、母親の遺言状の内容を変更した弁護士に連絡してみよう。

チャップマン警部の問題は、どう解決したらいいのかわからなかった。

深夜だということは気にせず、また彼に電話した。電話が無視されるたびに、小さくなった忍耐力のかけらがまたひとつ姿を消す。メッセージは残さなかった。暗い部屋で天井を見上げた。睡眠を切望しているにもかかわらず、思考のスイッチをオフにすることができなかった。自分が患者なら、どう声をかけるだろう。

〝お母さまとの関係がこじれたのはいつからですか?〟

まずそう訊くだろうが、答えるのがむずかしい質問だった。母親との関係にひずみが現れはじめたのがいつだったとは、はっきり言えない。そういうタイミングはあまりに多かった。たとえば、カトリック教徒をやめたいと告げたとき。サンタクロースを信じなくなったのと同じ頃、クリオは神を信じなくなっていたが、熱心に教会へ通っていた母親は、そう告げた娘に対して数週間口を利いてくれなかった。親と同じものが信じられなくなったら、子供はいったいどうしたらいい? 十代の頃、家出していた時期もあったが、そのとき起きたことに関して母親は決して娘を赦してくれなかった。それから、親子関係の残骸が完膚(かんぷ)なきまでに壊されたあの最低な母の日。たまたま血がつながっていただけの赤の他人同士になったのも無理はない。

心の中のリストをスクロールした結果、クリオはこの状況にぴったりのことばを見つけた。〝疎遠になった(ESTRANGED)〟だ。最近よく聞くことばかもしれない。

クリオは、なぜだかわからないままそのことばを携帯で調べはじめた。意味がわかればそうなった理由もわかると言わんばかりに。

ESTRANGED――相手との距離が離れ、愛情が薄くなった状態。仲たがいしている状態。

語源を見たところで、ほとんど慰めにもならなかった。フランス語のESTRANGEから派生したもので、その語源はラテン語に由来するらしい。

EXTRANEARE――よそ者扱いする。
EXTRANEOUS――家族に属していない状態。

クリオにも家族はいた。自分が生まれついた家族に拒絶されたとき、自分自身の家族をつくったのだ。以前は、愛し、愛される人がいたが、今はもういない。クリオは美しい寝室を見まわし、生まれ育ったみすぼらしい平屋建ての家から、よくここまで来たものだと自分を誇りに思った。ピンクの家はほんとうに美しい建物で、ひとりで住むには少し広いかもしれないが、クリオはひとりではなかった。罪悪感と深い悲しみがいつも一緒だった。迷惑な間借り人みたいなものだ。ほんとうはそれ以上の人生を望んでいたが、もしかすると本心の本心では、もっとささやかなものでもよかったのかもしれない。面白いことに、われわれには、世間に見せている顔と家に置いてきた顔とがある。クリオは、今まで多くの人に対してあまりにちがう顔をしてきた。そのせいで、どうすれば自分自身でいられるのかを思い出すのにときどき苦労する。

もっとも、喜ばせようとしてきた人たちはみんないなくなってしまった。だから、そのことが余計に悲しい。

真実は嘘よりつらいことが多いが、母親に愛されなかったというのがクリオの真実だった。母親は娘を好きではなかった。娘を知りたがらなかった。子供を捨てることは必ずしも子供のもとを去ることを意味するわけではない。こんなに年月が経ってもいまだに拒絶の重みはずっしり残っていたが、年を重ねるにつれてクリオは強くなり、それを乗り越えられるまでになった。

自分の求める娘ではなかったから、母親は娘を愛さなかった。

それが真実だ。

クリオは携帯を取ってもう一度電話をかけた。今度はメッセージを残した。

「話があるの。すべて計画どおりというわけにはいかなかった。覚えておいて。わたしにとってこれが失敗なら、それはあなたにとっても同じだから」

ペイシェンス

残っているワインをエディスのタンブラーとわたしのマグカップに注いだ。今日あんなことがあったあとでは何も食べられないのではないかと思っていたが、意外にも、ピザを半分平らげた。

「最後の一切れだけど、食べる？」わたしはピザの箱を持ってエディスに訊いた。ディケンズが鼻をひくひくさせてしっぽを振ってきた。「きみじゃないよ」

「いえ、けっこうよ、テントウムシちゃん。でも、すばらしいごちそうだった。テイクアウトの料理なんて、もう何年も食べてなかったから！」

「これ以上飲んで、ほんとうに大丈夫？」

「このあと車を運転してとか、重機を操作してとか、そんなことをあなたが言ってこなければね。実はわたし、建設現場で働いてたことがあるのよ」

わたしは笑みを浮かべた。「重機はやめて。操作できるにしても、それはまた今度頼もうかな。それにしても、いろいろ経験してきたんだね。どの仕事も楽しかった？」

「あのね、テントウムシちゃん、ほとんどの人はお金を稼ぐために働くのよ。ただそれだけのこと。ケアホームの仕事もそうでしょうけど、スーパーマーケットの仕事もあまり楽しくはなかったわ。どうしようもないことをしてしまう、追いつめられた人を捕まえるのがわたしの仕事で、そういう人全員を気の毒に思った。自分が目にしたものを見なければよかった、自分がしたことをやらなければよかった、そう思ったことも何度もある。でもね、わたしも追いつめられてたの。どうしても仕事が必要で、娘が生まれたあとはそれくらいしか仕事がなくて。本物の刑事（ディテクティブ）だったらよかったと思ったこともあったわ——謎解きは昔からすごく得意だったから。でも、人生の物語においては、人間だれしも刑事なのかもね。自分がどうしてここにいるのか、その手がかりを探して、自らの存在の断片をつなぎ合わせ、理想像と比較して、自分の本質を解き明かそうとしてる」

そのことばについてしばらく考えた。思ったよりずっと楽しい夜になっていた。エディスの物語は以前にもたくさん聞いたことがあった――確かに、同じ話を何度もする傾向はあったけれど、知らない話も多かった。わたしと比べると、エディスは実に面白い人生を歩んできているようだった。母親になって万引きの監視員（ストア・ディテクティブ）の仕事に就くまえも、さまざまな職を経験していた。郵便配達員や劇場の案内係、アイスクリームの移動販売員など。娘が生まれるまえは、飛行機の客室乗務員として何年も働いていたらしい。数ある経験の中でも、それが一番のお気に入りのようだった。

「海外でちょっと羽目をはずした結果、クリオが生まれたの」とエディスはわたしに言った。「娘の父親のことは愛してたわ。ふたりきりのデートを楽しんで、パリやベネチア、ローマを遊び歩いた……結婚できたらいいなと思ってたの。でも残念ながら、彼はすでに別の人と結婚してた。妊娠して、はじめてわたしはそのことを聞かされたわけ」エディスはわたしの母と同じくシングルマザーだった。とはいえ、五十年前ともなると、今よりはるかに状況は厳しかったにちがいない。わたしはイングランドの外には一歩も出たことがなかったが、エディスはすごく遠くまで旅をし、たくさんの面白い人に会ってきている。それなのに、最後はひとりぼっちだなんて――かわいそうだと思った。もしかしたらずっとエディスはひとりぼっちだったのかもしれない。それを言えば、だれしも最初からひとりか。

ベッド脇のテーブルで携帯が振動したが、わたしは無視することにした。

エディスはわたしの携帯をじっと見たあと、こっちを向いた。「わたしは年寄りで、時代の流れについていけてないところがあるかもしれないけど、音が鳴ったときは普通、そういうものには出るものじゃないの？」

「話したくない相手の場合は出なくてもいいの」わたしは携帯を取り、ミスター・ケネディからまた届いたメールの出だしを読みはじめ、すぐ携帯を置いた。

「男がらみ？」

「ハハ！　まあ、そんなところかな」嘘は人を傷つけもするが、ときに助けもする。「ひとつ訊いてもいい？」

エディスはシャルドネにまた口をつけた。「訊くのは自由よ。こっちに答える義務はないけど」

「もし答えたくなければ、それでもいいよ。今日は母の日で、わたしもママが恋しくなっちゃったのかもしれないけど、娘さんとのあいだで何があったのか気になって。娘さんがあなたをケアホームに入れたのは知ってるし、あなたからディケンズを取りあげたのも娘さんだけど――それは絶対に赦せない――どう考えても、心配はしてくれてるよね。今日も来てくれたわけだし……」そう言うと、エディスは顔を背けた。この話をしたくないのはわかっていたが、わたしにも、知っておかなければならないことがある。「どうしてそこまで……関係がこじれちゃったの？」

エディスはため息をついてタンブラーを置いた。「親は子供のことをよくわかってるわけじゃないわ。子供というのは解けない方程式で、解こうとするより愛することを学ばなきゃいけない。でも、愛をいくら与えたところで充分とはかぎらないの」わたしは顔をしかめた。「いつか自分の子供ができたときにあなたもわかるわよ。娘ができたとき、わたしはまだ若くてひとりぼっちだった。もともとスコットランドの小さな海辺の町で育ったんだけど、未婚での妊娠は町の人には歓迎されなかった。母親にばつの悪い思いをさせるのも嫌だったから――わたしの母親は他人の意見を気にしすぎて自分の考えを持つのを忘れちゃった人でね――わたしはロンドンに引っ越した。そういう状況下では、それが最善でもあり最悪でもあったんだけど、やっぱりロンドンでは頼る人もいなくて。家族もいないし、友達だと思ってた人もみんな、わたしがまえみたいに一緒にいて楽しい人じゃなくなった途端、どこかへ行ってしまって。だから、クリオが生まれる前日まで、わたしは仕事をしてお金を貯めた。生まれたあとは、もっと仕事をして、住む場所と食べ物を確保した。完璧ではなかったけど、やれるだけのことはやったの」

「娘さんのことは愛してた？」

「もちろんよ。今でもその気持ちは変わらないわ。あら、意外そうな顔をしてるわね。愛には無限の種類があるのよ。わたしたち親子は長年にわたってお互いにまちがいを犯してきたけど、だからといって、娘のことはもうどうでもいいというわけじゃない。娘は孤独だけど、自分で望んでそうなったのよ。でも実を言うと、娘があの仕事を選んだのはちょっと妙だとずっと思ってたわ。自分自身を救えたためしもないのに、他人を救う仕事を選ぶなんて」エディスは首を振って舌打ちをした。「わたしはもう年だし、はるか昔に起きたことで責められるのにはもううんざりしてるってだけ。娘はわたしの人生の悪役で、わたしは娘の人生の悪役。ふたりとも自分の話が正しいと信じてるのよ」

エディスの顔を見ると、遠くを見つめるような表情を浮かべていた。記憶の中に姿を消したようだ。とても悲しい記憶の中に。「話をちゃんと理解できてるか、まだわからないんだけど」「正直に言うと、わたしもわからないわ。娘のことは愛してたし、今も愛してるけど、愛はときに迷子になる。どんなに一生懸命探しても、二度と見つからないこともあるの。あなたも、わたしと同じくらい長く生きれば、記憶はわたしたち全員を嘘つきにするものだとわかるはず。ある瞬間について、まったく同じように記憶している人はふたりといないし、起きたこと、起きなかったことに関して、意見もよく食いちがう。どんな話にもふたつの見方があると何かで読んだことがあるわ。ということは、だれかがつねに嘘をついてるってことよね。でも、わたしはそうは思わない。真実は形を変えるの。ときには、それとわからない形にね。わたしは、娘の物語でヒーローになりたいとは思わなかった。でも、悪役扱いされるのはもううんざりよ」

わたしはなんと言ったらいいのかわからなかった。エディスは、わたしの心を読んでいるみたいにこっちをじっと見てきたが、やがて、答えに困る質問をしてきた。

「あなたのお母さんのことを話して」わたしもそうしたかったが、できなかった。エディスはこっちの居心地の悪さを感じ取ったようだ。「お母さんがいなくて寂しい?」

いつも寂しい。

「まあ、ときどきは」とわたしは答えた。

エディスはうなずいた。「自分と自分の物語をごっちゃにしちゃだめよ。これまでどう歩んできたかが残りの人生を決めるわけじゃない。あなたはまだ若いし、何者にでもなれるわ。でも、もし運よく自分が愛する人から愛されることがあったとしたら、決してそれを手放さないこと。そういうことはしょっちゅうあるわけじゃないから。一回もそういう機会に恵まれない人だっている。自分で自分の物語を書いて。それをすばらしい物語にして」

屋根の向こうから、ビッグベンの鐘が夜の十二時を告げる音が聞こえてきた。

「ふたりともちょっと寝る?」とわたしは訊いた。

「そうね。わたしはもうくたくたよ。あなたも同じかもしれないけど」

「ベッドを使って。わたしは床で大丈夫だから」

「何ばかなこと言ってるの。一緒にベッドで寝ましょう」

「シングルベッドなんだけど……」

「お互い逆向きで寝ればいいじゃない」

ほどなくそれぞれベッドの反対端に横になった。ディケンズはふたりのあいだの布団の上でくつろいでいた。もう寝たのかと思ったら、急にエディスが小さな声でこんなことを言ってきて、わたしは泣きそうになった。
「自分の愛する人が愛せない人になったときほど、胸が張り裂けることはないわ。おやすみ、テントウムシちゃん」

フランキー

日の出前に目覚まし時計が鳴ったが、いつもどおり、フランキーはすでに起きていた。普段なら月曜日は好きな日なのだが——新しい週の始まりはいつも白紙に戻ったように感じられる——今日は嫌な予感がした。外と同じくらい部屋の中も暗く、寝室の窓からはまだ月が見えていた。朝の船は冷える。そこで、靴下を二重に履き、ローブで体を包んだ。温かい飲み物を飲めば、体も温まって目も覚めるだろう。そう思いながら、フランキーはよろよろと調理室へ向かった。

船の上にいると、外の天候に気づかずにいるのは無理だった。ひどいときは一日にすべての季節を体験することもある。雨が降っているときは——今もそうだが——鼓膜が破れそうなほど屋根の音がうるさかった。けれど船が川や空と一体になっているようにも感じられる。何かとつながりを感じるのはいいものだ。自分がいかに小さいか、いかにもろいか、いかにつまらないかを思い出させてくれる。ひとつ嵐が来れば、フランキーなどひとたまりもないにちがいない。目のまえを通りすぎるだけのこともあるが、どんなに一生懸命隠れようとしたところで、トラブルというのはわたしたちを見つけ出すものだ。

やかんの音も同じくうるさかった。ひどく古いやかんだったが、まだ壊れてもいないものを買い替える意味がフランキーにはよくわからなかった。デッキで物音がしたような気がしたが、調理室の窓の外は真っ暗で、ガラスに映る自分の姿しか見えなかった。古い船は古い家と同じで、ときどきうめいたりきしんだりする。〝ママ〟のマグカップが目に入った。まだ少しワインが残っている。昨日、寝るまえに洗うのを忘れていた。蛇口の水でマグカップをさっとすすいだ。袖口が濡れないよう腕まくりをしたとき、手首の小さなタトゥーに気がついた。フランキーは夏でも半袖を着ない。タトゥーは隠しておくのが好きだった。

イタリック体で〝シーッ（Shh）〟というタトゥー。

秘密と、それを守ることの重要性を自分自身に思い出させるために、何年もまえに入れたものだった。近頃は、だれもかれもが問題を掘り起こしたがる。今頭を悩ませている問題をどうにかして解決するのではなく、その問題についてただ話したがっている。トーク、トーク、トーク。シェア、シェア、シェア。一方、ゴシップネタを集めるのが好きな人もいる。そういう人たちはそれを餌にし、がつがつ食べる。あまりに強欲なためにやめどきがわからず、他人の人生という古くなった砂糖でぶくぶく太っていくのだ。フランキーからすると、他人や彼らが話している内容はひどく疲れるものだった。ひとり暮らしでよかった。そう思った途端、娘への罪悪感が込みあげてきた。昨日のことについて考える——自分が目にしたもの、自分がした ことについて。忙しくしている必要があるのはわかっていた。起きたこと、次に起きるかもしれないこと、それらすべてから気をそらさなければならない。

フランキーはマグカップにティーバッグを落とした。

そのとき、デッキから耳慣れない音が聞こえた。まただ。

気のせいではない。

雨は止んでいた。太陽が昇りかけていて、外の川が日に照らされ、川面から霧が立ちのぼっていた。さっきの黒猫が戻ってきたのだろうか。そう思った直後、ドアをノックする音がした。猫はドアをノックしたりしない。まだ朝の五時だった。こんな時間にこの家のドアをノックする人はいない。そもそも、この家を訪ねてくる人自体いないのだ。フランキーの住所を知っている人はひとりもいなかった。

とはいえ、娘が戻ってきたとしたら、話は別だ。

フランキーはドアに駆け寄ると、無我夢中でスライド錠を開けてチェーンをはずし、ドアを引っぱり開けた。そこに立っていたのは若い女だったが、娘ではなかった。その見知らぬ人は、ピンクのハイライトが入ったブロンドの髪を肩まで伸ばし、Tシャツの上からグレーのパンツスーツを着ていた。フランキーはその女をじっと見たあと、Tシャツに視線を移した。古い映画のポスターのイラストが入っている――『ネバーエンディング・ストーリー』だ。

「何かご用ですか?」とフランキーは言った。思いがけず声がとげとげしくなってしまった。

「ちょっとお助け願えないかと思いまして」と女は答えた。妙に明るい調子だったが、その口調もいびつな笑みも場違いに感じられた。「〝黒い羊〟ですか。船にぴったりの名前ですね。こういう細長い船の中を一度見てみたいと思っていたんですよ。ここに住むなんてどんな感じなんでしょう。ちょっと上がらせていただいてもよろしいですか？」

正気か、とフランキーは思った。「お断りします」

「あっ、ごめんなさい。うっかりしていました。わたしときたら、いつも自己紹介を忘れてしまって」女はそう言うと、ポケットから何かの身分証明書を取り出した。〝警察〟とある。「シャーロット・チャップマンと申します。刑事なのですが、少しお話しさせていただいてもよろしいでしょうか？　こんな時間に申し訳ありません。でも、明かりがついているのが見えて、もう起きていらっしゃるようでしたから。実を言うと、あなたの居場所を見つけるのは簡単ではなかった――」

「娘の件ですか？」フランキーはずっとこの瞬間を恐れていた。警察が来て、大事な娘に想像を絶することが起きたと言われる悪夢を繰り返し見ていたのだ。

チャップマン警部は首を横に振った。「〈ウィンザー・ケアホーム〉で起きた事件についてです。ご存知ですか？」

「いいえ」フランキーはドアを閉めようとした。

「あなたは昨日、そこにいましたね」

「人ちがいです」

「そうでしょうか。ケアホームの中に監視カメラはなかったのですが——もしあれば、今頃この事件も解決し、わたしもベッドに入れていたところでした——裏の駐車場にはひとつありまして」刑事は携帯を取り出して何度か画面をタップすると、フランキーに画像を見せてきた。「実は、この青と白のキャンピングカーが昨日、ケアホームの外に停められていたのですが、すぐそこの通りに停められている車と登録者の名前が一致するんです。どうやらキャンピングカーの所有者の住所はここで、所有者はフランキー・フレッチャーという人物のようでして。つまり、あなたですよね？　この映像にも、キャンピングカーから出てケアホームへ向かう人の姿が映っていますが、あなたに非常によく似ています」

どこもかしこも監視カメラだらけの時代に生まれてこなければよかったとフランキーは思った。が、パニックをうまく隠した。「それはわたしのキャンピングカーですけど、ケアホームには行っていません。その駐車場に停めて、近くの店にひとっ走りしてきただけです。あの車を停められるスペースはなかなかないので」

「シーッ」と刑事に言われ、フランキーは眉をひそめた。「手首のタトゥーです。そういうのははじめて見ました」フランキーはローブの袖を直してタトゥーを隠した。「どの店に立ち寄ったんですか？」

「はい？」

「店に寄るために車を停めたとおっしゃいましたが」

「ケアホームの先にあるスーパーマーケットです。ちょうど牛乳を切らしてたもので」

刑事は笑みを浮かべ、もう一度携帯をタップした。「牛乳と言えば、お年寄りはよくお茶を飲みますよね？　わたしからすれば、あんなのドブみたいな味で、見るのも嫌な飲み物ですけど。これは、数ヵ月前にケアホームで撮られたティータイムの写真です。部屋の飾りからわかるように、クリスマスですね。時期柄、いつもと比べて面会者がたくさん来ています。で、これが入居者のひとりです。従業員からは、メイおばさんと呼ばれていました。優しいおばあさんでしたが、よく頭が混乱することがありまして――自分は昔イングランドの女王だったと確信していて、自分のコーギーを見なかったか、周りに訊いてばかりいたそうです。でも、この日の彼女は孫娘が会いにきてくれて、カメラに笑みを受けています」そう言って、刑事はその写真をズームした。「そして、このうしろに映っているのがあなたです。ご自分でもおわかりですね？　実際に、ケアホームの中に足を踏み入れている。その同じ場所で昨日、事件が起きたのと同じ時間帯にあなたがまた目撃されたわけです。ケアホームの従業員に訊いてもだれも見覚えのなかった人物がこの写真の中にひとりだけいたのですが、それがあなたでした。クリスマスも昨日も、ひょっとして店に行く途中で道に迷われたのですか？」フランキーは何も答えなかった。「心配なさらないでください。次で質問は終わりです。クリオ・ケネディという人物はご存知でしょうか？」

フランキーは黙ったまま長いこと刑事を見つめていた。しばらくして肩をすくめた。「知らないと思いますけど」

「それは残念です。昨日、事件が起きたのと同じ時間帯、クリオ・ケネディはノッティングヒルの自宅であなたと一緒にいたと、そう本人が言っていたものですから。彼女を知ってさえいれば、あなたにも都合のいいアリバイができていたのですが」刑事はまた笑みを浮かべた。「こう見えてもわたし――遺伝子のおかげで若く見えますが――この仕事は長くやっておりまして。もうずいぶん長いこと刑事として働いてきているんです。人が嘘をつく理由というのは、やっぱり嘘自体より興味深いですね。わたしに嘘をついているのはなぜですか?」

フランキーは少し胸を張って自分を大きく見せた。「嘘なんかついてません。ケアホームには数ヵ月前、古い友人に会いにいっただけです。大事なものを失くしてしまって、それがどこにあるか、友人が知ってるかもしれないと思ったので。確か、ケアホームに面会にいくのは違法でもなんでもなかったはずですよね。そのときに駐車場のことを知ったんです。店で買い物をするのにちょうどいい駐車場があると。死んだ人のことは何も知りません」

「あら、面白いことをおっしゃいますね。ケアホームで事件があったとわたしは言っただけです。だれかが死んだとはひとことも言っていない。この事件には、三人の容疑者とふたつの殺人事件、それに被害者がひとりいるようです。フランキー・フレッチャー、あなたは現在のところ、ふたり目の容疑者です」

終わり

二十年前の母の日

「つらい状況だとは思いますが、赤ちゃんを最後に見たのはいつですか？　スーパーマーケットの店内でベビーカーの中にいたというのはまちがいありませんか？」警官はそう訊いてきた。

いろいろな意味でわたしを見下している。並びの悪い歯は口と比べて大きすぎるし、鼻は団子鼻で、顔の毛がやけに濃かった。食べすぎのセイウチ――そんなイメージだ。

「はい。ベビーカーの中にいました。友達も見ています。さっき言ったじゃないですか」

警官はメモ帳に何かをさっと書き留めた。それを読みたくてしかたがなかった。もっとも、ほんとうは何も書いていないのかもしれない。きっとページにマークでもつけているだけだ。ただの暇つぶし。時間の無駄。使っているのは、学校で勧められた覚えのある万年筆だったが、ポケットの中でインクがもれたりしないのだろうかとわたしは思った。もれているといいのに。

「それから、ご友人とはどれくらいの時間おしゃべりしていましたか？」

「覚えていません」

「思い出してみてくれます？」

「長くて五分ですね」

「ご友人は十分くらいだと言っていましたが」

わたしは警官をじっと見た。そこまで長い時間ではなかったはずだが、すべてがぼんやりしていた。「まあ、そうかもしれません」

「ということは、赤ちゃんが姿を消して十分ほど経ってからはじめて気づいたと？」と警官は訊いてきた。ことばのひとつひとつから非難がにじみ出ていた。その目は口では言わないことを物語っていた――〝ダメな母親だ〟。もし言わなかったとしても、だれもが思うことだろう。まばたきひとつしないその視線が重すぎて、わたしは目をそらした。「赤ちゃんを探すにあたって、時系列が極めて重要なんですよ」ばかな相手に言い含めるように、警官はゆっくりそう言った。生まれながらの偉そうな男というのはいるものだ、とわたしは思った。

「十分です。長くても」とわたしは言った。警官の顔がゆがみ、さっきにも増して不快な顔になった。

「十分も赤ちゃんの顔を見たり様子を確認したりしなかったんですか？」その口調と恥ずかしさのせいでわたしは小さくなり、口が開かなくなってしまった。答えられないかわりにうなずいた。ことばが見つからない。希望もどこにもなかった。毎日一日中、永遠にだれかの面倒を見ていると、十分なんてまさしく一瞬で過ぎてしまう。まばたきをしているあいだに赤ちゃんはいなくなってしまったのだ。どうしてこの男はそのことが理解できないのだろう？　どうしてわたしの言うことを信じない？　どうして何か手を打ってくれないのか？

「赤ちゃんが着ていたものを覚えていますか？」と警官は訊いてきた。

〝赤ちゃん〟には名前がある。そっちこそ名前を覚えられないのか？

「もちろん、覚えてます」声を取り戻したわたしはそう答えた。スーパーケットの店内に集まった人だかりが消えてくれたらいいのに。彼らは善意で行動しているわけではない。心配している市民などではなく、ほかにやることのない穿鑿好きな野次馬にすぎず、他人の悲劇のショーをただで楽しんでいるだけだ。人というのは、自分事でないかぎり面白い悲劇の物語が大好きだ。「ピンクの綿のロンパースです」

「ほんとうにその色でした？」と警官は訊いてきた。

ひょっとして白だった？

「ほんとうです。そちらこそ、こんなところでわたしと話して時間を無駄にしてないで、あの子を探しにいくべきじゃないですか。だれかがあの子を連れ去ったのに、どうして手を打ってくれないんです？」

「誘拐されたとずいぶん確信があるようで――」

「突然赤ちゃんが跡形もなく消えたりしないでしょ！」

娘が消えてくれたらいいのにと思っていたら、だれかが赤ちゃんを連れ去ってしまった。

「落ち着いてくださいよ。ヒステリーを起こしてもなんの解決にもなりませんし、赤ちゃんも戻ってきませんから」

ヒステリー？　警官の太った指から万年筆を奪って両目を刺してやりたくなった。そんなことをすれば、それこそヒステリーだが、気持ちはすっきりするだろう。

「だれか心当たりのある人はいませんか？　もめていた相手とか。赤ちゃんを誘拐する動機のある人は？」

いる、いる、いる。

わたしは首を横に振った。「いません」

ペイシェンス

みんなにわたしの秘密が全部知られてしまうという夢を見ていたところ、アラームの音で悪夢から目覚めてほっとした。アラームを切ろうと、目を閉じたまま携帯に手を伸ばし、屋根裏部屋がまた静かになるまで画面をタップした。

しかし、静かにはならなかった。だれかの息づかいが聞こえた。

わたしのではない。ディケンズのでもない――この犬はいつも自分のベッドではなくわたしのベッドで眠るのが好きだ。だれか別の人がいた。

頭が痛かった。飲みすぎたときはいつもそうだ。ワインと自分のしたことを思い出すのに数秒かかった。昨日の日中と夜の出来事がじわじわほどけて頭の中に広がりはじめた。二日酔いの境界がぼやけ、どちらかというと忘れたい記憶で頭がいっぱいになる。もしわたしから見た昨日の話をだれかに伝えるとすれば、か弱い人を悪い状況から救ったヒーローとして自分自身を描くだろう。けれども、ほかの人には、ただ高齢の女性を誘拐しただけだと思われるかもしれない。わたしにはわたしなりの理由があった。そのほとんどは正当なものだ。体を少し起こしてみると、ベッドの反対側の枕の上に広がった、カールしたエディスの白髪が見えた。まだ眠っているようだ。壁じゅうに動く星の群れを映し出しているプロジェクターライトを除けば、部屋の中はまだ暗かった。普段なら、動く星を見て気持ちが落ち着くところだが、そのとき、別の不審な物音がした。

気のせいではない。屋根裏部屋に向かって階段をのぼってくる足音が聞こえた。忍び足ではなく、はっきりした音だった。相手に気づかれたいと思っている人間が立てる足音。

昨夜、ドアを開けるのを拒んだとき、ジュード・ケネディは確かにまた来ると言っていた。経験から、彼が約束を守る人なのは知っていたが、午前六時に来るという意味だとは思わなかった。階下の画廊は九時になるまで開かない。今となってみれば、ここにエディスを連れてくるなんて愚かだった。でも、彼が戻ってくるまえに起きて出ていく時間はあると思っていたのだ。

もしジュードだとしても、少なくとも中に入ることはできない。スライド錠とチェーンをつけているからだ。わたしは、安心感を求めてさっとドアに視線を走らせたが、安心できるものは何ひとつ見つからなかった。意味がわからない。ドアの鍵はいつも閉めているのに。きっとピザが届いたあとに閉め忘れたのだ。ただ、寝るまえに何もかも安全で危険が一切ないことを確認した記憶は確かにあった。と、だれかがノックする音がした。その一回の音だけで、エディスはぱっと目を開け、こっちを見た。その顔が鏡だとすれば、わたしも怯えた顔をしていたにちがいない。わたしは首を横に振って、人差し指を唇に当てた。鍵がジャラジャラいう音が聞こえた。エディスは布団をはがし、ディケンズを抱いて急いでバスルームに隠れた。数秒後、何者かが屋根裏部屋に入ってきて電気をつけた。ここの裸電球を見るといつも、映画の取り調べシーンを思い出す。

「これはこれは。美しい光景じゃないか。パーティーを開いてたようだね」ジュードは大きなピザの箱と空(から)のワインボトルを見てそう言った。「男を連れ込んだのか?」ディケンズが低いうなり声を上げたが、わたしは咳払いをしてごまかした。

ジュードはいつもしかめ面(つら)をしている、高級なスーツを着るのが好きな男だった。四十代にしては若く見える。白髪交じりの髪もそうだが、有名ブランドの服がよく似合っていた。気分次第で何かひとことしゃべれば、相手を魅了することも否定することもできる、洗練された柔らかい声の持ち主だ。その顔に今浮かんだ表情を見て、わたしはここから逃げ出したくなった。

「ここに住まわせると決めたときに、てっきりルールについては理解してもらったと思ってたが、どうやらぼくの勘ちがいだったらしいね。音は立てない。部屋に人は呼ばない。しかも、あんなにいろいろしてやったあとでこのざまとはね」とジュードは言った。

彼にはじめて会ったときのことは覚えていた。こんな人、最初から出会わなければよかった。

自分の母親が普通の人より多くの秘密がある人だというのは昔から知っていた。真の友人などいない、ひどくひとりを好む人だった。母親の世界はわたし中心にまわっているようで、だからこそわたしは母が好きだったし、同時に嫌いでもあった。母はわたしのほかにはだれも必要としておらず、何もほしくなさそうだった。わたしにも、ほかのだれも必要としてほしくなさそうだった。わたしはホームスクーリングで育てられた。ひとつの場所に落ち着いたり友達ができたりするたびに、引っ越さなければならないと告げられた。一度や二度のことではない。絶えず何かから逃げているようで、ときには深夜に移動することもあった。そんな状況にもかかわらず、わたしの幼少期は幸せだった。多くの人より幸せだったかもしれない。でも、いつも何かが欠けているような気がしていた。頻繁に引っ越しをするのが普通でないことはわかっていた。父親と何か関係があるのだろうとは思っていたものの、母親は父親がだれか教えてくれることはなかった。父親のことは何ひとつ話してくれなかったが、十八歳になれば話すと約束してくれていた。それなのに、十八歳になった途端、約束を破ったのだ。

母親は自分の秘密を日本製の茶缶に入れてしまっていた。古い小さな黒と金色の茶缶だった。調理室のはずれかけた幅木の裏にそれを隠していた。いざというときにしか開けてはならないと言われていたが、十八歳の誕生日、わたしは怒りに任せてそれを開けた。中身は意外なものだった。見たこともないほど分厚い札束が丸められていて、わたし宛ての封筒が一枚入っていた。封筒の中にはメモがあった。

〝もしママが家に帰ってこなかったら、このお金を持って、別の安全な場所で暮らしなさい。動けるようになったら、あなたを探すから。これ以上ないくらい愛してる。そのことは忘れないで〟。

そのほかに茶缶に入っていたのは、輝く金色でジュード・ケネディの名前が箔押しされた、コベント・ガーデンの〈ケネディーズ・ギャラリー〉の名刺だけだった。芸術は、わたしがはじめて夢中になったものだったが、その情熱は、母親から受け継いだものではなかった――母親は本と他人の物語の中に隠れて生きている人だった。それなのに、なぜかわたしに見つけてもらうよう、この男の名刺をいざというときのための茶缶に入れていたわけだ。ジュード・ケネディは画廊を経営していた。当然ながらわたしは、彼が父親だと思った。

そのお金と茶缶を盗むと、荷造りをして家出し、電車でロンドンに向かった。そして、希望に胸を膨らませ、堂々と〈ケネディーズ・ギャラリー〉に入った。

「ジュード・ケネディですか？」とわたしは訊いた。

「そうですが。何かご用でも？」

自分の考えがまちがっていることを示唆する手がかりなら、いくらでもあったにもかかわらず、わたしは躊躇しなかった。「わたしのお父さんはあなたじゃないかと思うんですけど」

彼は笑い声を上げた。それこそ大笑いしていた。しばらくすると、わたしをまじまじと見て言った。「何かのジョークかい？」わたしは首を横に振った。「じゃあ、だれの入れ知恵だ？

でも、一瞬だまされたよ。〝わたしのお父さんはあなたじゃないかと思うんですけど〟だって！　早めのエイプリルフールか？」

そうではなかったが、こっちこそそんな気分だった。

「残念ながら、ぼくは絶対きみのお父さんではないよ」と彼は言った。

「どうしてですか？」

「まあ、ぼくは一度も女と寝たことがないんでね。だからその……」わたしは小さな女の子に戻ったみたいに泣きはじめた。「お嬢ちゃん、頼むから泣かないでくれ。そんなことをされたら、お客さんが帰ってしまうし、商売はこのとおり、特別繁盛してるわけでもないんでね。でも、大丈夫か？　何か力になれることでもあるかい？」

それが問題だった。

ジュードはそのときから、わたしの力になるのをやめようとしなかった。

まず手始めに、画廊の上の屋根裏部屋に住んではどうかと提案してきた。「路上生活になるよりはましだろ。ぼくは屋根裏部屋がなくたって、充分やっていけるからさ」さらに、〈ウィンザー・ケアホーム〉の仕事も紹介してくれた。最初は、そのすべてに対して、わたしは心から感謝していた。とはいえ、相手に貸しをつくりたいがために親切なことをする人も世の中にはいる。そういう人は、いつかお返しに何かくれと要求してくるのだ。そしてジュードは実際に要求してきて、わたしはそれに応じた。その代償は、受け入れがたいほど高くついた。

彼が今ここにいるのはそのためだった。

ジュードは、壁に飾られた切り絵を近くで見た。「このどれかを階下で売らせてもらわないとな」いつもどれにするか自分で選びたがり、代金は一ペンスも払ってもらったことがなかった。最初にここへ来て、荷解きが終わるのとほぼ同時に、それが月々の家賃のかわりということで話がまとまったのだ。その後さらに、〈ウィンザー・ケアホーム〉にいる人物をひそかに監視してほしいと頼まれた。それが、そこの仕事をわたしに紹介したほんとうの理由だ。わたしがエディスと仲良くなったのも、最初はそれがきっかけだった。とはいえ、人柄を知るにつれ、わたしはだんだん彼女を好きになっていった。ジュードはどうしてエディスのことが嫌いなのだろう。わたしにはその気持ちが理解できなかった。

先週のことだ。思いも寄らぬことをしてほしいとジュードに頼まれた。

そして今、その本人がここへ来て、エディスに関する最新情報を知りたがっているわけだった。彼女がバスルームに隠れていることは知らない。

「ぼくの母について何か情報は？　もう死んだかな？」

エディス

屋根裏部屋に息子がいるのが声でわかった。

「ぼくの母について何か情報は？　もう死んだかな？」

　エディスは手で口を覆って、もれそうになる声を抑え、お気に入りのぬいぐるみにしがみつく子供みたいにディケンズを抱きしめた。自分の息子に死んでほしいと思われているとは。バスルームに隠れるのをやめて息子に立ち向かうこともできたが、あまりに怖かった。何に対しても、だれに対しても怖いという感情を抱かずに生きてきたとはいえ、昨日あんなことがあったあとではあらゆるものや人が怖かった。怖がらずにいられるわけがない。

　息子とことばを交わさなくなってからもう何年も経っていた。話すたびに意見が食いちがうので、話さないのが一番だと結論づけたのだ。それはふたりで下した結論だった。息子と口を利かない理由は、娘と口を利かない理由とはまったく別のものだ。息子は昔から――子供のときから――身勝手でいけ好かない人間だったが、成長してからはエディスの知らない、あるいは知りたくもない大人になった。自分の息子とは思えない大人に。本人がゲイであることとは無関係だ――あっちは確実に、それが理由だと思っているけれど。どこまでも不愉快で卑劣な人間だから、息子のことが好きではないのだ。そんな見下げ果てた人間を育てた自分を恥じていた。子供の有無を人に訊かれたときは、しぶしぶ娘がひとりいると答えている。ジュードにはまったく触れないようにしていた。もうずいぶんまえからだ。はじめから子供なんて産まなければよかったとつくづく思う。

　屋根裏部屋のドアが閉まる音が聞こえた。また静かになったが、エディスは数分待ってから外に出た。

「これにはわけがあって」バスルームのドアを開けるなり、テントウムシちゃんがそう言った。「ひとまず座らない？」

エディスは、自分が立っている場所から一歩も動かなかった。スーツケースが広げられていて、ペイシェンスが他人の荷物を勝手にあさっていたことがわかった。「どうして息子と顔見知りなの？」とエディスは訊いた。ペイシェンスは床に視線を落としたまま、目を合わせようともしなかった。「もう何年も口を利いてない息子よ。あなたにも一度も話したことがないのに」

「さっきの話を聞かせることになっちゃってごめんなさい。息子さんにはケアホームの仕事を紹介してもらったんだけど、それ以来――」

「それ以来何？　わたしを監視してきたの？　息子に逐一報告してたわけ？　何もかも嘘だったっていうの？　テントウムシちゃんのこと、友達だと思ってたのに。あなたこそは信頼できる人だと思ってたのに、やっぱりだれも信用できないのね」

「わたしのことは信じてくれて大丈夫だから」

エディスは首を横に振った。「家に帰りたいわ。自分の家に。ケアホームを出たらそこへ連れていってくれるって言ってたでしょ」

「嘘をついてたのはそっちも同じだよ」とペイシェンスは言った。

「嘘って何？」

「息子さんがいるってどうして話してくれなかったの？」

「息子なんていないからよ。わたしにとってあの男は赤の他人なの。それに、真実を伏せておくことは嘘とは言わない。もう何年ものあいだ、あの子から連絡してくるのは何かがほしいときだけで――だいたいお金ね――わたしはそのことにうんざりしたの。わたしがあの男の話をしないのは、そうね、子供のひとりから愛されなかったのはただ運が悪かっただけって思ってるからかしら。まあ、子供たちの両方が大人になって母親を嫌うようになったということは、もしかしたら問題はわたしにあるのかもしれないけど。ねえ、家に連れて帰って。約束したとおり今すぐ。そしたら、あなたとも二度と会わなくてすむわ。でも、息子はほんとに母親を――」

「声を抑えないと。階下(した)は画廊なんだよ」

「ということは、そうなのね。ここは〈ケネディーズ・ギャラリー〉の上なんでしょ！　やっぱり、見覚えがある通りだと思ったのよ。警察を呼んだほうがいいかしら。誘拐されたって言わなくちゃ」

「誘拐じゃないのはお互いにわかってるでしょ。でも、もしそうしたいなら、どうぞ好きにして」ペイシェンスは意外にも、反抗心をわずかにのぞかせた。もはやエディスの知っているテントウムシちゃんではなかった。

「今までわたしのことをほんとうに気にかけてくれてると思ってたのに」ばかな年寄りになった気分だった。

「ほんとに気にかけてるよ」とペイシェンスははっきり言った。床に広げられたスーツケースをじっと見ている。「ゆうべここから何か取り出した？」

「わたしのスーツケースだもの。どうしようとわたしの勝手でしょ。あなた、わたしの息子と共謀してるわけ？」

「そんなわけないに決まってるでしょ。何もかもちゃんと説明できる――」

「なら、説明して。ほら、どうして黙ってるのよ？」

ペイシェンスは柄にもなく不機嫌な顔をした。「いろいろと複雑なの。今その話をしてる時間はないと思う。あなたの言ってることはわかるけど」

「そりゃわかるでしょうよ。耳があるんだから」

「はじめて会って、あなたが犬を取りあげられたと聞いたとき、わたしは貯金をはたいてディケンズを取り戻した。それ以来、世話をして、あなたを助けるために最善を尽くしてきてる。気にかけてなかったら、どうしてそんなことするの？　わたしはあなたやディケンズを傷つけたりしない。絶対に。それはわかってるでしょ。わたしのこと、信じてくれる？」

エディスはひどくがっかりした表情を浮かべてペイシェンスを見た。「あなたが自分を信じてるっていうのはわかるわ」

「悪いけど」とペイシェンスは言った。「ほんとうに申し訳ないんだけど、ここは今お互いにとって安全な場所じゃないの。荷造りをしてここから出なくちゃ。そのあとで、きちんと話をしよう。どう？」

「あなたが荷造りをしてるあいだに、ディケンズを外に連れていきたい。まえみたいに散歩がしたいわ」

ペイシェンスはこっちをじっと見た。「自由にしたら、戻ってきてくれる？」

自由にしたら。

そのことばを聞いて、エディスは自分が囚(とら)われの身になったような気がした。ほんとうにそうなのかもしれない。老いはわたしを囚われ人にした。昔はどこまでも自立していて自由だったのに、今は何をするにしても他人に頼っている。現金は持っていないし、キャッシュカードもペイシェンスに預けていた。いかにも愚かな年寄りという感じだが、ほんとうはちがう。

「わたしのことは信じてもらわないと」とペイシェンスは言った。

エディスはうなずいた。「あなたのことは信じてるし、もちろん戻ってくるわ。さっきは喧嘩みたいになっちゃってごめんなさい」

ペイシェンスは笑みを浮かべ、エディスの答えに満足そうな顔をした。嘘とは気がついていない。

この子のことは大事に思っていたが、完全に信用したことは一度もなかった。

そんなの無理だ。

はじめて会ったときから、ペイシェンスの正体は知っていた。

これからはとくに気をつけなくてはいけない。捕まるわけにはいかなかった。罪を犯して投獄された刑務所の職員がどんな目に遭うのかは知っている。ただの図書室長であろうと、そんなことは関係ない。フランキーのしたことをもし警察が証明できて、万が一刑務所送りになれば、一巻の終わりだ。娘を探さなければならない。見つけたら、どこかよそへ移ってやり直すのだ。時間はない。選択の余地もあまりなかった。

こんなに朝早くコベント・ガーデンへ来たのははじめてだった。でも、ここはこういう雰囲気のほうが好きかもしれない――人の気配も雑音もなく静かで、丸石敷きの通りにハイヒールの音が響いているだけだった。目的地まではあと三十三歩といったところか、とフランキーは見当をつけた。実際に歩いてみると、二十七歩だった。当たらずといえど遠からずだ。ときとして、真実はわたしたちが思うより近いところにある。

フランキーは足を止めて、古くも美しい縦長の建物を見上げた。てっぺんの小さな屋根裏部屋も含め、それが物語る時代と建築様式をしみじみと眺める。〈ケネディーズ・ギャラリー〉は〝一八八六年に創業〟と、しゃれた青いドアの上の石に刻まれていた。フランキーは、そのあいだずっと同じ家族がこの建物で働いてきたのだろうと想像した。何世代にもわたって祖先の足跡をたどってきたわけだ。それほどの影を踏んでいると、自分の道は見えづらくなるにちがいない。フランキーは深呼吸してドアをノックした。画廊はまだ開いていなかったが、電気がついていて、中に人がいるのが見えた。

返事がなかったので、またノックした。今度はもう少し力を入れた。

無造作な髪をした身なりのいい男が目を細めてこっちを見た。

「開店時間はまだです。九時にまたいらしてください」男は少し離れた場所から声を張ってそう言った。高級そうな自分の腕時計を指差している。フランキーのことを観光客だと思っているのか、あるいは危険なくらいばかな女だと思っているのか、はたまたその両方か。妙にゆっくりした話し方をしていた。

フランキーは男を見つめ返した。背が高く日に焼けていて、顔に特権意識と小じわが刻まれている。あえて推測するとすれば、四十代半ばだろうが、推測する必要はなかった。この男が何者かははっきりわかっている。こっちのことは確実に覚えていないだろうが、ジュード・ケネディにはまえに一度会ったことがあった。記憶に残らない顔というのはときに便利なものだ。ジ二十年前、フランキーはここへ来て助けを求めた。そのときは手を貸してもらえなかった。ジュードはろくでもないアート作品を売りつけようとして、名刺を渡してきただけだった。その名刺は今も持っている。でも、今度こそは協力してもらうつもりだった。ジュードが背を向けたので、フランキーは拳(こぶし)を握ってもう一度ドアを叩いた。ジュードはぱっと振り向いて、十代の少年みたいに大げさに目をぐるりとまわした。そして、入口に向かってつかつかと歩いてきて〝営業終了〟の札を指差した。重労働とは無縁の手をしている。

フランキーはピンクの家から持ってきた、額に入った切り絵を持ちあげた。ジュードはそれをじっと見たあと、フランキーの顔に目を向けた。季節外れに焼けた傲慢な顔がさっと青くなった。「このことで話がしたいんだけど」フランキーはガラスのドア越しにそう言った。ようやく注目してもらえたらしい。「話ができるまで、帰るつもりはないから」

「その絵は見たことがないですね」とジュードは言った。目線も上からだし、口調も明らかにフランキーのことを見下していた。

フランキーは額を裏返した。「そしたら、どうしてここの画廊の名前が裏に書かれてるわけ？」

ジュードはフランキーのうしろにある離れた何かに目をやった。フランキーが振り返ると、反対側の通りを警官が歩いているのが見えた。一瞬、今朝船に現れた刑事がここまであとをつけてきたのかと思ったが、ただの気にしすぎだろう。あの刑事はほんとうのところ何も知らないはずだ。もし知っていれば、フランキーは今頃逮捕されている。と、ベルが鳴り、振り返るとドアが開いていた。

「中で話しましょう」とジュードは言って、フランキーを画廊の中に通した。フランキーが入るとすぐ、複雑な鍵やスライド錠、チェーンを使ってドアを閉めた。

フランキーは鍵をかけて閉じ込められるのが好きではなかった。自分が鍵を持っている場合を除いては。

周囲の状況を観察した。画廊は、外から見た縦長の建物から想像していたよりも広く、奥に向かって延びていた。天井は驚くほど高く、中二階があった。そこへ続く、入り組んだ木製のらせん階段は、一本の木の幹から切り出したかのようだった。灰色の壁には、隙間もないほど芸術作品が飾られている。だれが来ても何かしら見つかる店ではあるだろうが、それぞれの作品の横に掲示された価格からすると、ほとんどの人は見るだけで終わりそうだ。フランキーは芸術の専門家ではないが——それは、自分ではなく娘の得意分野だ——ここは美しいと思った。書店に変えたらすばらしい場所になりそうだ。

「お持ちになった作品には見覚えがありません」フランキーの思考を遮って、ジュードはそう言った。「でも、お役に立てることがあればお力になります」

そのことばのすべてが嘘くさかった。

「これをつくったアーティストのことが知りたいの」フランキーはあごを少し上げた。ジュードみたいな人間は、自分のような人間に決して敬意を払わない。「記録があるはずでしょ」

「アーティストの中には匿名を希望される方もいらっしゃいますので」

「バンクシーでもあるまいし。それに、わたしはばかじゃないの。何年も犯罪者を相手に仕事をしてきたから、人が嘘をついてるときくらいわかるわ。あなた、あまり嘘が上手じゃないみたいね。この切り絵はどこで手に入れたの？」

ジュードは眉をひそめた。「まえにどこかでお会いしました？」

フランキーは口ごもったが、すぐに持ち直した。「わたしの娘がこれをつくったの」とフランキーは言った。嫌でも目につく高さまでまた切り絵を持ちあげる。「それは確かよ。まちがいないわ。娘は十代でまだ子供も同然なのに、これをどこでどうやって手に入れたわけ？」

ジュードを見ると、右目のまぶたがけいれんしはじめていた。動揺している証拠だ。わかりやすい。「だんだん思い出してきました。アーティストがだれだったかは覚えてないですが、この作品がだれのもとへ行ったかは、なんとなく覚えているような気がします。今お持ちになってる切り絵は、あなたのものではないですよね？　そっちこそどこで手に入れたんです？」

「娘の居場所を知ってるのね？」

「娘さんがだれなのかさえぼくは知りませんよ。でも、見るからに、あなたは動揺されている。でも、お子さんを探してるという話なので、ぼくにできることがあるなら力を貸しますよ。娘さんのお名前は？」

「ネリー・フレッチャー」

ジュードは首を横に振った。安心したような顔をしている。「それなら残念ですが、正直に言って、その名前は聞いたことがないですね」

フランキーは男の顔を探り、真実を話していると結論づけた。こてんぱんに打ちのめされた気分だ。ところが、帰ろうとしたちょうどそのとき、ジュードのうしろの机の上に別の切り絵が置かれているのが見えた。隅には、テントウムシの絵が描かれていた。

クリオ

クリオは、タクシーの運転手に料金を払ってコベント・ガーデンで降りると、黒塗りタクシーが走り去るのを見送った。あのまま乗っていたほうがよかっただろうか――一瞬そんな気持ちになった。ちょうど店やカフェが開きはじめたところで、シャッターやドアの音が通りに響いていたが、〈ケネディーズ・ギャラリー〉はまだドアの窓に〝営業終了〟の札がかかっていた。どうりでもう何年も利益を上げていないわけだ。ノックしないといけないと思うと気が滅入った。向こうは、相手がだれだか判断して中に入れるかどうかを決められるのだ。昔はクリオも自分用の鍵を持っていたのに。

画廊の中にジュード・ケネディの姿が見えた。奥の机の向こうにひとりで座っている男のぼんやりした影が見える。クリオは拳（こぶし）を握ったが、その必要はなかった。結局、ノックするまでもなかった。ジュードはクリオの存在に気づいたのか、顔を上げ、クリオとほぼ同じタイミングでこっちを見た。しばらくにらみ合いが続き、時間が引き延ばされているように感じられた。唇が言おうとしないことを目が物語っていた。あまりに長い時間黙っていると、ことばは意味を失ってしまう。ジュードは立ちあがり、寄せ木張りの床をゆっくり歩いてきて、クリオを中に入れた。〝営業終了〟の札は裏返さず、また鍵をかける。これはふたりきりでしたほうがいい会話だとお互いにわかっていた。

クリオが弟に会うのはほぼ一年ぶりだったが、ハグはなかった。握手すらない。クリオがいなければ、ジュードは文字どおりここにいなかったというのに。

「ずっと電話してたのよ」とクリオは言った。

「知ってる」とジュードは言った。「そういうのはやめるって、お互いに納得したんじゃなかったっけ」

過ぎ去った四十年が剝がれ落ち、子供だった頃の弟の姿が見えた。気むずかしくて頑固で、芯まで自分勝手だった弟。家族に会うと、タイムトラベルをしているみたいな気分になる。昔の自分はあまり思い出したくなかった。幼い頃は、なけなしの愛情や注目を求めて、姉弟でいつも争っていた。愛情も注目もほとんど与えられない家庭だった。十代になると、ふたりともありもしないものを探して時間を無駄にしたりしないようになった。この画廊に来ると、父親を思い出す。もっとも、父親のことはあまりよく知らなかった。本人には二度しか会ったことがない。はじめて会ったのは十歳のときで、二回目は三十代になってからだ。自分たちと関わりを持ちたがろうとしないとは、自分はよほどまずいことをしてしまったにちがいないと思っていたが、問題はクリオにあるのではなかった。父親が距離を置きたがっていたのは、クリオの母親とだった。ただ、関係者全員にとって不幸なことに、父親がそのことに気づいたのは、クリオの母親を二度妊娠させてからだった。

ここへは自信を持ってやってきたのに、今は自分が小さく愚かな人間になったような、怯えた気分になっていた。でも、もう弟に威張り散らされるわけにはいかない。そういうのはもう終わりだ。

「じゃあ、知ってるのね？」とクリオはジュードの目を見て言った。弟も同じように礼儀正しく振る舞ってくれるといいのだけれど。

ジュードはかわりに自分の高級な腕時計を見た。「知ってるって何を？」

「お母さんのことだけど？」

「死んだのか？」

「ちがうわよ！　行方不明なの」

「それだけ？」

そのやけに気取ったばかみたいな顔を拳で殴りたい衝動をクリオは抑えようとした。「携帯を見たりメッセージを確認したりしないわけ？」とクリオは訊いた。

「そうしなくてすむんだったらしないよ。姉さんからの電話だったらとくにね」

「こっちは真面目に話してるんだけど。殺された人がいるのよ」

「母さんが殺されたのでなければ、別にぼくはどうでもいいね」

「いったいどうしたっていうのよ？　この問題にひとりで対処するのはもう無理。あの人はあなたの母親でもあるのよ」

ジュードの表情が曇ったように見えた。「あの人がだれで、何者かは知ってるよ。ちなみに、姉さんがあまりに忙しかったり気持ちが沈んでたりしたときに、いろいろ対処したのはこのぼくなんだけどね。やっぱり母さんと一緒に住みたくないとか言い出したときもそうだった。姉さんがそっぽを向いてるときに、長年にわたってぼくは、何回も母さんのところへ行って、様子を見てきた。母さんを大事にしてたのは――」

「あんたは自分を大事にしてただけでしょ」とクリオは言った。

「母さんは助けを必要としてたんだ」

「あんな助け方は望んでなかったと思うけどね。あんたはお母さんをだましました。内容がわかればサインなんて絶対にしなかったものにサインさせたりして。お母さんもわたしも知らないままにとんでもないケアホームに入居するよう手配したじゃない。愛するものをすべて取りあげて。あのいまいましい犬まで奪ったでしょ。そのうえで、全部わたしのせいだと本人に思い込ませた」

「だって姉さんのせいだろ。そっちが母さんを家から追い出したんだ」

「少なくともわたしは、お母さんがだれかを一番必要としてたときに家に住まわせてあげたわ。あんたに任せてたら、死んで腐るまで家に放置されてたところだった。でも、お母さんはいつも転倒してばかりで、心臓の薬を飲むのは忘れるわ、コンロの火はつけっぱなしにするわで大変だったの。自分ごと近所中を吹き飛ばすところだったんだから。そのせいで、住むのにちょうどいい場所が見つからなくなったのに、あんたは何もしなかった」

「ほんと母さんみたいだな、姉さんって。自分でも気づいてる？　母さんと中身が入れ替わっちまったのか？　自分の良心が一番痛まない話に物語をつくりかえたりしてさ。自分がだめな娘に見えることには全部蓋をしてるじゃないか。ぼくはやる必要があることをやっただけだ」

弟のことばに、平手打ちされ、殴打され、ひどくつねられているような気分になった。が、クリオのほうにもまだ何発か攻撃のネタは残っていた。

「あんたがお母さんのためにしたことは何もかも遺産のためでしょ」

「そっちも同じじゃないって、ほんとうに言えるのか、優しい姉さん？」ジュードはそう言ったあと、肩をすくめた。「まあ、たかが金じゃないか」

クリオは、かつては美しかった画廊の中を見まわした。二回しか会ったことのない父親が遺言でここを自分と母親と弟に――弟は父親と一度しか会ったことがなかったが――残したと聞いたときは驚いた。それ以来、三人でここを経営してきた。もっとも、母親とクリオはいないも同然だったけれど。父親のまえは、祖父がこの画廊を所有していたようだった――一度も家族になったことのない家族が営んでいた家業。あらゆる機会や資料が用意されていたにもかかわらず、弟はあれこれ手を出して店をだめにしただけだった。クリオとしては、最初からここを売りたかったが、今こそほんとうにそうしないといけないかもしれない。ジュードはそもそも芸術作品にも、それをつくった人間にも関心がない人だった。弟にとって大事なのはふたつだけだ――金と自分。

クリオは背を向けて帰ろうとしたが、そのまえにひとつ言い残したことがあった。「〝たかが金〟っていうのなら、お母さんが遺言状の内容を変更したと知っても、別に動揺はしないわよね。もともと委任状でわたしたちがお母さんの財政を管理できることになってたけど、その委任状も無効にする手続きをしたらしいわ。自分の家を取り戻す手続きも弁護士に頼んだんですって」

「なんの話だ？」ジュードが快適とは言えない距離まで近づいてきた。十代の頃から、弟はクリオより背が高く、声が大きく、力も強かった。また、自分の気分をよくするために姉の気分を悪くさせる方法をよく知っていた。

「一杯食わされたわね」クリオは喜びを隠せずそう言った。「お母さんをだましてケアホームに入れて、そのうえでかなりの財産を勝手に使って、生活と経営の危機を乗り越えようとしてたんでしょうけど、そんな作戦もお見通しだったってわけ」

「姉さんもその金の半分に手をつけてた――」

「わたしはそのお金を、あんたが無理矢理入れたとんでもない施設に払うお金に当ててたわ」

「まあ、その金ももうそんなに払わずにすむんじゃないか」

「どういう意味？」とクリオは訊いたが、ジュードは答えなかった。クリオはバッグから封筒を取り出した。「お母さんの新しい遺言状のコピーよ。まあ、あなたの言うとおり、たかが金だけど」

「さっきのは冗談に決まってるだろ」とジュードは言って、クリオの手から封筒を奪った。

「昔から文を読むのはあまり得意じゃなさそうだったから、恥をかかなくてすむよう、わたしがかわりに説明してあげる。お母さんは、ほぼすべての財産を赤の他人に譲ろうとしてるらしいわ」

ジュードはページをめくり、問題の段落にたどりついた。「しかも、ぼ̀く̀の̀画廊の三分の一の所有権を姉さんに譲り渡すつもりのようだね」

「画廊のことはどうでもいいわ。好きにしてくれればいい。けど、わたしだってある程度の現金は当てにしてたのよ」

「どうして寝たきりの老人が遺言状なんて変更できるんだ？」

「あの人は寝たきりじゃない。好きで部屋に閉じこもってるだけよ。読んだ手紙の内容からすると、この二流弁護士がケアホームに来て、別の入居者の立ち会いのもとで新しい遺言状が作成されたみたい。ミスター・ヘンダスンとかいう人の立ち会いのもとでね。だから、お母さんを探さないと。まだなんとか手の打ちようはあるはずよ。あんたも画廊を手放したくないなら――」

「つまり、姉さんも大事なピンクの家を手放したくないってことだな？　自分だけ金がほしくないふりをするのはよせよな」

「自分のお金をケアホームの莫大な入居料に当ててたのはこのわたしなんだけど。だからそう、まあ、状況はちょっと厳しいわけ」

「それはこっちも同じさ。姉さんはいつも不満ばかりだよな。十年以上ここの経営に手を貸してくれなかったっていうのに、自分には三分の一の所有権があるとまだ思ってるとはね」

「実際に三分の一はあるでしょ！」

「でも、自分の夢をあきらめて、父親の跡を継いで家業を存続させてるのはこのぼくなんだけど――」

「家業ってね。父親のことはほとんど知らないくせ――」

「それは父さんのせいじゃない」

「そうね。それはわたしのせいでもない。しかも、お父さんは画廊をわたしたちふたりともに残したの。ここはあなたのものであると同時にわたしのものでもあるわけよ」

「それなら、こっちが頼んだときに金を貸してくれたってよかったのに」

「言ったでしょ。もうお金はないの」

「けど、あのへんてこりんなピンクの家を維持する金はあるっていうのか？　幽霊がうじゃうじゃいる家に住みたがるなんて、意味がわからないよな。そもそも、寂しいひとり身のおばさんには広すぎると思うけど」

　幼少期からそうだったが、弟はクリオの弱点をよく知っていた。どこにことばのパンチを繰り出せば、一番ダメージを与えられるかがよくわかっている。とはいえ、クリオもずっとひとり暮らしだったわけではなかった。

「協力する気はあるの、ないの？」敗北感を覚えてそう言った。

「こんなに丁重に頼んできたんだから、まあ、協力してやってもいいかな。もし愛しの母さんが見つからなかったら、すべてを残すと決めたとかいうその人物にまずは話をしてみよう」

「確かにその手があったわね。問題は、ペイシェンス・リデルなんて名前、わたしには聞いたこともないってこと。名前も知らない人を見つけるのは大変でしょ。あら、どうしたの？　なんでそんな発作に襲われたみたいな顔をしてるわけ？」

ジュードは笑みを浮かべた。かぶせ物をしてある歯があらわになる。「ペイシェンスなら知ってる。もっと言うなら住所もね」

クリオは弟を見つめた。「えっ？　なんで？　どこにいるの？」

ジュードは天井に目をやった。「ここの屋根裏部屋に住んでるよ」

ペイシェンス

階下の画廊で大きな話し声が聞こえた。一瞬、エディスが息子に文句を言いにいったのかと心配になった。急いで円窓のまえに移動すると、エディスが丸石敷きの道をコベント・ガーデンから川のほうへ向かっているのが見えてほっとした。その横をディケンズが小走りで進んでいる。水上生活が恋しかった。わたしにとっては、水が船を打つ音が子守歌だった。それにしても、昨日はあんなことがあったのに、少しでも眠れたなんて驚きだ。

エディスをひとりで外に行かせるのは不安だったが、すぐ帰ってくると約束してくれていた。そもそも、ほかに行く場所があるわけでもない。それに、わたしも準備する時間が少し必要だった。これから向かう場所へエディスを連れていったら、ここに戻ってくるつもりはなかった。自分がつくった切り絵も含めて、荷物はだいたい全部まとめたが、切り絵はひとつだけ置いていくつもりだ。夜遅くに窓からときおり目にするクロギツネの切り絵だった。クロギツネはとてもめずらしい動物で、それを見かけたら不吉だと母親はいつも言っていた。わたしが〝災い〟と呼んでいるその切り絵は、ジュード・ケネディを連想させるので、ここに置いておいて本人に見つけてもらおうと思う。ささやかで不吉な別れのプレゼントだ。

ベッドの下から引き出しを引っぱって、秘密の場所から日本製の茶缶を取り出した。この一年かけてずっと貯めてきたお金をベッドの上に全部出す。クビにされたあと、ジョイのオフィスからくすねたわずかな現金も全部合わせると、五千ポンド近くあった。しかるべき場所へエディスを連れていったら、今日が終わる頃には、その額は二倍になっているはずだ。川を見下ろす小さなワンルームマンションくらい借りられるにちがいない。また、美術学校に願書を出して運よく入学できれば、初年度の学費くらいは払えるだろう。わたしがほしいのはそれだけだ――安全して暮らしたり教育を受けたりできる場所。今まで一生懸命働いてきた。それくらい手に入れても罰は当たらないだろう。起きたことからすれば、罪悪感を覚えるのも無理はなかったが、あれはわたしのせいではない。少なくとも、それが自分に言い聞かせていることだった。

階段を上がってくる足音が聞こえ、エディスとディケンズが帰ってきてくれたと胸をなでおろした。十分くらい散歩するだけだと言っていたが、ほんとうにそろそろ出発しなくてはならない。

「この子がそう？」うしろから女の声がした。わたしは手から茶缶を落とし、くるりとうしろを向いた。

ジュードと一緒に、見たことのある女がドア口に立っていた。今日は、黒のワンピースに黒のスニーカーを履いていて、特別無愛想に見えた。

「この子がそうだよ」とジュードが答えた。

「あなたがペイシェンス・リデル？」と女が訊いた。

「姉さん、耳が聞こえないのか？　それとも単にばかなのかな。この子がそうだって言ってるじゃないか」ジュードがきつく言い返した。「で、その金は全部、どこで手に入れたんだ？」

ジュードはベッドの上の現金を見てそう言った。

「自分で貯めたの」わたしは小声で答えた。こんなことなら、五分早く出発しておけばよかった。

「ケアホームの介護スタッフの給料でここまで貯めるなんて、相当時間がかかっただろうな。ほんとうに自分の金なのか？　ひょっとして、ぼくたちの母親のじゃないか？　きみが母さんをたぶらかして遺言状の内容を変えさせたって、さっき小耳に挟んだところなんだが」

なんの話をしているのかさっぱりわからなかった。わたしはジュードの顔をじっと見たあと、女に目をやったが、女は表情が読めなかった。自己弁護すべきなのはわかったけれど、そのやり方がわからない。わたしは首を横に振った。その拍子に何か適切なことばが口から飛び出してきたりしないだろうか。そう思ったものの、だめだった。

「わたしたちの母親の居場所を知ってるの？」と女が訊いてきたが、どう答えたらいいのかわからなかった。「ペイシェンスって面白い名前よね」女は続けてそう言い、悲しげな目で屋根裏部屋の中を隈なく見渡した。「それって本名なの？　あなたの話自体、信じていいのかしらね」

女はベッドの上にあったわたしの財布を奪い、それを開けた。

女が目にしたものが何かわかった瞬間、わたしは吐き気を覚えた。

「まあ、この運転免許証には確かに〝ペイシェンス・リデル〟って書いてある。でも、どうしてわたしたちの母親のキャッシュカードがあなたの財布に入ってるんだろう」女はそう言って、プラスティックの長方形のカードを高く掲げた。「お母さんはあなたを信用してたのよ。わたしも信じてたのに」

ジュードは女を見て顔をしかめた。「この子と会ったことがあるのか？」

「ないに決まってるでしょ」女は嚙(か)みつくようにそう言うと、またこっちを向いた。「わたしが言いたいのは、わたしのような人はあなたのような人が正しいことをしてくれると信じるしかないってこと。愛する家族を預けてる身としてはね。そのためにお金を払ってるわけだから」

「信じてくれて大丈夫です」とわたしは言った。

「じゃあ、母はどこなの？」と女は訊いてきた。

「ほんとうに知り合いじゃないのか？」とジュードがまた言った。

「この子の正体と住所を知ってたのはむしろそっちでしょ。わたしは今の今までペイシェンスなんて名前、聞いたこともなかったわよ。そろそろわたしのほうが我慢（ペイシェンス）の限界なんだけど」女はジュードにきつくそう言うと、今度はわたしに怒鳴ってきた。「お母さんはどこにいるのよ？」

答えようとする暇もなくジュードが口を挟んだ。「ばばあの居場所なんて知らないと思うけどな。でも、こいつが母さんの口座から現金を盗んでたのは確か――」

「泥棒扱いしないで！」とわたしは言った。ようやく声が出るようになった。「必要なものを買うようエディスに頼まれてただけ。それにしか使ってないから」

「じゃあ、どうしてまだキャッシュカードを持ってるんだ？」とジュードが言った。

クリオはわたしの指についたテントウムシの指輪を見た。「その指輪はどこで手に入れたの？」

クリオは見るからに意気消沈していた。体から詰め物を抜かれた人みたいだ。ジュードはまったく気づいていないけれど。

「わたしは関係ありません」とわたしは言った。「この指輪は――」

「もう何も言わないで」と女が言った。マーチングバンドでさえ静かになりそうな顔つきだった。「嘘は聞き飽きたわ」

ジュードはうなずいた。「めずらしく姉さんと意見が一致したな。警察に頼めば、もっと早く――」

「警察を呼ぶ必要はないでしょ」クリオが口を挟んだ。

「もう呼んだよ。今こっちに向かってる」

クリオはわたしと同じくらいショックを受けているように見えた。

「まだ警察は呼ばないって約束じゃなかった？」

「呼ぶに決まってるじゃないか。なんで呼んじゃいけないんだ？　ぼくたちの年老いたか弱い母親が行方不明になってるんだぞ。ぼくが手を貸したこの人物は――安全な住み家を与えたうえに、仕事まで紹介してやったこの人物は――母さんから数千ポンドほどの金を盗み、遺言状の内容を変えさせて、恩を仇で返しやがった。そのうえ、母さんを誘拐したかもしれないとはね！　警察を呼ばないなんて選択肢はないよ。ことによると、殺してるんじゃないか」

「よくそんなことが言えるね？」わたしは叫びたかったが、口から出たのはささやき声だった。

「きみは明らかに、ただの嘘つきで泥棒で精神の不安定な――」

わたしはジュードがスピーチを最後まで言いおえるのを待たなかった。この世界は、自分の声の響きが好きでたまらない男であふれている。わたしはバッグをつかみ、集められるかぎりの現金を集めると、ふたりを押しのけた。だれかに止められるまえに、屋根裏部屋のドアの外へ出て、最初の階段を駆けおりた。名前を変えて一からやり直せば、だれにも見つからないはずだ。母親のいる家に帰って、もう一度話をしてみるのもいい。次の階段を下り、また次へ進んだ。最後の角を曲がり、外へつながるドアにたどりつく直前、階段の一番下にふたりの警官が立っているのが見えた。わたしの行く手を阻んでいる。そのうしろから、ピンクのハイライトの入ったブロンドの髪の女が現れた。

その女がわたしに笑いかけてきた。「あら、三人目の容疑者さん」

エディス

エディスはディケンズと一緒に川のほうへ歩いていた。ペイシェンスはおそらく屋根裏部屋の窓からこっちを見ているだろう。あの子はわたしを見くびっている。自分はあの子を買いかぶっていたかもしれないと、エディスは心配になった。目の届かない場所まで来たと確信できたところで、来た道を戻って、セントポール教会へ向かった。昨日、ペイシェンスにしばらく置き去りにされていた場所だ。あるものを隠した場所。今からそれを回収しなければならない。

重ねてきた年を理由に自分を判断する若者には慣れていた。ペイシェンスだけはちがうと思っていたが、まあ、そうするのも理解はできる。自分が十代だった頃は、三十歳を過ぎた大人はみんな同じように見えていたものだ——年寄りにしか見えなかった。そんな自分がもう八十歳だとは。過ぎ去った年月はどこへ行ってしまったのだろう。年を取ることのメリットのひとつは、他人にどう思われるかを気にしなくなる点だ。でも、ペイシェンスには好かれたかった。

愛されたかったとすら思う。この上なくばかげているけれど。心の奥底では、みんなだれかに愛されたがっているのかもしれない。人間は本来、そうされる必要があるのだろう。

「わたしったら、すっかりだまされちゃったのかしら」道を渡りながらかすかな声でそう言うと、ディケンズが吠えてきた。「自分だけたぶらかされてないふりをするのはおよし。犬は人を見る目があるんじゃなかったの？」そう言うと、ディケンズにまた吠えられた。「いいわ。テントウムシちゃんを大目に見るっていうことならそうしなさい。でも、わたしは昔刑事（ディテクティブ）だったのよ」ディケンズは頭を傾けてエディスを見上げていた。「まあ、本物の刑事ってわけじゃなくて、ただの万引きの監視員（ストア・ディテクティブ）なんだけど、そのふたつはあまり変わらないの」ディケンズがまた吠えてきた。「あなたに何がわかるっていうのよ？　犬のあなたに。ねえ、ケアホームにいた友達のメイは覚えてる？　彼女はわかってくれたわ。まあ、メイも刑事だったんだけど。メイはあの頃、わたしにとってただひとりの話し相手だった。それで、こんなことを教えてくれたわ。生き残るためには、人はときに周りのイメージどおりの自分を演じなきゃならないって。こう見えても万引きの監視員（ストア・ディテクティブ）の仕事は得意だったのよ。地域を管轄する責任者からも一番だって言われたんだから。でも、ときどき悲しくなっちゃって。捕まえてもしかたがない人を捕まえるのは心苦しかった。まちがったことをした人を見逃すのが正しい場合もときにはあるのね」

　雨が降りはじめた。傘を持ってくればよかったとエディスは思った。教会の庭の門を開けると、ディケンズがあとからついてきた。

「テントウムシちゃんに最後にもう一回だけチャンスをあげるべきかしら？　あなたはどう思う？　つらいわね。ここまで年を取って、こんなにも孤独なのに、親切な知り合いがひとりしかいないなんて」

ディケンズはエディスの心中を察したかのようにまた吠えた。

「そうよね。親切な人はひとりしか知らないけど、わたしはすばらしい犬を知ってる。ぼやいてる場合じゃないわね。文句なんて言っていられない。虹のまえには雨が降るものよ。ほら、このにわか雨が通りすぎるまで中に入っていましょう。今はどんよりしてるけど、そのうちきっと何もかも明るくなるわ」

ディケンズがしっぽを振ったのを見て、すべてのことばを理解してくれていると確信した。エディスは、物心がついたときから犬と頻繁に会話していた。犬はどの犬もしゃべれるのだ。聞き方をわかっている人間しか相手にしないけれど。やがて、教会のドアのまえに着くと、ディケンズはその場に座り込んだ。おかげで、リードを少し引っぱらなければならなかった。

「どうしたのよ。神聖な建物が好きじゃないのは知ってるけど、ここには怖がるものなんて何もないわ」とエディスは言った。ディケンズは異議を唱えるかのように頭を振った。もっとも、毛についた雨を振り払っただけかもしれない。

ディケンズと一緒に昨日とまったく同じ席に座り、数列うしろで祈りを捧げている人が帰るのを待った。昔は毎週日曜日にこういう教会へ来ていた。神と仲たがいするまでの話だ。神とはもう何年も口を利いていなかった。エディスを毎週教会に通わせていたのは母親だった。エディスはそれが嫌でたまらなかったが、やがて同じことを自分の子供にもするようになった。といっても、自分の場合は、クリオをいい学校に入れるためにすぎなかった。当時住んでいた地域のほかの学校はどこも、生徒の数が多すぎて教員不足になっていたのだ。だから、クリオとジュードにはよそ行きの服を着させてミサに参加させた。カトリック系の学校の教師やほかの保護者にいい印象を与えるためだ。娘と息子には自分よりも恵まれた人生のスタートを切らせてやりたかった。優れた教育を受ければ、いい仕事も見つかると思っていた。そうなれば、死にもの狂いで働かなくてすむし、多くの機会も逃さずにすむ。もっとも、クリオから感謝されたことは一度もない。本人のためにしてきたほかのどんなことにしてもそうだった。週に六日働いていたエディスだって、日曜日にわざわざ早起きしたかったわけでもないのに。神を信じることはずっとまえにやめていた。近頃は、信心と恐怖心が複雑に絡み合っていて、ふたつはもはや同じものにしか見えなかった。とはいえ、神聖な場所に来た感覚は——その感覚が本物か想像の産物かはさておき——まだ魅力的に感じた。教会は昔から、人々が恐れたり悲しんだり、隠れる場所を必要としたりしたときに安心できる場所だった。ちょうど今のエディスにぴったりの場所だ。

ペイシェンスがいくつか自分に嘘をついていたのは明らかだった。

「心配しないで、ディケンズ。今から計画を立てればいいのよ」とエディスは言ったが、この犬に隠しごとはできないと思った。というのも、悲しそうな大きな目で自分を見上げていたからだ。ディケンズには、エディスが幸せなときも悲しいときも怯えているときもすべてお見通しだった。この犬はだれよりもエディスを知っている。ディケンズは哀れっぽい小さな鳴き声を上げた。心配するのは当然なので、エディスもどう慰めていいのかわからなかった。「まずは、これを処分しないとね」

エディスはそう言って、昨日座っていた教会の席の下に手を伸ばした。隠されたビニール袋に手が触れる。周囲にはだれもいないと確信できたところで、袋の中をのぞいた。これをすてきだと思ったためしは一度もなかった。スーパーマーケットの元同僚たちはどうして退職祝いに金属でできた虫眼鏡の置物などくれたのだろう。不思議でならなかった。気持ちはありがたいのだが、これならまだ現金をもらえたほうがましだった。置物はきれいに拭かれていたものの、まだ微量の血痕は残っているにちがいない。本物の刑事でなくてもそれくらいわかった。エディスにも、ものを隠したほうがいいときと、すっかり処分したほうがいいときの区別はついていた。そもそも、もっと早くそうしなければならなかったのだ。凶器はまちがいなく捨てなければならない。

フランキー

フランキーは、〈ケネディーズ・ギャラリー〉の外でキャンピングカーの車内に座っていた。

時間の無駄かもしれないと思ったが、本能的な直感はここに留まるべきだと言っていた。ジュード・ケネディが嘘をついているのは明らかだ——彼は正直という概念が欠落しているタイプの男のようだった。でも、ジュードが売っていた切り絵が娘の作品なのはまちがいない。娘のことを知らないと言った彼のことばが嘘だとすれば、娘の居場所についても無知を装（よそお）っている可能性がある。フランキーは、ジュードに帰るよう促されてその場をあとにしたが、それ以来ずっと外から画廊を監視していた。

　これまでのところ、まえを通ったのは二十八人だった。女が十九人と男が九人。黒塗りタクシーが十二台、犬を散歩させている人が三人、アイスクリームの移動販売車も一台通った。駐車違反監視員が近づいてくるのが見え、フランキーは小さく悪態をついた。切符を切られないようにするために、すでに一回あたりを走ってきたところだった。ここの通りは、駐車禁止を示す線がびっしり引かれていたが、画廊がはっきり見える場所はここくらいしかなかった。画廊はまだ閉まったままだ。営業時間によると、もう開いていないといけない時間なのに。

　フランキーは一瞬画廊から視線をはずし、目のまえの古くも美しい教会に目をやった。看板によると、セントポール教会という名前の教会らしい。建物の裏に、壁に囲まれた秘密の庭のようなものが見えた。娘が時間をつぶすのに選びそうな場所だ。娘は昔から古い教会や墓地が好きだった。フランキーにとっては気味の悪いものばかりだ。娘というのは必ずしも母親に似るわけではない。

　おなかがいささか大きな音を立てた。そういえば、今日は何も食べていなかった。道の先にかわいい雰囲気のカフェがあった。少しのあいだなら、ここに車を停めておけるかもしれない。コーヒーでも飲めば、確実に目が覚めるし、窓際の席に座れば、そこからでも画廊は見えるだろう。空腹と疲れに説得され、フランキーは危険を冒すことにした。

カフェに足を踏み入れたとき、通りを進んだ先で警察車両が停まったのには気がつかなかった。

〝外食〟はもう数ヵ月していなかった。安くて親しみやすいカフェだったが、現実離れしていてぜいたくに感じられた。フランキーはひとりでもくつろげそうなテーブルを見つけると、メニューを見はじめた。

画廊のほうにふたりの警官が歩いていくのには気がつかなかった。

朝食のメニューしかなかったが、選択肢は多かった。最近は、選択肢があまりに多すぎる。昔ながらの朝食を二人前頼むことにした——ひとつはここで食べるためで、もうひとつはテイクアウト用だ。あとで外の通りに座っていたホームレスの人にあげるつもりだった。オーダーを伝えると、ウェイトレスはチップをもらおうと、天気について余計な世間話をしてきた。おかげで、今朝船にやってきたのと同じ刑事が女の子を警察車両に連行するのには気がつかなかった。

注文した料理はすぐに届いたが、口をつけるまえにバッグの中で携帯が鳴ったので、警察車両が窓の横を通りすぎるのには気がつかなかった。もう一年ほど携帯は鳴っていなかった——自分でセットしたアラームの音は別だ。予期しない音に、フランキーはびくっとした。ミッキーマウスの腕時計で時間を確認し、仕事関係の連絡だろうと見当をつけた。今日出勤していない理由を確かめようと職場の人が連絡してきたのかもしれない。ところが、メールは刑務所からではなかった。

内容は短かった。娘だ。家出して以来約一年ぶりの連絡だった。たったの三語。

〝助けて、ママ(ヘルプ・ミー・マム)〟

クリオ

「警察なんて呼ぶべきじゃなかったのに」とクリオは言った。弟に続いて、階段をのぼって屋根裏部屋まで戻っているところだった。刑事がさっきの女の子を連れてすぐ帰ってくれてよかった。階段をのぼってこなくて助かった。もしここでチャップマン警部と出くわしていたら、きまりが悪かったところだ。ペイシェンスが車で連行されたあと、別の警官と話したが、答えの出ていない疑問はまだ多かった。

「どうして呼んじゃだめだったんだよ?」ジュードが姉にしか使わない不機嫌な口調でそう訊いてきた。

「もしあの子がお母さんの居場所を知ってるとすれば、これでもう教えてくれなくなっちゃった」

ジュードはすでに息を切らしていた――昔から運動とは無縁の男だ――が、クリオにとっては階段など平気だった。弟より早く屋根裏部屋へたどりついて時間を稼ごうと、先へどんどん進んだ。頭を働かせようとしたが、思考は事実を恐れていた。わたしはミスを犯したのだろうか。

「お母さんはだれも信用してなかった――わたしたちでさえね。それなのに、ケアホームで会っただけの女の子をどうして信用するわけ?」クリオは考えごとを口に出した。ジュードは答えなかった。「テレパシーで答えを教えてくれてるつもり?」そう言っても、まだ弟は黙っていた。いつものように、問題の原因ではなく問題の解決法を考えているのかもしれない。クリオは思った、ペイシェンスは警察に何を話すのだろう。

「もう一度説明して」とクリオは言った。「どうしてあの若い子がここに住むようになったの? で、そのあと、お母さんがいるケアホームで働き出したのはどうして? あまりに話ができすぎてるように感じるんだけど。わたしが偶然というものを信じてないのは知ってるでしょ」

ジュードは肩をすくめた。子供の頃、質問に答えたくないときにしていたのと同じだ。オーダーメイドのジャケットの袖から出た、しわのないきれいな白いシャツについているカフスボタンをいじっている。が、しばらくすると、真実っぽいことばが弟の口から飛び出して、クリオは驚いた。

「一年ほどまえにあの子はいきなりここに現れたんだ。リュックひとつ背負った、まさにがりがりの小鳥といった感じで、切羽詰まった様子が声から感じ取れたよ。なぜかぼくのことを、長らく行方知れずだった父親だと思ったらしい。信じられるか?」ジュードはそう言って笑い声を上げたが、クリオは笑わなかった。

「ちょっと意味がわからないんだけど。ちゃんと説明してくれる? あんたが父親だなんて、あの子がどうしてそんなふうに思うわけ?」とクリオは言った。口喧嘩ばかりしていた姉弟の頃に逆戻りしているのは明らかだった。

「〝希望的観測〟ってやつじゃないか? 姉さんも、うだうだ言ってないで、たまにはこっちの話に耳を傾けたらどうだ。そうすりゃ、ことの顚末を話してやってもいいよ。最近カウンセリングの患者が減ってるのも無理はないよな。セラピーを求めてやってきたのに、患者は一切口を挟ませてもらえないんだから。さっきも言おうとしたとおり、ぼくはきみの父親じゃないと、本人には説明した——だってぼくは女と一度も寝たことがないんだから、その可能性は限りなくゼロに近いだろ——そしたら、あの子は泣きはじめて……さすがにかわいそうになったよ。明らかに何かから、もしくはだれかから逃げてきた感じで、力になってやりたかった。どちらかといえば、どことなく家出したときの姉さんに似てたな。お互いに子供だった頃、そんなことがあっただろ。だから、ここの屋根裏部屋にしばらく住んでもいいって持ちかけたんだ」

クリオとしては、自分が家出したときのことは思い出したくもなかった。その理由も考えたくない。遠い昔の話だ。「あの子、家賃は払ってたの？」かわりにそう訊いた。

「いや」

「でも、だったら……あんたになんの得があるわけ？」

「おいおい姉さん、自分にメリットがないと、ぼくには慈善行為なんてできないとでも言いたいのか？」

「そうよ」

「失礼だな」

「今集中しなきゃいけないのは、お母さんがどこにいるかでしょ」

ジュードはあきれたように目をぐるりとまわした。「まあ、せいぜい頑張って探してくれ」

狭い部屋の中を見まわしていると、壁の切り絵に気がついた。近くで見てみた。クロギツネの絵だった。「なんか見覚えがある気がする」クリオはそう言って、「こういう切り絵をクリスマスに送ってこなかった？」

「ああ。送ったことは後悔してるけどね。画廊に置いたら、かなり人気の作品になってただろうから。今までも――」

「去年はなんでクリスマスプレゼントなんて送ってきたのよ？　当時、口すら利いてなかったのに」

「言っただろ。どこか姉さんを思い出させる子だったんだよ」

「わたしにはまったく似てない――」

「そうだよな。あの子は姉さんとちがってかわいいもんね。でも、状況が似てると思ったんだ。十代の頃、姉さんが家出したときのことは、ぼくもまだ幼かったけど覚えてる。母さんよりも母さんらしく接してくれた存在だったから、当時は寂しかったような気がするな」弟がそんな話をするのははじめて聞いた。姉がしょっちゅう寝かしつけをしてくれて、学校へ送り届けてくれて、夕食を用意してくれた。そんなことを覚えているのかどうかすら今まで知らなかったのだ。母親はつねに仕事をしていた。子供たちには、刑事の仕事だと言っていた。自分は重要な仕事をしていると。けれども、実際にしていたのは、たまに現れる万引き犯を捕まえることだった。ジュードはまた表情を曇らせて言った。「そんなに感傷的になる必要はないよ。めずらしく懐かしさが込みあげてきて判断力が鈍った、それだけの話さ。心配しないでくれ。あんなことはもう二度としないから。ぼくもなんでわざわざプレゼントをしようとしたりしたのかな。でも、あのとき送った切り絵はどこかに寄付でもしたんだろ?」

クリオは否定しなかった。あの切り絵をすごく気に入っていたことも言わなかった。ほとんどの時間を過ごす部屋に飾るほど好きだったのに。

「どうしたの?」とクリオは訊いた。弟が、賭けに勝ったりパズルが解けたりしたときにいつも浮かべる表情をしていたからだ。

「女がいたんだ」とジュードは言った。

「それははじめて聞く話ね。どんな女?」

「ちがう、ここに来た女がいたんだよ。ここの一階に。ぼくがクリスマスに姉さんにあげた額入りの切り絵を持って現れたんだ。どうせチャリティーショップにでも売ったんだろ？　そこで見つけたんじゃないのか」

クリオは首を横に振った。「チャリティーショップには売ってないわ。昨日うちに来た新しい患者がいたんだけど、その人が窓から持ち逃げしたのよ」ふたりはしばらく顔を見合わせていた。互いの憎しみはいったん脇に置いておいた。この問題はひとりでは解決できないと、ふたりともわかっている。「作品に対して、女の子にお金は払ってたの？」とクリオは訊いた。

「へんちくりんな作品と交換に、タダでここに住まわせてやってたんだ――」

「人の不幸につけ込んで、彼女の才能を都合よく利用したわけね」

「ぼくは親切心から人助けをしたまでだよ。ケアホームの仕事も、あの薄気味悪い所長からたまたま人手不足だと聞かされたとき、力になってくれる子がいるかもしれないと提案しただけだ。住む場所を与えてやったうえに、仕事まで世話をしてやったんだぞ。それなのに、まさか詐欺師だったとはね」

あんたも人のことは言えないけどね、とクリオは思った。

「故人を悪く言うのはやめたほうがいいわ。けど、確かに、あの人は薄気味悪い所長だった」

「えっ？　だれが故人だって？」

「ケアホームの所長よ。薄気味悪いってさっき言ってた――」

「ジョイが死んだのか？」

「ファーストネームで呼び合う仲だったとは知らなかったわ。あんたはケアホームを訪れたことも、母さんの面会にいったことも一度もないのにね」そう言うと、ジュードはこっちを見た。金魚のように口をぱくぱくさせている。「どうしたの？　一応さっき伝えようとはしたのよ」

「いつ？　なんで死んだんだ？」とジュードは訊いてきた。

「〝故障中〟の札を首から下げた状態でエレベーターの中で死んでるのが見つかったの」そう言うと、弟は見慣れない顔をした。ショックを受けたときにおそらくこういう顔をするのだろう。「少なくとも、聞いた話ではそう。もちろん、自分の目で確認したわけじゃないけど」とクリオは言い直した。

「まさか」

「でも、あんたに関係ある？」クリオは話題を変えたかった。いつ見ても日焼けしている弟の肌が少し色を失っていることに気づいた。「さっきの女の子だけど、なんで逮捕されたんだろう？」

「母さんから金を盗んだからだろ」

「お母さんの銀行口座からいくらかお金が消えたくらいで、刑事がひとりと警官がふたりも来るかしら？　パトカーも二台来てたし」

「なんでジョイが殺されるんだ？」

「それを望む人なら、行列ができるくらいいたと思うけど」

「ペイシェンスが殺ったのかな？」

「ちがうでしょ」とクリオは言った。「あの子は殺ってないと思う」

ジュードはクリオを見つめた。「じゃあ、ぼくたちの母さん？」

「どうしてお母さんが所長を殺さなくちゃいけないのよ？」

「もしジョイを殺して逃げたんだとすれば、行方をくらましてるのも説明がつくじゃないか。でも、姉さんの言うとおりだよな。そんなのばかげてる」ジュードの顔がもとどおりになった。一時的なトランス状態からはっと目を覚まし、いつものひどい人間に戻ったかのようだった。

「まあ、この金は有効に使わないとな。どっちにしろ、これは母さんの金だろうから」ジュードはそう言うと、ベッドから現金をかき集めはじめた。

「人が来るまでなんにも触っちゃだめって警察が言ってたけど」

「ベッドにあった数千ポンドの金が数百ポンドの金に変わったからって、なんのちがいがあるんだ？　もし相続の件が裁判沙汰になれば、母さんの遺言状を無効にするには何ヵ月もかかるかもしれない。自分は金なんてほしくないとは言わないでくれよな？　ここには少なくとも一ヵ月分のローン代くらいはあるぜ」

「まるでお母さんが死んだみたいな口ぶりね。まだ行方不明になってるだけなのに。そのうち見つかるかもしれないでしょ」

「探そうともしてないものが見つかるわけはないさ」

そう言われて感じた気持ちをクリオは隠そうとした。

「ペイシェンスの荷物はどうするの？」とクリオは訊いた。

「ごみ箱行きだよ。あの子を起訴するのに必要なものすべてが警察の手に渡ったら、全部処分する。作品は別だけどね――それは階下で売る」

「今のところはすべて現状のまま残しておくべきだと思うけど」とクリオは言ったが、ジュードがさらに現金をかき集めるのを止めはしなかった。何かが引っかかっていた。何かがしっくりこない。パズルのピースが欠けている。それはわかっていた。

「昨日、お母さんのもとに三人の面会者が来たんですって。警察からそう聞いたわ」この情報を弟に話すのはいい考えだろうかと思いながら、クリオはそう言った。

「人気者だな、母さん！　それは意外だ！」

「わたしと弁護士と、わたしのふりをした女の三人よ」

「どうして姉さんのふりなんかするんだ？」

「それはこっちが訊きたいわよ。その人はわたしの名前を使って面会者名簿にサインしてた。実際にこの目で見てショックを受けたわ。きっとそういうことすべてがつながってるのよ」

「まあ、謎は解けたと思うけどね。ペイシェンスが母さんをだまして、おそらくジョイを殺した。で、本人はもう逮捕されたわけだから、新しい遺言状は無効になる。ぼくに言わせれば、ここにあるものは何もかもぼくたちのものってわけだ。愛しい母さんが姿を現そうと現すまいとね」

　子供の頃と同じく、無造作な髪がジュードの目にかかった。ジュードは髪を払いのけたが、この年の人間がやると、そのしぐさは妙にばかっぽく見えた。

「もしあんたの意見がまちがってたとしたら?」とクリオは言った。「もしあの女の子がほんとうのことを言ってたんだとすれば? あの子はほんとうに無実で、親切だから、お母さんはあの子にすべてを残すことにしたのかもしれない」

「姉さんこそ正直じゃないよな」ジュードはこっちを見てそう言った。

クリオは胸が締めつけられる思いがした。「どういう意味?」

「ペイシェンスがだれかに似てるのはわかってるだろ。それが母さんのしたことのほんとうの理由なんじゃないか」弟のことばはパンチのように感じられたが、クリオはうなずいた。ジュードの言うことも一理ある。「なあ、何もかも……大変だったよな」ジュードは続けた。「でも、もう終わる」何年かぶりに弟が優しくなったようで、クリオは動揺してしまった。自分たち姉弟も昔からこうだったわけではない。だが、ジュードが話を終える頃には、弟はやっぱり思ったとおりの人間だったとわかった。

「これがすべて終われば……」とジュードは言った。ベッドから現金をさらにかき集めて自分のポケットに詰め込んでいる。「お互いに連絡を取り合う必要はほんとうになくなるよな。母さんが死んで埋葬されれば、お互いに別々の道を行くってことで。それでいいよね?」

弟のことばに、クリオは粉々に打ち砕かれた気分だった。

クリオは答えなかった。弟の顔を見もしなかった。心の中で、余計な考えと記憶が渦を巻いていた。ペイシェンスの指についていたテントウムシの指輪のことが頭から離れなかった。あの子は警察に何を話すのだろう。

ペイシェンス

警察はわたしを逮捕した。でも、事態は思うほど悪くない――わたしはそんなふりをした。ペイシェンス・リデルという名前のだれかが逮捕されただけだ、と自分に言い聞かせる。本名ではないから、ほんとうのわたしはまだ自由の身なのだ。でも、警察署の四角い箱みたいな部屋の中に座っていると、自由だとは感じられなかった。最後にエディスの部屋に足を踏み入れてから起きたことすべてが、別の人の身に起きた出来事のように感じられた。パトカーのうしろの席に座っているあいだに一通メールを送った。だれにも止められはしなかった。

ほどなく返信が届いた。

〝**黙っていれば、助けてあげる**〟

間を置かず、次のメールが届いた。

〝黙っていないなら、自分でどうにかして〟

また別のメールが届いた。

〝ひと言もしゃべっちゃだめ〟

パトカーが停車したとき、警察がわたしの携帯の音に気づいた。助手席に乗っていた警察官が車から降りてわたしの席のドアを開けた。わたしの携帯を取りあげると、両手に手錠をはめた。手錠は重く痛かった。いい警官はみんな非番なのだろう。わたしが当たったふたりの警官はふたりとも悪い警官だったから。

警察は好きではなかった。手錠やわたしを扱う態度のせいだけでなく、母親も警察が嫌いだったからだ。どうして嫌いなのか、ほんとうの意味でその理由を理解したことはなかった。母親には、警察を信用するなと教えられたが、それを言えば、だれも信用するなと今まで教えられてきた。人は信用ならない――母親はよく首を少し振って舌打ちしながらそう言っていた。あのことばに耳を貸しておけばよかった。母親がずっと逃げる人生を送ってきた理由がわかりかけてきた気がした。といっても、どうして逃げていたのか、また、何から逃げていたのかはまだわからないけれど。

警察署の中に入ったのは生まれてはじめてだった。ここに着いて、警察はわたしの指紋を採り、顔写真を撮った。いろいろな人々が――制服を着た人もそうでない人も――絶えず一方的に話しかけてきた。彼らの質問にはなるべく答えようとした。ここ一年使ってきた名前を伝えたし、現住所も教えた――コベント・ガーデンの〝屋根裏部屋〟だ。通りの名前や郵便番号は知らないと言っても信じてもらえなかった。人生のほとんどを船の上で暮らしてきた身としては、そういうのはとくに気になる情報ではなかった。

その後、警察はこの薄汚い白い部屋にわたしを放置した。テーブルがひとつと椅子が二脚あるだけで、ほかのものはほとんどない。今日は何も口にしていなかった。おなかが空き、喉が渇いていて、トイレにもほんとうに行きたかったが、怖くて言い出せなかった。怖くて動けない。怖くて何も言ったりしたりできなかった。この一年かけて一生懸命働いて貯めたお金はほとんどなくなってしまった。屋根裏部屋にはもう帰れない。ということは、わたしはホームレスということだ。切り絵も、美術学校へ行けるかもしれないという望みもすべて消えてしまった。何もかも失った。それもこれも、正しいことをしようとしたばかりに。

ドアがようやく開いたとき、わたしはびくっとした。余計に怪しく見えただろうか。すでにわたしが悪いことをしたと警察が決めつけているのは明らかだった。

「先ほどはどうも。シャーロット・チャップマン警部です。お待たせしてごめんなさい」パトカーに連行されるまえにちょっとだけ会った女がそう言った。女は部屋に入るとドアを閉め、テーブルの反対側の椅子に座った。二十代後半くらいに見える若い刑事で、肩までの長さのブロンドの髪に片側だけピンクのハイライトが入っていた。Tシャツにツイードのパンツスーツを着て、指には銀の指輪を何個もはめている。刑事らしくは見えなかった。

「何か持ってきましょうか？　お茶でもコーヒーでも水でも」と刑事は言った。

「けっこうです」わたしは喉が渇いていたにもかかわらずそう答えた。

「ほんとうに大丈夫ですか？　ここにはしばらくいることになると思いますけど」

わたしは首を横に振った。「はい、ありがとうございます」と付け足す。知らない人や好きじゃない人が相手でもいつも礼儀正しくするように——それが母の教えだった。

「それでは、どうぞお好きに。確認ですが、あなたの供述によると、あなたの名前はペイシェンス・リデルで、年齢は十八歳。コベント・ガーデンの〈ケネディーズ・ギャラリー〉の〝屋根裏部屋〟に住んでいる、と。まちがいないですか？」思考が少しこんがらがっていたせいで、頭の中を整理して答えをまとめる暇がなかった。だから、わたしはかわりにうなずいた。「声に出して答えてもらえますか？」刑事は、テーブルの上にある小さな機械を指差した。刑事の爪がすべてちがう色で塗られていることに気づいた。わたしの爪は何も塗っていないし、噛ん で短くなっている。

「はい」とわたしは答えた。録音されていると思うと、自分の声が気になった。自分の声ではないように感じられる。

「あなたは〈ウィンザー・ケアホーム〉の高齢の入居者からものを盗んだ複数の窃盗容疑で逮捕されました。ある入居者の成人したお子さんは、あなたが入居者に遺言状の変更を強要したと主張しています」刑事はわたしに向かって大きく目を見開いて見せたあと、メモを読みつづけた。「その入居者の名前はミセス・エディス・エリオット。ここ最近、彼女のキャッシュカードが少なくとも週に一回は使われていました。だれに訊いても、ミセス・エリオットはここ数ヵ月自分の部屋にこもりきりだったと言うにもかかわらずです。キャッシュカードが使われたとき、あなたに似た特徴の人物が監視カメラに映っていました。その同じキャッシュカードが今日、あなたの財布から見つかり、ミセス・エリオットは行方不明になっているわけです」

刑事はわたしが何か言うのを期待するみたいに顔を上げた。わたしが黙っていると、刑事は続けた。「あなたはミセス・エリオットの息子さんが経営する画廊の上にある部屋で逮捕されました。その後、同じ場所から、ミセス・エリオットの口座から引き出されたと見られる多額の現金が見つかっています。そして、あなたはミセス・エリオットの指輪をつけている。あなたが言うには、プレゼントだということですが。警官はほかにも盗品を発見しました。それから、問題はほかにも……ケアホームの所長のジョイ・ボネッタですが、あなたから見てこの人はどんな人物ですか？」

ぶしつけで無能で思いやりがなく、信頼も信用もできない、威張り屋で嘘つきな泥棒。

「いい人ですね」とわたしは答えた。

刑事は厳しい目つきでこっちを見た。「お互いのためにも、無駄な時間はできるだけ省きたいとわたしは思っています。そちらもそうしてもらえると助かるのですが。どうして彼女を殺したんです？」

今言われたことを理解するのにしばらく時間がかかった。

「殺してなんか……ないです。その件については何も知りません。所長はほんとに死んだんですか？」

チャップマン警部はため息をついた。「なるほど、そうきますか。ええ、彼女は死にました。まったく、そのとおりです。生きている本人の姿が最後に確認されたのは、上階（うえ）へ行って、ものを盗んだ件であなたを問い詰めているときでした。確か盗まれたのは……」そう言って、刑事はメモに目をやった。「ミスター・ヘンダスンの私物です。この方はとても協力的で、あなたについて細かい話をしてくれましたよ。おかげで、ミスター・ヘンダスンが持っていた戦争のときの勲章が〝屋根裏部屋〟のあなたのベッドの下から見つかりました。ミスター・ヘンダスンの話を疑う理由はもうこれでないわけです。現場をジョイに見られたのですか？　部屋に入ってきた彼女に盗んでいるところを見られたとか？　それが彼女を殺した理由ですか？」

「殺してなんか――」

「ベッドの下から見つかった勲章を盗んだことも否定しますか？」

「勲章を取ったことは認めますけど、それは返すつもりだったんです。確かに、ジョイには見られましたけど――」

「けど、彼女を殺してしまった」

「ちがいます！」

「故障中のエレベーターに隠したおかげで、死体は数時間、だれにも発見されませんでした。それでも、ジョイが死んだ大まかな時刻は推測できます。その時刻が、彼女があなたのところへ来た時刻とだいたい一致するんですよ。そのあとは、だれも彼女の姿を見ていない。ジョイは、鈍器による頭への外傷が原因で亡くなりました。われわれもそれくらいのことはわかっていますが、あなた、なんで頭を殴ったんです？　殴ってから、遺体を引きずってエレベーターまで運び、そのうえで首から〝故障中〟の札を下げたのはどうしてです？」刑事はわたしが何か言うのを期待するかのようにそこで間を置いたが、わたしは何も言わなかった。反応も一切示さなかった。どう反応すればいいのかわからなかったからだ。「凶器はどこですか？」

「知りません」とわたしは言った。それは事実だったが、刑事は相変わらずわたしをにらみつづけていた。「わたしはだれも殺してません。逮捕されたとき、殺人なんて話はだれからも聞いてないんですけど」

「それは謝ります。厳密に言えば、わたしのほうから伝えるべきでした。でも、とある検査結果が返ってくるのを待っていたもので。近頃の鑑識の技術ときたらすごいですよ。現場で見つかった手がかりから、犯人が何をしたのかがすぐにわかるんですから。なので、だれかさんが嘘をつくのがうまくても下手でも、そんなのはあまり関係ありません。知る必要のあることはすべて証拠が教えてくれますから。いけない、すでに時間を無駄にしすぎてしまいました。何かご質問は？」

「電話はかけさせてもらえないんですか？」

「いい質問ですね。それはできます。では、今度はわたしからの質問です。なぜ殺したんです？」

ひと言もしゃべってはだめだと言われていたメールを思い出し、わたしは何も答えなかった。答えたところで、信じてはもらえないだろう。自己弁護するのはもううんざりだった。すでに必要以上にしゃべりすぎてしまったかもしれない。わたしの心を読んだかのように、チャップマン警部はうなずいた。一瞬、ほんとうにそんな能力があるのかもしれないと心配になった。

刑事はため息をついて頭を振った。

「あなたはまだ若い。これから明るい未来が待っています。何が起きたか、ほんとうのことを話してくれれば、死ぬまで刑務所で過ごす羽目にはならずにすむかもしれませんよ」わたしはまた何も言わなかったが、ついに泣き出した。「そうですか。まあ、勝手にしてください。でも、ここだけの話、弁護士はつけるよう頼んだほうがいいですよ。いずれ必要になるでしょうから。まだ正式に起訴されたわけではないですけど、それも時間の問題だと思います。とりあえず、最後にひとつだけ質問させてもらえますか――名前を教えてください。さっきのは本名じゃないんでしょう？　偽名だから、警察もあなたを探すのに少し手間取ったわけですよね。その誕生日でペイシェンス・リデルなんて名前の人はどこにも存在しませんでした。近頃は、そういうことも調べられるんです。で、あなたはだれなんです、ほんとうのところ」

ペイシェンスはわたしの本名ではないと認めることもできた。名字のリデルは、『不思議の国のアリス』のアリス・リデルから取ったのだと。『不思議の国のアリス』は、わたしが子供の頃に好きだった本で、自分で読めるようになるまえはよく母親に読んでもらっていた。とはいえ、すでにわたしを犯人だと決めつけているこの女の手助けなど、どうしてしてやらなければばならない？
わたしは涙を拭いた。「電話をかけさせてください」

フランキー

フランキーはすでに十回も娘のネリーに返信していたが、返事はなかった。携帯のメッセージはまだ既読にすらなっていない。電話ももう五十回くらいかけてみたが、すぐ留守電に切り替わってしまった。その音声も一般的な応答アナウンスで、娘の声ではなかった。あの声が聞きたくてたまらないのに。メールが来たと思ったのは気のせいだったのだろうか――その疑念は消えなかったが、確認するたび、メールはまだそこにあった――〝助けて、ママ（ヘルプ・ミー・マム）〟。

フランキーは胸の痛みを覚えた。息ができない感じがする。この感覚はまえにも経験があった。娘がはじめて――よりによってスーパーマーケットで――姿を消したときだ。当時、あの子はまだすごく小さかった。今はもう十八歳になっているとはいえ、そんなことは関係ない。胸騒ぎとどうしようもない恐怖感はあのときとまったく同じだった。娘には自分が必要なのだ。それなのに、どこから探しはじめたらいいのかもわからなかった。フランキーは、もはや食べる気の失せた朝食の代金をテーブルに置くと、カフェを出た。速足で――二十四歩かけて――

キャンピングカーへ向かう。フロントガラスに黄色の駐車違反切符が貼られているのに気がついた。それをはがしてバッグに押し込む。顔を上げたちょうどそのとき、あのふたりの姿が見えた。画廊のオーナーとピンクの家の女だ。ふたりが一緒にいて、狭い路地のまえに立っていた。

ふたりは画廊のほうへ移動した。もう午が近いというのに、ドアの札は〝営業終了〟のままになっている。ジュード・ケネディはドアの鍵が閉まっていることを確認すると、丸石敷きの通りをトラファルガー広場方面へ歩いていった。ピンクの家の女は反対方向へ向かっている。ハグも別れの挨拶もなし。まるで他人同士のようで、少し様子がおかしかったので、フランキーはふたりが出てきた路地を自分で調べてみることにした。

コベント・ガーデンは観光客と買い物客でごった返していたが、みんな自分のことで頭がいっぱいで、他人が何をしているか、あるいは何をしていないかなどだれも気がつかない。フランキーはこれまでの人生でそう学んでいた。キャンピングカーから路地までは四十八歩あった。路地に着くと、最初は何もないように見えたが――ごみ箱とリサイクルに出すための段ボール箱が置かれているだけだったが――よく見ると、建物の横にドアがついていた。

ピッキングは驚くほど簡単だ。クロスローズ刑務所の受刑者に最初に教わったのがそれだった。怠け者のジェーン――本人がその名前で呼ばれたがっていた――は、フランキーが自分の家の鍵を失くして業者を呼んだときの金額を聞いて心底ショックを受けていた。実際は、根っからの仕事中毒で、怠け者とは程遠かったジェーンは、フランキーが二度と業者を呼ばなくてすむようしっかり教えてくれた。最近の鍵は少々複雑になっているものの、ほとんどのドアについている基本的なタイプの鍵は、コツさえ知っていれば簡単に開けられる。その道具はキーホルダーにつけていたので、フランキーは三十秒もかからず中に入れた。

そこでフランキーを迎えたのは、がっかりする光景だった——階段しかない。それがどこまでも続いていた。てっぺんに着いたとき、全部で百二十三段あるとわかった。そこにまた別のドアがあった。こじ開けなければならない鍵がもうひとつあるというわけだ。フランキーはふたつ目のドアを開けて、息をのんだ。壁に、額に入れられていないキツネの切り絵が飾られていたのだ。娘がここにいたのはまちがいない。ベッドに駆け寄り、枕を取って顔に押しつけた。まだあの子のにおいがする。さっき階下の画廊にいたとき、ネリーはきっとこの部屋にいたのだ。ジュードはやっぱり嘘をついていた。もっとも、驚くことではない。ケネディ家は嘘つきの集まりだ。

ほかに何が見つかるだろう。フランキーはそう思いながら、おそるおそる部屋の中を見まわした。ハンガーラックにかかった服のいくつかには見覚えがあった。実際に触ってみて、本物だとわかった。ほかにも見覚えのあるものがベッドの上にあった。緊急時のためのお金を入れていた日本製の茶缶だ。中を調べたが、空っぽだった。部屋全体に違和感を覚えた。だれかが慌てて出ていったような印象を受ける。そのとき、壁際に置かれたリュックを見つけた。ファスナーを開けると、次から次に切り絵が出てきて、フランキーは思わず声を上げた。どれも娘がつくったものだ。まちがいない。

所有者のいない屋根裏部屋の中に立ち、無力感に襲われた。母娘の愛は、透明のインクでサインされた契約書のようなものだ。その条件は母娘によってちがう。母親はだれにでもいるが、みんなが母親から愛をもらえるわけではない。フランキーは何があろうと永遠に娘を愛しつづけるつもりだった。フランキーがサインした契約書はそういう内容だ。娘を取り戻せるまであと一歩のところまできて手が届かないとは——呆然とした。ここからどうしたらいいのか、どこを探せばいいのか、どうやったら娘が見つかるのか、わからない。

でも、あのふたりなら知っているはずだ。

どうやったらふたりが見つかるのかは、フランキーにもわかっていた。

娘の作品を集め、百二十三段の階段をすべて駆けおりてキャンピングカーへ急いだ。またピンクの家の女に会いにいくつもりだった。今回は予約を取るまでもないだろう。

クリオ

忙しくしていると、あれこれ考えずにすむ。考えたり感じたり思い出したりする時間が多いのは危険だ。普段なら患者がいて、話を聞いたり力になったりするところだが、クリオは今日、すべての予約をキャンセルしていた。その結果、家の中は静まり返る一方、自分の考えと恐怖のほうがうるさくなりすぎていた。だれか別の人の不安という雑音がないと、その音はかき消せない。クリオは自分が住んでいる家で迷子になったかのように、一階をさまよい歩いた。だれか隠れていやしないかと、次々にドアを開ける。しかし、ここには自分以外だれもいなかった。今となってはもう。

クリオにとって、人の心を読むのは仕事であるだけでなく、特技でもあった。だが、自分自身を理解するのは昔からむずかしかった。それに、あの出来事のあとでは、もとの自分に戻るのはどうしても無理そうだった。もっとも、本気で試してみたわけではない。自分にはもとどおりになる価値もないような気がした。

ピンクの家にはずっとひとりで暮らしてきたわけではなかった。以前は三人暮らしだった。クリオと夫と女の赤ちゃんの三人だ。昔は自分にも幸せな家族がいたのだ。今となってはむしろ夢のように感じるけれど。時とともに、記憶の端が擦り切れて色あせてきていた。あの頃が人生の中で一番いい時期だった。すばらしい月日、時間。でも、その幸せは奪われてしまった。クリオは自分自身の中に姿を消し、かつてここに住んでいた三人に思いをはせた。このあと大事なものをすべて失うとも知らなかった三人に。あの頃のクリオはもう存在しない。当時を思い出すと、自分の亡霊に取り憑かれているように感じられた。事前に何が起きるか警告されていたら、自分はどうしていただろうか。クリオは自問したが、答えはいつも同じだった——ないい、なんでもしたはずだ。

確かに、当時は赤ちゃんの世話でつねに疲れていたし、結婚生活も完璧ではなかったかもしれない——完璧な夫婦などいるだろうか？——でも、あの頃のクリオにはすべてがあった。それなのに、全部失うまでそのことに気がつかなかった。幸せだと感じられることがたくさんあるうちに、もっと人生を楽しんでおけばよかった。クリオは二階へ行き、寝室を通りすぎて廊下を進み、突き当たりの部屋にたどりついた。昔はこのドアを開けるのが怖かったが、最近は部屋の様子が変わっていた。今は収集用の部屋になっている。ここは日当たりも景色もよく、この家の中で一番すてきな部屋かもしれないが、リフォームするまえはここで過ごすことはあまりなかった。業者に頼んで、ピンクの壁を悲しげなグレーっぽい色で塗ってもらい、絨毯敷きの床をフローリングに変えたうえで、大工にお金を払って、グレーの壁に床から天井まで棚をつけてもらったのだ。大工は書斎だと思ったようだ。確かに、自分の人生より幸せな結末を迎える物語で部屋を埋め尽くすというのもいい考えかもしれない。しかし、クリオは本を集めているわけではなかった。

　この家には愛憎入り混じる思いを抱いていた。今までに出会っただれよりも長いあいだ一途に愛し、大事に思ってきた家だが、かつてとは変わったこの家を憎む気持ちもあった。とはいえ、他人に売ることはできなかった。永久に別れを告げることなどできやしない。痛みを置き去りにするなんて無理だ。自分にはそうする資格もなかった。壁が迫ってくるように感じられたときは——忙しくしていないと、ときどきそうなる——墓地に避難するようにしていた。墓地は、通りをひとつ隔てただけの、歩いてすぐの場所にあるのだが、そこへ行くことがどこまでも正しくて公平なことのように思えた。でも、そうやって昼夜を問わず記憶にさいなまれたり、自分のしたことや失ったものを繰り返し思い出したりするのも、当然の報いなのかもしれない。クリオにとってはそれが、残っている自分のピースをつなぎ合わせる、一種の自傷行為だった。

今日も、これまでの多くの日と同様、通りの端にある小さな墓地は人気（ひとけ）がなかった。ただひとつ、いつもとちがうのは、だれかに見られている奇妙な感覚があることだった。鳥肌が立ったが、その場で振り返ってみても、だれもいなかった。孤独は人に悪さをしがちだ。罪悪感もそうかもしれない。クリオは小さな墓石を見つけ、そのまえにひざまずいた。服が汚れるかどうかはめずらしく気にならなかった。エディスはどこに埋葬されたいのだろう。その答えを知らないのがなんとなく悪いことのように感じられた。

屋根裏部屋に住んでいた、ケアホームで働くあの女の子なら答えを知っていそうだ。もしかしたらクリオの知らないことでも、エディスのことはなんでも知っているのかもしれない。他人はわたしたちの愛する人について別の面を見がちだ。愛する人――クリオはまだほんとうに母親を愛していた。大いに嫌ってもいるけれど。母親がしてきた悪いことについては、あの子は何も知らないのだろうと思った。もし知っていたら、進んで助けようとはしなかったはずだ。現在のエディス・エリオットを見たときに一般の人の目に映るのは、優しいおばあさんの顔だけのようだ。今目のまえにいる人が、過去も同じ人物だったとはかぎらない。

高齢の母親は行方不明だったが、エディスが道に迷っているとは、クリオは思わなかった。どこに行けば見つかるか、なんとなくわかるような気がしたが、探す準備はまだできていなかった。

そして、ケアホームの所長が死んで、クリオはうれしかった。

クリオが何かよからぬことをしたのではないかと疑っている刑事の勘は正しい。が、母親と同じく、クリオは世間からほんとうの自分を隠すのがすごく上手だった。人はいつもすぐ外見や話し方、職業で人を判断する。セラピストという職業に就く人は、優しくて思いやりがあって賢い人だと思っているのだ。だれでも正直に話せて心を開ける相手だと。要するに、セラピストは、信頼できる人間というわけだ。ほんとうはクリオがどんな人物か、どんなことができる人間なのかを知れば、だれも二度と信用してはくれないだろう。

クリオは、キスをした自分の指で小さな墓石に触れた。ここにほんとうはだれもいないことはわかっている。死は終わりだ。神は信じていないが、何か信じるものがあればよかったと、ときどき思う。信仰心がある人がうらやましかった。そういう人は死後の世界があると思っている。何年もまえに亡くなったクリオの愛する人たちは永遠にいなくなってしまった。愛する人がいなければ、人生は空虚で無意味に感じられる。今年の母の日は不幸な記憶を呼び起こし、心はまちがったものでその空白を埋めた。希望は優しい顔をしているが、本性は残酷だ。

また物音が——小枝が折れるような音が聞こえたが、振り返ってもまたもや何も見えなかった。墓地には自分しかおらず、そしてクリオは幽霊の存在を信じない。

もっとも、記憶には取り憑かれているのかもしれないが。

逃げ出せたらいいのにとときどき思う。この人生をやめて、新しい人生をスタートさせられたらと。でも、できなかった。そんなことができる人はひとりもいない。ほんとうの意味では。過去の自分は必ず追いかけてきて、いつか代償を払わされる。だから、クリオは何年もしていなかったことをした——涙が流れるに任せた。

フランキー

フランキーは、小さな墓石のまえにひざまずいて泣いているピンクの家の女を見ていた。小さい子供を埋葬するときにしか使わないタイプの墓石だ。涙を流す女の肩が震えているのがわかった。立ちあがろうとしてよろめく。深い悲しみのせいで立っていられないのかもしれない。フランキーは女を慰めたい妙な衝動に駆られた。苦しんでいる人を見るのは好きではない。たとえその人が自分を傷つけた人間であっても。だが、フランキーは木の陰に隠れたまま離れて見ていた。やがて、女は見えないところへ姿を消した。

ここまで女のあとをつけてきたが、つけてきてよかったと感じた。ピンクの家の女のことはなんでも知っているつもりだったが、この件は知らなかった。フランキーは、コケに覆われた墓地の中を進み、女が泣いていた小さな墓石のまえに着いた。墓石はまだ新しそうだった。白い大理石に刻まれた短い碑文を読む。

エレノア・ケネディ
二〇〇二年九月十日――二〇〇三年三月三十日
いつまでも愛されますように

一歳に満たない赤ちゃんの墓だった。九月に生まれた女の子だ。それを見て、フランキーは自分の娘のことを考えずにはいられなかった。毎年春が来ると祝っていた娘の誕生日が懐かしかった。長くて暗い冬のあとに木々が芽吹き、花が咲きはじめる、一年のうちでもすばらしいあの時期。あのかわいそうな女は、娘の誕生日を祝うことがなかったのだ。ただの一度も。わが子を失うという強烈な痛みを感じた経験がピンクの家の女にあると知れば、状況は変わる。すべてぶつけるつもりでクリオのあとをつけてきたが、もはやそんなことをしても意味はなかった。あの女は娘の居場所を知らない。今はそう確信していた。

フランキーはもう一度携帯をチェックしたが、新しい着信やメッセージはひとつもなかった。最後に来たメールが残っているだけだ。

〝**助けて、ママ**（ヘルプ・ミー・マム）〟

フランキーもそうしてやりたかったが、まずは娘を探さなければならない。

警察は力になってくれないだろう。とはいえ、ひょっとしたら刑務所には、娘の携帯を逆探知できる人間がいるかもしれない。受刑者に借りをつくるのはいい考えとは言えなかったが、ここまできたら、危険を冒す価値はある。昨日は、自分が職場に戻ることになるとは思いもしなかったけれど、今では状況が変わった。希望が、目的ができた――娘にはまだ自分が必要なのだ。娘を見つけて、壊れたものをもとどおりにできたら、今度は今の仕事を続けて、ふたりの生活を支えていくことが重要になる。すでに仕事には数時間遅刻している時間だったが、今日のグループセッションが始まるまえに到着できれば、だれにも気づかれずにすむだろう。図書室長として、フランキーはほとんどの時間、自分の好きなように職場に出入りできていた。正式に退職したわけでもなく、二度と出勤するつもりが自分になかっただけだ。何もかももとどおりになるかもしれない。こんなことはすべてなかったふりをすればいいのだ。そうすれば、以前の親子のままでいられる。

ロンドンからクロスローズ刑務所までは車で一時間かかり、ようやく駐車場にたどりついたときには、だれかがフランキーの場所に車を停めていた。フランキーの場所といっても、もちろん、専用の駐車場ではない。ここは、職員に加えて面会者も使う駐車場だ。それでもそこは、フランキーがいつも停めている場所だった。これは不吉だ。フランキーはそう思いながらも、キャンピングカーの中で制服に着替え、ブラジャーの中に携帯を忍ばせた。刑務所に携帯を持ち込むのは危険だが、これも、冒す価値のある危険だった。

車から刑務所の門までは七十三歩のはずだったが、望みの場所に車を停められなかったせいで、今日は八十二歩かかった。フランキーはまた当惑した。これも不吉な前兆かもしれない。そう思って躊躇したが、そのとき、遠くから護送車が近づいてくるのが見えた。職員と受刑者は全員、同じ門を通って中に入らなければならないことになっている。急がないと、新しい受刑者が次々に降りてきて、行列と混乱に巻き込まれてしまうだろう。といっても、混乱こそフランキーがまさに今必要としているものかもしれない。フランキーは通行証を取り出して中に入った。

ロッカーにバッグを置いたあと、受付までの歩数を心の中で数えた。今日の守衛は、病気で欠勤することの多い、でっぷりした小男だった。病気といっても、医者がどうこうできる病気ではなく、怠け癖という不治の病だ。背丈と同じく気も短い男だったが、通行証を確認してもらうあいだ、フランキーは癖のあるぼさぼさの白髪と同じ状態の眉毛をつい凝視してしまった。守衛は通行証を目のまえまで近づけて――眼鏡が必要なのではないだろうか――パソコンの画面を二度確認した。フランキーとはもう十年近く一緒に働いているというのに。男はぶつぶつひとり言をつぶやいたあと、親切で入れてやっているんだぞと言わんばかりにフランキーを中に通した。かつてロンドン動物園で娘と一緒に見た不機嫌なヤギを思い出させる男だった。

受付から検査場までは二十八歩あった。いつものようにコンベヤーベルトの上に鍵と金属製のものを置いたあと、金属探知機を通ると音が鳴り、足を止めた。もう一度金属探知機を通ったところ――ルールでそう決まっているのだ――また音が鳴った。もっとも、そうなることはわかっていたが。フランキーは脇に寄り、規定どおり両手を上げて両脚を少し広げた。自分が汗をかきはじめているのがすでにわかった。棒状の金属探知機でフランキーの体を探っている女性職員は、ぎりぎり気さくと言えるタイプだった。ところが、金属探知機が二回も鳴ると、そのなけなしの気さくさも消えた。

「ごめん、新しいブラのせいだと思う。ワイヤーが入ってて」とフランキーは言った。

「あとでお楽しみ（ホット）のデートでもあるわけ？」

「ホットというか〝生ぬるい〟くらいかな」

「ハハ！」

　バン一台分の新しい受刑者が受付に入ってくる音が聞こえ、ふたりはそろってそっちを向いた。ここは、この国で数少ない女性刑務所のひとつだった。これから忙しくなりそうだ。

　フランキーはため息をついた。「ご入場ね」

「ああ、神さま」と同僚はふざけて言った。「ちょうど一服しようと思ってたのに。ほら、行って。デート、頑張ってね！」

「ありがとう」とフランキーは返した。刑務所に携帯を持ち込もうとしたことがもしばれていたら、クビになるどころか、逮捕されていたところだった。フランキーは持ち物を回収し、ミッキーマウスの腕時計を確認した。急がなければならない。ベルトについた一番大きな鍵を使ってドアの鍵を開け、視線を感じながら中庭を横切った。別の鍵でB棟に入る。図書室の階までは四十段あったが、今日は一段飛ばしで階段をのぼった。また別の鍵。図書室まで二十二歩だった。最後の鍵を使って中に入った。最後の十四歩で自分の机にたどりついたが、椅子に座る暇もないうちに、図書室のドアをノックする音がした。手を伸ばすより先にドアが開いた。

「おっと、来てたの！　今日は体調が悪くて休むのかと思った」とテイラーが言った。テイラーは、刑務所で一番人気のある看守だ。職員からも受刑者からも好かれている。どうしてみんなから好かれているのか、フランキーにはその理由がわからなかった。反対に、自分はどうしてこんなにもテイラーが嫌いなのだろう。人望のせいかもしれない。あるいは、普段から長いポニーテールを揺らして歩いているせいか。それとも、いつも不可解なほどに元気なせいか。フランキーは、つねに幸せな顔をしている人間を信用していなかった。

「うん、来てた！」とフランキーは陽気に言って、心をかき乱すほど元気なテイラーの調子に合わせようとした。といっても、自分のほうは、声が不自然で、作り笑いも口の端が引きつっていたけれど。

「よかった。今日のグループセッションは四人だって」

「四は中国語で死を意味するの」フランキーは無意識にそう言った。

　テイラーは、妙な顔つきでフランキーを見た。「そうなの？」腕時計に目をやっている。自分にはもっとほかに大事な用事があると言わんばかりだ。職員用の食堂にでも行くつもりだろうか。「ほら、みんなさっさと入って。怖がらなくても、本は嚙(か)みついたりしないから。あんたたちみたいな不良とは、わたしも必要以上に一緒にいたくないのよ」テイラーは笑顔で受刑者たちを侮辱した。何より奇怪なのは、受刑者たちも一緒になって笑っていることだった。フランキーは、自分も同じやり方で受刑者たちと仲良くなったほうがいいのだろうかと考えたが、人を侮辱するのはもともと得意ではなかった。人に笑いかけるのも好きではない。

テイラーから渡された参加者リストを受け取った。刑務所ではすべての活動に参加者リストがあるのだが、幸い、どちらかというとリストはフランキーにとって好ましいものだった。受刑者はすべての活動において、雑居房にあるパソコンを使ってオンラインで申請しなければならないことになっている。ここで働きはじめた最初の頃は、受刑者ひとりひとりにパソコンが用意されていると知って驚いたが、受刑者がアクセスできるのはイントラネットだけだった。各セクションの監督者は――図書室内のすべてのイベントと行動の責任を負っているフランキーにしてもそうだ――その申請をひとつひとつ承認しなければならない。承認されると、受刑者は看守に集められ、活動の現場まで送り届けられたあと、フランキーが今見ているのと同じリストに署名して参加を認められる。午後のグループセッションの参加者が四人というのは、普段と変わらないまずまずの数だった。ほかの活動のほうがもっと人気があったが――美容師の仕事や配管工事を学ぶ活動などだ――優秀な人間は本を選ぶのだ。フランキーはそう考えていた。部屋に入ってくる四人の女性を確認してリストにチェックすると、テイラーに礼を述べ、図書室のドアを閉めた。

「明日の著者訪問は予定どおりあるんですか、ミス・フレッチャー?」クロスローズ刑務所の受刑者の中でもかなり若手のリバティがそう言った。本人が行きついた場所からすると、リバティの両親も嘆かわしい名前をつけたものだ。リバティはフランキーのお気に入りのひとりだった――読書量が多く、時間を正確に守り、いつも何か手伝えることはないかと声をかけてくれる。カールしたブロンドの髪が特徴の野心家で、強いロンドン訛りはフランキーの耳には少しわざとらしいように感じられた。いつも『メリー・ポピンズ』のワンシーンから出てきたのではないかと思ってしまう。リバティがなぜ刑務所に入ることになったのか、その理由は思い出せなかったが、いつの間にか時間が経って訊きにくくなってしまっていた。知り合って長いこと経つ友人に、なんの仕事をしているのか訊きづらいのと似ている。

「ミス・フレッチャー、大丈夫ですか？　なんか様子が変ですけど」フランキーは思考を遮られた。リバティにそう言われてはじめて、自分が彼女を凝視していたことに気がついた。この子の年が娘と変わらないせいかもしれない。

「ごめん、ぼうっとしてた。質問はなんだっけ？」

リバティは顔をしかめた。子供みたいな顔だ。こんな場所にはそぐわない。「明日の著者訪問です。予定どおり開催されますか？」

フランキーはそのことをすっかり忘れていた。「ええ、もちろん」

「やったー！　自分の右腕を噛み切ってでも会いたい人なんだもん！」とリバティは言った。その難解な表現が、すごくうれしいという意味だとは、フランキーもわかっていた。自分の腕であれ、他人の腕であれ、実際に噛み切るつもりはないはずだ。

「みんなが毎月の著者訪問をどれだけ楽しみにしてるかは知ってるわ」フランキーは受刑者たちにそう言った。「だから、今日のグループセッションは図書室の整頓に当てない？　明日に向けて、ここをきれいにするの」参加者はみんな不満の声を上げた。「それとも、もしよければ看守を呼んで、今すぐそれぞれの部屋に連れて帰ってもらうこともできるけど?」その瞬間、図書室は本来の静けさを取り戻した。「よかった。それじゃあ、それぞれ四隅に分かれて、棚の本がきれいに見えるよう作業を始めてくれる? 返却本も山のようにあるから。確認したら、もとの位置に戻してください」

参加者たちが作業で忙しくなると――少なくともなんとなく役に立つことをしているように見えはじめると――フランキーは自分のオフィスに向かい、机の上のピンで留められたスケジュールを確認した。毎月作家に頼んで刑務所を訪問してもらっていたが、これは受刑者にとっても職員にとっても人気のイベントになっていた。受刑者はまず参加の申し込みをし、承認されれば、その作家の最新刊をもらえて事前に読むことができる。著者訪問は通常、本人の講演のあとに質疑応答が用意されていて、それが盛りあがることが多かった。明日だれが来ることになっていたのか、フランキーは記憶になかった。自分がまたここに来るとは思いもしなかったからだ。しかし、今確認したところ、どうやら犯罪小説の作家らしい。犯罪小説は、ここではいつも人気がある。

フランキーは、参加者たちがまだ作業で忙しくしているかどうか確認してから、オフィスの奥に入り、シャツのボタンをはずしてブラジャーの中に隠した携帯を取り出した。不在着信はなく、新しいメッセージもなかった。アラームすら鳴っていない。

「携帯を持ち込んでもいいんですか、ミス・フレッチャー? 職員も受付に預けないといけないのかと思ってましたけど。無線機しか使えないんじゃないですか」うしろからささやくような声がした。

フランキーはその場に凍りついた。ゆっくり振り返ると、リバティだった。

「ちょっと急用で」とフランキーは言った。半分ほんとうで半分嘘だったが、百パーセント嘘よりはましだ。

「急用——使い古された言い訳ですね。急用なら、あたしにも何度かありましたけど」とリバティは言った。顔は笑っている。「ミス・フレッチャー、心配しないでください。秘密は守りますから」

遠回しな脅しというわけではなかった。リバティの表情からは、心から気づかっている様子がうかがえる。リバティはフランキーをすごく尊敬してくれていた。だから、もめごとを起こしたりはしないだろう。若者が公平な視点を持つことはめったにない。若い人というのは、年上の者を尊敬するか見下すかのどちらかだ。同等の人間として扱うことはあまりない。フランキーも若いときはそうだった。リバティは本の整理の作業に戻ろうとした。と、フランキーはふいに彼女が刑務所に入った理由を思い出した。

「リバティ？」

「はい、ミス・フレッチャー？」

「ハッキングでしょ？　服役（サービング・タイム）の理由は」

「サービング・タイムってことばは、あまり好きじゃないですけど。自分の時間（タイム）は自分だけのものだと思いたいので。あたしは借りを返してるだけです。でもまあ、ハッキングですね……

あたしが捕まった理由は」

「その分野のことは無知で悪いんだけど、それって、携帯の逆探知についても多少知識があるってこと？」

リバティは首を横に振った。「普通はないと思いますけど、あたしはありますね。知るべきじゃないことはいろいろ知ってるので。何か助けが必要なんですか、ミス・フレッチャー？もしそうなら、力になりますよ」

ペイシェンス

これまでのところ、わたしは逮捕され、容疑をかけられ、警察署から裁判所まで車で運ばれた挙句、こっちが言わなければならないことには耳も貸さず自分の携帯ばかり見ている〝当番弁護士〟を割り当てられた。罪状が読みあげられるあいだ、今にも眠りに落ちそうな裁判官のまえに立たされ、勾留が決まった。どうやらすぐには家に帰してもらえないらしい。といっても、帰る家はもうないのだけれど。今は刑務所へ移送されているところだった。これ以上悪くなりようがないと思うたびに、事態は悪化した。公判が始まるまで刑務所にいることになると弁護士は言っていたが、それがいつになるのかはだれも教えてくれなかった。

メールで〝ひと言もしゃべっちゃだめ〟と言われたのでひと言もしゃべらなかったが、それはまちがいだったかもしれない。

電話を一本かけたが、あれも完全に時間の無駄になってしまった。暗記している唯一の番号だったが、だれも電話に出なかった。今は、ほか九人の女と一緒にバンの中にいる。みんな年上で、決めつけるわけではないが、ひとり残らず罪に問われていることをしでかしていそうに見えた。とはいえ、わたしもそう見えるのでは？　みんなわたしが犯罪者だと思っている様子なので、きっとそうにちがいない。みんな口をつぐんでいて、わたしもだれとも視線を合わせないようにした。見ていることがばれてにらみ返されるのが怖かったからだ。

バンが停車し、みんな車から降りた。手慣れたルーティーンみたいだ。わたしもあとに続いたが、自分がどこにいるか気づいて、バンの踏み台で足を止めた。

「クロスローズ刑務所？」とわたしは言った。

「悪いわね。ディズニーランドにでも行くと思った？」と運転手が言った。白髪交じりの髪に青い眼鏡の女で、スクールバスでも運転していそうな雰囲気だった。「ほら、さっさと降りて」と彼女は言った。言われたとおりにすると、わたしのうしろでドアが勢いよく閉まった。

この刑務所は母親の職場だ。あるいは、少なくとも最後に話したときに母親が働いていた場所だった。いつも同じ位置に車を停めるのが好きなのは知っていたが、母親のキャンピングカーは見当たらなかった。あれからもう一年ほど経つので、新しい仕事が見つかったのかもしれない。遠くへ引っ越した可能性もある。電話番号も変えたのだろうか。わたしは、てっぺんにそうとした。

有刺鉄線の張りめぐらされた刑務所の高い壁という恐ろしいものをじっくり眺め、恐怖心を隠そうとした。

中に入るのを待つあいだ、怒った顔をした看守が整列するよう命令してきた――まるで学校だ。その後、癖のあるぼさぼさの白髪と同じ状態の眉毛が目立つ、でっぷりした小男に迎えられた――いや、〝迎えられた〟というのは語弊がある。男は、わたしたち全員をにらみ、舌打ちをしたあと、見たものにすごくがっかりしていると言わんばかりに首を振ってきた。そして、ぶつぶつ何かつぶやいたあと、リストからひとりずつ名前を読みあげていった。わたしはまえに呼ばれるのを待った。

「ペイシェンス・リデル？」

「はい」とわたしは言って、机のまえに歩み出た。

「まえを向け」と男は怒鳴った。なんとなくディケンズを思い出させる男だった。見知らぬ人に吠えたり嚙みついたりする犬。エディスとディケンズは今頃どこにいるのだろう。無事だといいけれど。男はまたわたしに何かぶつぶつ言ってきた。ひどい口臭には嫌でも気づいてしまう。「画面に右手を置いて――」

「それは警察署でもうやりましたけど」わたしは何も考えずにそう言った。

「おお、それは悪かったな。貴重なお時間を使わせてしまって。そうか、どうしても待てない急用があって、大急ぎで独房に向かわないといけないんだな？」男がそう言うと、到着した女たちから忍び笑いがもれた。わたしは首を横に振った。「用がないなら、ここにいるあいだはただ言われたことをすればいい。それを強く勧める。自分の意見はとにかく胸にしまっておくことだ。おまえやおまえの言うことにはだれも興味はない。とくにわたしはね。わかったか？右手を出したら次は左手。それが終わったら、カメラをまっすぐ見ろ」

こういう男には以前も会ったことがあったので、わたしは言われたとおりにした。

続いて、金属探知機の並んだ部屋に全員通された。そこには制服を着た看守が三人いたが――ひとりは男でふたりは女――だれひとりとして親しみやすそうには見えなかった。ポケットの中は空だったので――警察が証拠だと言って持ち物を全部取りあげたからだ――靴を脱いで金属探知機を通っても音は鳴らなかった。一方、三回も金属探知機を鳴らしている人もいた。

「ワイヤー入りのブラ？」女性看守のひとりがそう言った。「今日はよくそれで引っかかるのよね」

あらゆる機械を鳴らした女はカーテンのうしろに連れていかれ、そこで脱ぐよう言われていた。ありがたいことに、わたしは別のドアを通って、広々とした中庭に案内され、耐えがたいほど長い時間、ほかの人たちが来るのをそこで待たされた。全員がそろうと、一列に並んで別の建物に向かった。先頭に看守がひとりつき、最後尾にもうひとりついている。先頭の看守の名札を見ると、テイラーと書かれていた。

大きな建物がいくつかあるのが見えたが、どの建物も極めて高い壁で囲まれ、てっぺんに有刺鉄線が張りめぐらされていた。すべてが灰色だ。地面も建物も空も雰囲気も、すれちがった人みんなが着ていた制服も。テイラーという名前の看守のあとに続いて、側面に〝C〟と書かれた大きな建物に向かった。テイラーはベルトから鍵を取ると中に入り、全員が入ったあとでまた鍵を閉めた。しばらく階段をのぼると、テイラーはまた別の鍵で別のドアを開けた。ドアの向こうには、倉庫風の広い空間が広がっていて、両側に雑居房が並び、中央に金属の階段があった。

幻覚ではない。みんなが動きを止めてわたしたちを見ていた。ある雑居房のまえで看守が急に歩くのをやめたせいで、わたしはもう少しで看守の背中にぶつかりそうになった。看守は舌打ちをしたあと、下を向いて、手に持ったクリップボードを確認した。

「ペイシェンス・リデル？」

「はい」わたしは返事をした。

「ここがあんたの停留所。明日一番に面接があって、そのときにここの登録番号と身分証をもらえる。ここのあれこれや過ごし方についてはそのとき説明してもらえるから。とりあえず、部屋に入ったら規定の服があって――それにはすぐに着替えなさい――清潔な寝具とプラスティックのコップと皿、ナイフとフォークも用意されてる。それから、洗面具と歯ブラシとタオルもね。夕食を注文できる時間はとっくに過ぎてるけど、朝には食事が配給されるはずよ。何か問題があったら、担当の職員に相談して」

「担当の職員ってだれですか？」とわたしは訊いた。

「明日割り当てられるわ」

テイラーが英語をしゃべっているのはわかっていたが、あまりにも早口だったせいで、言っているとの半分もわからなかった。

「もし今夜問題が起きたら？」

「問題は起こさないことね」テイラーはドアを開けたまま、わたしのせいで時間が遅れて迷惑だと言わんばかりにこっちを見た。わたしはしぶしぶ中に入った。「それに、ルームメイトがいるから。温かく歓迎してくれて、家みたいにくつろがせてくれるはずよ」看守はそう付け足してドアを閉めた。すでに聞き慣れた鍵のジャラジャラいう音とともに、わたしは雑居房に閉じ込められた。

雑居房は小さかった。看守が歩き去るのを待ってから、うしろを向いて部屋の中を確認した。さらに小さな窓があった。両側にベッドがふたつあり、そのあいだに小さなテーブルがひとつと面台をかろうじて隠していた。ドアの右側に汚そうなカーテンがあり、汚れのついた便器と奥の洗ている。意外だった。片方のベッドには、無地の白いシーツがかけられていて、隅に布団と服がきれいに重ねられていた。もうひとつのベッドには、『シーラとプリンセス戦士』の掛け布団がかけられ、カラフルなクッションやぬいぐるみがベッドいっぱいに置かれていた。そのベッドの上に、ブロンドの巻き毛の若い女の子が、膝に本を広げた状態で座っていた。

「やほー。あたし、リバティ」

エディス

古い教会に鐘の音が響きわたり、エディスはびくっとした。セントポール教会には、昨日ここに置いていたものを取りにきただけで、今は、雨がやむのを待っているところだった。ディケンズは席の横に座り、エディスを見上げてしっぽを振っていた。

「ちょっと目を休ませてたの」とエディスは言った。

鐘の音がやむと、エディスは周囲を見まわしてまだだれもいないことを確認した。自分たちだけだと知ってうれしかったが、同時にもったいないとも思った。近頃は、古くも美しい教会がどこもかしこも使われずに放置されている。だれもいない信仰の城がお払い箱にされているのだ。もっと使い道はあるだろうに。

「行きましょう、ディケンズ。やることはたくさんあるわ」エディスはため息をついて、古い木製の椅子から重い腰を上げた。「どこに行ったんだろうって、今頃テントウムシちゃんが心配してるはずよ」

エディスは気を引き締めて荷物をまとめ、教会を出た。そして、最初に見かけた道端のごみ箱に虫眼鏡の置物を捨てた。これで最寄りの埋め立て地行きだ。続いて、丸石敷きの通りを渡って路地に向かった。ペイシェンスから預かっていた鍵が見つかったが、それを使う必要はなかった。ドアがほんの少し開いていたからだ。屋根裏部屋までは何段も階段が続いており、長い道のりだったので、手すりをつかんで体を支えながらのぼった。ディケンズがまえを走っていく。この年になると、転倒すれば、病院送りになる可能性が高い。そこで、エディスは転ばないようゆっくり自分のペースで足元を見ながら進んだ。

「あらまあ」屋根裏部屋が空っぽなのを見て、エディスはそう言った。「こんな謎解きを与えられても、ありがたくはないわね」

切り絵はひとつを除いてすべて壁からはがされていた。ペイシェンスはいなくなり、荷物も消えている。エディスはベッドの下を見てみたが、古いピンクの革のスーツケースはそのままだった。それを引き出して開けてみたところ、中身もそのままで安心した。カスタードクリームビスケットの包みを開けてひとつ食べる。

「ディケンズ、これからどうしましょう?」エディスはそう言って犬を見た。「ケアホームには帰れないし、刑務所で死にたくもない。わたしはもうこんなばかげた話につきあう年齢じゃないのよ。もう年だし、疲れすぎてる」ディケンズが吠えると、エディスはうなずいた。「あなたの言うとおりね。そろそろ家に帰りましょう」

クリオ

クリオは家に着くなり玄関のドアに二重に鍵をかけた。そして、すべてのカーテンとブラインドを閉めたが、だれかに見られている感覚はまだ抜けなかった。

たまに家の中から声が聞こえることがある。

娘と夫の声だ。

ただの気のせいだと、クリオは自分に言い聞かせた。

そうに決まっている。夫は、赤ちゃんの娘を失ったわずか半年後にクリオをひとり置き去りにしたのだ。一生赦すつもりはなかった。

起きあがり方を思い出すために、人は転ばないといけないときがある。母親はいつもそう言っていて、クリオもそう信じていた。けれども、あまりに速いスピードで深いところまで転がり落ちてしまうと、暗闇からどう抜け出したらいいかわからなくなるものだ。抜け出したいという気持ちさえなくなる。つねに忙しくしていることが大事だった。あれこれ考えない時間が必要だったので、クリオは二階に向かった。この家にある鏡はほとんど処分していた。ふたりの顔が見えるからだ。階段の一番上にひとつだけ残していたが——患者との約束のまえに身だしなみを整えるためだ――それ以外のときは、自分の姿は見ないようにしていた。何が映るのか怖くて、目が道をたどるのを避けている。後悔しながらの人生とは、きっとこういう顔をしているのだろう。

むずかしい問題に対処するには人それぞれのやり方があると、セラピストならだれでも知っている。万能薬はなく、さまざまな対処法があったが、どれも長い目で見れば当てにならないものばかりだった。昔からクリオにとっては、他人を治療するほうが自分を治療するより楽だった。クリオはお酒も飲まないし、たばこも吸わない。薬物に頼ることもなかった――健康食品の店で買っているハーブのセントジョンズワートとたまに飲むアスピリンは別だけれど。とはいえ、依存しているものはほかにあった。収集用の部屋は、周りの世界がうるさくなりすぎたときによく閉じこもる場所だった。ある種の聖域だ。世の中には、顔に秘密が書いてある人もいるが、クリオは、もともと子供部屋だった部屋の特製の棚に置かれた箱の中に、秘密を隠していた。

その部屋に立ち、すべてが整然としたその状態に見惚(みと)れた。こんがらがった自分の人生とは大ちがいだ。大事なものを保管でき、自分の思いどおりにできる場所。ここは家族で一生暮らす家になるはずだった。ある意味では今でもそうだ。クリオはこれからもここで暮らすつもりだし、記憶はずっと残っている。つまり、今もふたりと一緒に暮らしているわけだ。

母親になるのは何事につけて簡単ではなかったが、クリオにとってはそれだけがずっと望みだった。妊娠するまでに二年かかった。一生子供が持てないのではないかと心配になることもあったが、一度子供ができると、今度は、こんなことにならなければよかったのにという気にもなった。赤ちゃんがおなかに来てくれるまえの日々のことは、忘れることにしている。疲れと体調の悪さと不安と、また流産するのではないかという強い恐怖心で、記憶自体ぼんやりしていた。その後、娘が生まれた。そして、ともかく失ってしまった。

娘は完璧だった。三人は家族だった。そうでなくなるまでは。

クリオは娘に命を与え、できるかぎりの愛を与えた。エレノアにどうしても自分の名字をあげたかった。夫もうわべだけとはいえ、それに賛成してくれた。クリオは結婚したときも旧姓のケネディ姓を名乗りつづけていた。名前でも何でも自分の一部を手放すことは、クリオにとっては考えられず、黙っていられないことだった。娘は自分の一部だった。そう感じていた。手に入れると同時に失ってしまった自分の一部。

この部屋は、以前は娘の部屋だったが、今では収集した物を置くための部屋になっている。五百足以上のスニーカーが置かれていた。すべて自分のサイズだが、ほとんどは一度も履いたことがなかった。中には、とてもレアなものもある。真のコレクターズアイテムだ。その情熱を突き動かしているのは、ノスタルジアでもあり、デザインへの愛でもあった。娘を失ってから長いあいだ、真新しいスニーカーの箱を開けるときだけが唯一喜びをもたらしてくれた。セラピストなら、その原因をこぞって分析したがるにちがいないが、自分自身セラピストの身として、自分の悪癖のことを人に話すほどクリオもばかではなかった。

クリオは収集用の部屋の床に、子供のようにあぐらをかいて座った。棚からスニーカーの箱をひとつ取り、ゆっくりと蓋を開ける。中には、真新しい一九八〇年代のナイキのエアが入っていた。数千ポンドを下らないコレクターズアイテムだ。それをほれぼれと眺めたあと、注意深くもとの場所にしまった。この棚にある一部を売れば、一時的にしろ、自分の財政問題は解決するにちがいない。とはいえ、大事なものを失うのはもうこりごりだった。

　クリオが子供の頃は、贅沢品に当てる余分なお金は一切なかった。夕食をとるか、暖房をつけるか、そのどちらかを選びなさいと、母親に言われたこともある。両方に当てるお金はなかったのだ。だから、クリオはほかの女の子たちみんながおしゃれなナイキやアディダスやリーボックの靴を履いている横で、安い体育用の靴を履いていた。人生でほしいと思ったものは数知れない——娘に夫、愛に満ちた家族、満足のいくキャリア。どうにかこうにか一瞬だけ手にすることはできても、どれもすぐに失ったものばかりだった。でも、この箱に入ったスニーカーなら、自分の好きにできる。大事にしまい、面倒をみて、好きなときに手に取ることができる。クリオにとってこのコレクションは、だれにも知られたくない秘密だった。心底恥ずかしい秘密。とはいえ、唯一の秘密というわけではなかった。そして、最大の秘密でもない。

　電話できる人がいればいいのにとクリオは思った。昔から友達をつくるのは得意だったが、友人関係を続けるのが苦手だった。あのことがあったときも、友達全員を避けて連絡をすべて無視していると、やがて向こうからも連絡は来なくなった。友達もほっとしたことだろう。悲しみは伝染しやすいから。娘を失ったとき、最初の頃は支援の手がどっと寄せられたが——手紙や花、電話、キャセロールといった形で——最後にはすべてなくなってしまった。相手を救えないとわかると、救おうとするのも嫌になるものだ。

クリオは棚から別の箱を取り出した。これにはスニーカーは入っていない。

何年もまえに隠した小さな白いアルバムをそっと取り出した。最初のページの写真は、病院のベッドで赤ちゃんを抱いているクリオの写真だった。この写真のクリオはとても若く、喜びと健康で輝いていて、別人を見ているようだった。笑みを浮かべている。今までで一番幸せそうな顔だった。

次の数ページは赤ちゃんの写真で埋め尽くされていた。娘はクリオにとってそれまで見た中で一番美しい生き物で、どこへ行っても夫とふたりで娘の写真を撮っていた。娘の小さな鼻に浮いた小さなそばかすを見て、笑みを浮かべる。医者からは、これはそばかすではないと言われたが、クリオはそう思うほうが好きだった。医者によると、生まれつきのあざということらしい。クリオはあざという響きが好きではなかった。というか、自分の完璧な赤ちゃんに何か問題があることを示唆するものは何であれ。アルバムのページに再集結した自分の家族を見ていると、自分たちがどれほど幸せだったか思い出した。幸せでなくなるまでは、幸せだった。が、探していた写真が見つかると、さっきまで浮かべていた笑みは消えた——はじめて赤ちゃんを抱いたクリオの母親の写真だ。クリオの娘はテントウムシの絵で覆われた毛布でくるまれていた。エディスからのプレゼントだ。そのエディスはカメラに笑みを向けている。娘が生まれたとき、夫には、母親と仲直りするよう説得された。家族は大事だから、そうするのが正しいと言って聞かなかったが、夫はまちがっていたのだ。

夫は一度も、あのことはわたしのせいだとは言わなかったが、心の中ではそう思っていたにちがいない。

あれはクリオのせいではなかったが、そう信じるにはクリオにも長い時間がかかった。スーパーマーケットへ出かけた結果、自分たちの人生が台無しになるなんて、そんなことわかるわけがないだろう。

ペイシェンス

「刑務所に入ったからって、人生が台無しになるわけじゃないよ。あたしにくっついていれば大丈夫」とリバティは言った。

そうは思わなかったが、リバティのしてくれたことにはどれも感謝していた。リバティはわたしのベッドを整えるのを手伝ってくれ、コーラやドリトスを勧めてくれ、ここ数時間ずっと刑務所のしくみについていろいろ教えてくれていた。リバティの分の夕食が届くと、全部半分ずつ分けようと言ってくれ、プラスティックのフォークとスプーンを使って半分よりも多く赤いプラスティックの皿によそってくれた。わたしはまだ〝システムに組み込まれていない〟ので、わたしの分の夕食はなかった。そういうわけで、今は一緒にフィッシュアンドチップスと豆料理を食べているところだった。思ったほど、事態は悪くなっていない。

「こんなところに送られて、家族はどんな反応だった？」とリバティは訊いてきた。

わたしは肩をすくめた。「わたしがここにいることさえ知らないかも」

「えっ？　家族に言ってないわけ？」

「ママには言おうとしたんだけど、なんというか、あっという間の出来事だったから」

「家族はママだけ？　きみとママのふたり？」わたしは居心地の悪さを隠そうとしたが、リバティは空気を察して話題を変えてくれた。「まあ、これから日に三回ちゃんと食事が届けられるようになるよ。朝食と昼食と夕食に何を食べたいか、パソコンで選ばないといけないんだ。きみはまだ登録番号を渡されてないから、今はできないけどね。でも、うまくいけば、明日の朝にはもらえるんじゃないかな。食事はここでとることになってる。そうしないと、食べ物の奪い合いに発展するんだ。実際、ここでの喧嘩の原因第一位はそれ。やばいよね」わたしは眉をひそめた。「ありえないって感じ。まあ、いいけど。一応言っておくと、パソコンは、活動に申し込んだり面会に応じたり電話をかけたりするときにも使うんだ。ここでは何もかもパソコンでやるけど、それにはパスワードが必要。パスワードを使うには、登録番号が必要なんだけど――」

「それは明日になるまで手に入らない」とわたしは言った。

「そう！　ここでは何をするにもめちゃくちゃ時間がかかるんだよ。チュッパチャプス食べる？」リバティは『シーラとプリンセス戦士』の布団がかかったベッドに横になったまま、お菓子の入った袋を差し出してきた。

「ううん、要らない。でも、どうしてそういうものがあるの？」

「そういうものって？」

「子供向けの布団とかぬいぐるみとかお菓子とか」

「私物のこと？　さっきも言ったかもしれないけど、現実の刑務所は、映画とはちがうんだ。ママが差し入れしてくれてて。面会に来るたびにぬいぐるみを持ってくるわけ。ここでは規則を守っていれば、そういうのを持っててもオーケーってことになってる」規則の話を聞いて、わたしはケアホームのことを思い出した。エディスの言うとおりだった——確かに、あそこは刑務所に似ている。「ママはまだあたしのことを小さい女の子だと思ってるの。きみのところもそうじゃない？　子供に赤ちゃんのままでいてほしいと思ってる親は、ほんとにそんなふうに振る舞ったりするんだよ。きみも今度ママが面会に来たら、家にあるものをいろいろと持ってきてくれるんじゃないかな。少しでもくつろげるものだといいね」また顔がこわばってしまった。「ほんとにチュッパチャプス食べない？」わたしは首を横に振った。「まあ、いいけど」リバティは、チュッパチャプスの包み紙をはがして口に入れた。「で、みんなが答えを知りたがる大事な質問がひとつあるんだけど。きみは何をしたわけ？」リバティはそう言って身を乗り出してきた。まるで寝るまえにお気に入りの本を読んでもらう子供のようだった。

「わたしは何もしてない」

「そうだよね！　みんな無実だもん！」リバティはカトリック教徒がやるみたいに十字を切っ

たあと、祈るように両手を握りしめた。「ここには聖人しかいないし。わかった、質問を変えるね。きみが何をしたと、警察は言ってるの？　伝えられるところとかなんとかによると」

「いろいろあって」

「うんうん。でも、ただの勾留でしょ。きみみたいな人をここでは観光客って呼ぶんだ。ここにはただ休暇で来てるだけで、数週間経てば、また現実世界に戻っていく。でも、なんでここにいるのかは教えてくれないと。同じ部屋を使うなら、夜に目をつぶっても安全な相手かどうかを知る権利があたしにはあるよね。つまり、まあ、そういうこと」

「わかった。わたしが疑われてるのは、窃盗と詐欺と……殺人」

リバティはチュッパチャプスを口から出し、口をあんぐりと開けてこっちを見た。「殺人？　きみが？」

場の空気が一瞬で変わった。「さっきも言ったけど、わたしはやってないから。はめられたんだと思う」

リバティはしばらくこっちを見ていた。「本は絶対に表紙で判断しちゃだめって昔から教えられてきたけど、あたし、アガサ・クリスティをジェーン・オースティンと勘ちがいしちゃってたんだ。てっきり、万引きとかで捕まったのかと思ってたけど、まさか殺人とはね」

「わたしは殺人犯じゃない！」

「まあ、落ち着いてよ。あたしは信じてるから」

「もしほんとに信じてくれてるなら、そういう人ははじめてかも」わたしは気持ちを落ち着かせようとした。「ごめん。でも、すごく疲れてるうえにストレスを感じてて。頭がおかしくなりそう。親切にしてくれたこと、感謝してる」

「親切にするのはタダだから。それに、ここで恩を売っておけば、いざというときに助けてもらえるかもしれないしね」

明かりが消えて真っ暗になった。何度かまばたきをして暗闇に慣れようとしたが、何もかも真っ黒だった。

「何が起きたの？」とわたしは訊いた。

「大丈夫。消灯時間になっただけ」リバティはわたしの声にパニックの色を感じたようだった。

「まだ八時なのに？」

「そう。毎晩その時刻。明日の朝七時になればまた電気がつくんだ。ちょっと寝たらいいよ。我慢強く（ペイシエント）ならなきゃだめだよ、ペイシェンス。明日はもう少しいい日になるから。でも、さっきはめられたって言ってたよね。だれにはめられたの？」

「ケアホームで会った人。信じたわたしがばかだった」

エディス

エディスは道に迷っていた。七十二番のバスに乗って、パブを過ぎたときにブザーを押したのだが、何かがおかしかった。昔の家——自分の家——はこのあたりにあるはずだ。けれども、消えていた。となりの家も二軒となりの家も。通りはここでまちがいないのだが——それは二度も確認した——かつて自宅のあった場所にはおしゃれなアパートが建てられたようだった。

体が寒く、混乱し、少し怯えていた。エディスは、片手でピンクのスーツケースをつかみ、もう一方の手で犬のリードを握ってバス停に座っていたが、ほかに行く場所はどこにもなかった。ここは安心できる近所だったはずだが、もうそんなふうには感じられない。すでにあたりは暗くなり、遅い時間になってきていた。けれども、エディスにはどうしようもなかった。何をしたらいいのかわからない。

「意味がわからないわ」とエディスはディケンズにぼやいた。「家に着いたらドアをノックして、そこに住んでる人に説明したら——ほんとうはわたしの家なんですって説明したら——正しいことをしてもらえると思ってたのに。すぐに出ていってくれて、またわたしの家になると思ってたのに」ばかみたいだったが、エディスも自分がそうなってしまった自覚はあった。「弁護士の人だって、家を取り戻せる自信があるような口ぶりだったのよ。でも、すでになくなってるじゃない。すべて消えちゃってる」

昔はこの通りもテラスハウスが並んでいて、反対側には畑と、ディケンズと一緒によく散歩していた美しい公園が広がっていた。今では、そこにあったすべてがコンクリートの下に埋められていた。暗がりでぼんやりと光る古めかしい街灯ひとつを除けば、似ても似つかない場所になっている。世界はエディスを置き去りにして先へ進んでいた。自分はもう死んでしまったのだろうか。街灯の明かりがちらちらしていた。もっと暖かい上着を着てくればよかった。エディスは今までにないほど寒さを感じていた。ディケンズも震えている。そのとき、バス停に近づいてくる足音がし、エディスはぱっとそっちを向いた。

「だれ？」と訊いたが、街灯の向こうはすべて闇に包まれていた。

「お母さん」暗闇から声がしたあと、クリオが怨霊のように姿を現した。

「何が望みなの？　わたしの家に、大事なわが家に何をしてくれたのよ？」

「こんな形で知ることになってしまって悪かったわ。そもそも知ることになっちゃってごめんなさい。でも、売るしかなかったの」とクリオは言った。「ほかに選択肢がなくて」

「ばかばかしい。選択肢ならいつだってあるわ。あなたは楽な選択肢を選んだだけ。自分にとって一番都合のいい選択肢をね。まあ、いつものことよ」エディスは星のちりばめられた夜空を見上げた。「こんなわがままな子供に育つなんて、わたしがいったい何をしたっていうの？」

「お母さんがわたしたちを自分と似た人間に育てたんでしょ。家のことはほんとうに悪かったと思ってる。けど、今は疲れてて、またこんなやりとりを始める元気はないのよ。もう遅いし、外は寒いでしょ。一緒に帰らない？」

「あんなところには二度と戻らないわ」

「ケアホームじゃなくてうちよ。とりあえず今日のところはね」

「あなたの家にも行きたくないわ。歓迎されない場所なんてお断りですから」

「歓迎されなくても、まえはお構いなしだったのにね」クリオはぼそっと言った。

「今なんて?」

「なんでもない。いいから、そろそろ行きましょう? タクシーを待たせてるの。待たせるのもタダじゃないのよ」

「あら、わたしに隠れてこっそり家を売ったお金がたんまり残ってるでしょうに」

「書類にサインしたのはお母さんでしょ」

「もしわたしがサインしたのだとすれば、だまされてそうさせられたのね」

「わたしがだましたわけじゃないけど。でも、ケアホームの入居料を払うのに、わたしたちにはそのお金が必要だったのよ」

「〝わたしたち〟ってだれ? それに、どんな〝ケア〟をしてくれるっていうのよ? あそこの人たちは、わたしのことなんかちっとも気にかけてないわ。あなただって同じでしょうけど」

「よくもそんなことが言えるわね? あれこれしてあげたのに」とクリオは言った。

「わたしのことを気にかけてくれるのはテントウムシちゃんだけよ」

「ケアホームにいた女の子のことを言ってるのなら、あの子がお母さんのためにあれこれしたのは、報酬をもらってるからしたまでよ」

「いい加減なことを言わないで。自分が何を言ってるかもわかってないくせに」

「あの子は報酬をもらって、ホームでお母さんの世話をしてた。報酬をもらって、ジュードに最新情報を伝えてた。報酬をもらって、お母さんをあそこから出した。報酬の出どころはわたしだけどね。それなのに、お母さんは遺言状の内容を変更して、ほとんどすべての財産をあの子に残すことにした。どうしてそんなことができるわけ？　あの子がずっとまえに亡くなった自分の孫娘だとでも思ってるのなら、わたしが思う以上にお母さんはたぶらかされてるわね。あの子について知ってると思ってることは全部嘘よ。ほんとうの名前さえ、あの子はお母さんに言ってないんだから」

エディスは顔をしかめた。「あなた、あの子を誤解してるわ。何もかも言うことがまちがってる」

「はいはい。お母さんが正しくて、わたしがまちがってるんでしょ。で、あの子は今どこにいるわけ？」とクリオは訊いてきたが、エディスは答えなかった。「もう、意地を張るのはやめてよ。ディケンズもだけど、体が震えてるじゃない。ふたりともおなかが空いてるんでしょ。あれこれ話すのは家に帰ってからにしない？」

エディスはクリオをにらんだ。「あなたとはどこにも行きません」

「わたしがお母さんの〝最大の後悔〟だってことは重々承知してるけど、お母さんにはもうわたししかいないのよ」

「どういう意味？」

「ノートを読んだわ」

「よくも人のプライバシーにずけずけと！」

「わたしが望まれた子じゃなかったのは昔から知ってた。わたしのことが好きじゃなかったのも、愛してくれてなかったのもわかってる。お母さんって隠すのが下手だったよね。というか、そもそも隠そうともしてなかった。自分が失敗作であるかのようにいつも思わされてきて、わたしはお母さんのレンズを通して自分の人生を見るようになったの。だれに会っても、この人には会うべきじゃなかったと思ったし、何を見ても、こんなものは見ないほうがよかったと思ったし、何をしても、こんなことになるなんてと後悔した。というのも、わたしは最初からここにいるべきじゃない人間だとお母さんに思わされてきたから。だから、娘とも離ればなれになってしまったのかもしれない。娘も最初から生まれてくるべきじゃなかったのよ、きっと。わたし自身がそうだったから。お母さんがわたしを望んだことなんて一度もなかったから。子供のとき、お母さんはわたしにイライラすると――機嫌はいつも悪かったけど――決まって同じことを言ってた。〝あなたなんかいなくなればいいのに〟って。そろそろその願いも叶うんじゃないかな」

「好きにしなさい。こっちもせいせいするわ」クリオがその場を立ち去りはじめると、エディスはそう言った。「最後にひとつだけ教えて。警察はもう話を聞きにきた？」

クリオは足を止めた。くるりとうしろを向き、周囲を確認してから母親のほうへ戻ってくる。

「警察がなんの話を聞きにくるの？」

「わたしの話よ」

「お母さんの話って？」

「ほら、行方不明になってるでしょう？」

「何百という人が毎日行方不明になってるのよ。警察には、お母さんの心配をするより大事な仕事があるんじゃないかしら」

「たとえば、ケアホームの所長が殺された事件とか？」とエディスは言った。

クリオには母親の表情が読めなかったようだ。答えを知りたくないかもしれない質問をするのは大けがのもとだからか、クリオは訊いてこなかった。「お母さん、ほんとに思うんだけど――」

エディスは首を横に振って、クリオのことばを遮った。「所長が死んだとき、わたしはあの場にいた。ようやくこの家族も正しいことができたのかもしれないって気がしてるわ」

フランキー

フランキーはキャンピングカーの中にしばらく座っていた。自分の船を見て、別のだれかが同じものを見ていないかどうか、自分が帰宅するのを待っている人がいないかどうか確認しているところだった。警察に捕まった犯罪者に何が起きるかをこの目で見てきた身として、自分自身がそうなるつもりはなかった。すべて自分のせいだが、もし時間を巻き戻して別のやり方ができるとしても、やり直したいとは思わなかった。自分の過ちが招いた幸せが、まだ悲しみを上回っている。娘を見つけることができれば、何もかもうまくいくはずだ。とはいえ、どこを探しても手がかりはなかった。

警察が今朝〝黒い羊〟に来たことを思い出すと、まだ怖気づいてしまう自分がいた。もっと早く出発しておくべきだったとも思うが、万が一娘が戻ってきて、船がなくなっていることに気づいたら？　今日の午後刑務所へ行ったのも、今思えばまちがいだったかもしれない。リバティは、携帯を逆探知できないか〝友達に相談〟してみると言っていたが――必要なのは電話番号だけだった――期待できそうな口ぶりではなかった。助けを求めるメールを送ってきたときに娘がどこにいたのかがもしわかったとしても、今もまだ娘がそこにいるとはかぎらない。

フランキーはキャンピングカーから降りると、うしろを二度振り返りつつ川岸を歩いて船の中に入った。鍵を閉めたうえでかんぬきをかけるや、まっすぐ娘の部屋に向かった。魔法のように娘が現れたりしないだろうか。そう思ったものの、娘の姿はなかった。何もかも一年前に娘が家出したときのままだ。娘に出生証明書を見せられなかったり父親がだれだか話せなかったりするのには理由があった。ちゃんとした理由が。フランキーはこれまで正しいことをしようと懸命に努力してきた。それなのに、世界で一番大切なかけがえのない人を失ってしまうとは。

睡眠不足のせいでまともに頭が働かなかったが、娘が外の世界でひとり苦境に陥っているときに自分だけ休むなど、どうしたらできるだろう？　すでに病院には片っ端から電話をかけていたが、この二十四時間のあいだに娘の名前で入院している患者の記録はどこにもなかった。お酒を飲めば気が紛れるだろうと思ったので——そうなることはめったにないのだが——お気に入りのマグカップに赤ワインを注いだ。ストーブをつけて部屋の空気を暖め、居心地のいい読書コーナーに置かれたお気に入りの肘掛け椅子に座る。もっとも、今夜は居心地がいいとは感じられず、あまりに気が動転していて本も読めなかった。肘掛け椅子でしばらく火を見てぼうっとしていると、やがて留守番電話の光が点滅しているのが見えた。だれも連絡してこないので、最近はわざわざ確認することもなかった電話だ。かつてこの家に電話をかけてきていたのは——番号を知っているのは——わが娘ただひとりだった。

フランキーは再生ボタンを押した。

まず、ロボットのような声が話しはじめた。「新しいメッセージが一件あります。時刻は今日の午後二時四十三分」フランキーはミッキーマウスの腕時計に目をやった。メッセージは何時間もまえに残されたものらしい。

「ママ、わたし。どこから始めればいいのかな。困ったことになったの。ごめんなさい。今、コベント・ガーデンの警察署にいるんだけど、チャップマンっていう刑事がいて、その人は、わたしがあることをしたと思ってるの。ひどいことをしたって」娘はそこで泣きはじめた。その声に、フランキーの胸は押しつぶされた。「ママ、怖い。お願い、助けて」

フランキーは幽霊を見るような目で電話をじっと見た。

チャップマン。今朝、船に来たのと同じ刑事だ。

フランキーは床にへなへなと座り込んだ。できるだけ電話に近づき、抱え込むようにしてもう一度メッセージを再生する。

再生が終わるとすぐキャンピングカーのキーを取って上着とバッグをつかみ、ドアに向かった。夜もこの時間となれば、道はそれほど混んでいないだろう。コベント・ガーデンには一時間足らずで着くはずだ。が、川岸に着いて立ち止まった。この期に及んで自ら警察署に足を運ぶとなれば、自分は正しいことをしているという確信がほしかった。大丈夫、もう躊躇はない。自分のしたことを認めるときが来たのだと、フランキーにはわかっていた。

クリオ

「犬はお断りします」とタクシーの運転手が言った。

その意味を理解したかのようにディケンズが吠え、クリオは犬をにらんだ。

「追加料金は払いますので」とクリオは言った。「高齢の母を家に連れて帰らないといけないんです」

「お金の問題じゃないんです」と運転手に言われ、クリオは眉をひそめた。自分の経験では、結局はお金がすべてだった。「アレルギーがあるもので」と運転手は付け足した。

アレルギーがあって正しいことができないとは、とクリオは思った。

「バスで行けばいいんじゃない？」とエディスが提案した。

「わかったわ。役に立たないタクシーね」クリオが運転手にそう言うと、タクシーは猛スピードで走り去った。

「クリオ、そんなに失礼な態度を取る必要はないのよ」地球上で最も失礼な女がそう言った。

「ふてくされなくてもいいのに。バスのルートなら、全部頭に入ってるから。それに、わたしには無料の乗車券がある。バスならタダなの。ほら、七十二番のバスが来たわ」

「好きにして。さっさとバスに乗ってここから退散しましょう」

「バスに乗ったら警察署へ行くわ」

「その話はまた家に帰ってからね」

ふたりは赤い二階建てバスに乗り、うしろの席に移動した。それほど混んではいなかったが、母親が急に何か言い出すかもしれないと心配で、人に話し声が聞こえない場所のほうがよかったのだ。とはいえ、心配する必要はなかった。ディケンズもエディスの膝の上で静かに窓の外を眺めていてくれた。発車して五分はみんな黙っていた。

「カスタードクリームビスケットでも食べる？」エディスがバスの音に負けないよう声を張ってそう言った。ポケットに手を入れて食べかけの包みを出している。「それともクッキーのほうがいい？　チョコレートチップならあるわよ！」エディスはそう言って、別のポケットから別の包みを取り出した。クリオは首を横に振った。「どうして食べないの？　肉は入ってないわよ」

「わたし、ヴィーガンだから」

「知ってる。だから、そんなに具合の悪そうな顔をしてるんでしょ。ヴィーガンはクッキーも食べないの？　クッキーの行く末がそんなに心配？」

まえのほうの席に座っていたふたりの乗客が振り向いてこっちを見た。クリオは透明人間になりたかった。

「ヴィーガンは、ベジタリアンと比べてちょっと複雑なのよ」と小さな声で言った。

「あなたときたら、何もかもが複雑ね。昔からおなかが空いたら不機嫌になる子だったけど、まあいいわ、好きにしなさい」とエディスは言った。カスタードクリームビスケットを手に持ってひと口かじっている。窓ガラスが曇っていて、エディスは指でテントウムシの絵を描いていた。「テントウムシが幸運を呼ぶ虫だっていうのはだれでも知ってると思うけど、テントウムシの黒い点が喜びと悲しみの象徴だっていうのは知ってた？」エディスはビスケットを頬張りながらそう言った。「わたしたちはみんな生きてるうちに喜びと悲しみを経験する。完璧な人生を送る人はひとりもいなくて、みんないい時期と悪い時期のバランスの取り方を学ばなきゃならない。お互いのミスは赦し合うものでしょ。だってミスをしない人間なんてひとりもいないんだから」エディスはそう言ってクリオを見てきたが、クリオが窓の外を見つづけていたので、次のビスケットに手をつけた。「テントウムシは一度に多くの卵を産む生き物よ。絶対に子孫を残して、祖先から受け継いだものを守っていくんだって強い意思を持ってるの。だからたまに、生まれたときからすでに赤ちゃんを妊娠してることがある。テントウムシの娘は生まれつき娘を産む準備ができてるってわけ。何世代にもわたって、親と同じ人生を繰り返し、決して自分の体の模様を変えることはない。わたしは、あなたに自分と同じような人間になってほしいとは一度も思ったことがないけどね。できることなら——」

「着いたんじゃない?」とクリオは言って、バスのブザーを押した。

ノッティングヒルの停留所で降り、残りは徒歩で移動した。ポートベロー・ロードをゆっくり進むと、やがて馬屋を改造した家が並ぶ静かな通りに出て、ピンクの家のまえに着いた。

「またここに来ることになるとは思わなかったわ」とエディスは言った。クリオの家を見上げている。

それはわたしもだけど、とクリオは思いながらドアの鍵を開けた。母親が——犬も一緒に——ドアマットで足を拭くこともなく、自分の完璧な家に入るのを見ていた。気にしないことよ、と自分に言い聞かせた。たった一晩の辛抱だ。

クリオは無理矢理笑みをつくった。「ようこそ」

エディスは片眉を吊りあげた。「あら、歓迎してくれてるの?」

「もちろん。ただ、わがままを言わせてもらうと、犬は——」

「ディケンズよ」

「ディ、ケ、ン、ズは家具に乗らせないでもらえるとありがたいわ。それと、二階にも上がらせないで」

「どうしてそんなに犬を毛嫌いするのかしら。一緒にいてすごく楽しい相手なのに。あなたみたいな人にはとくにいいと思うけど。ひとりで暮らしてる人にはね」

クリオは言いたいことをぐっとのみ込んだ。「お茶でも飲む?」

エディスはうなずいた。上着を脱ぎ、すでにくつろいでいる。「ええ、お願い。ミルクとお砂糖をふたつね」

「好みは知ってるから」

「それと、クッキーも。もしあればだけど。普通のクッキーね。ばかげたヴィーガンのじゃなくて」

また始まった。クリオはキッチンへ退散しながらそう思った。

エディスが前回ここへ来たときも、こんな具合だった。母親は何かにつけて批判してきて、まるでホテルにいるかのように振る舞ってきた。ホテルといっても、嫌々泊まっているホテルのように。ここに泊まるのは、娘にいいことをしてあげている感覚なのだろうか。たった一晩の辛抱よ。やかんの湯が沸騰するのを待ちながら、クリオはまたそう自分に言い聞かせた。

お茶と水、レーズンとシナモンの入ったオーツ麦のクッキーを載せたトレーをリビングに運んだ。が、エディスはそこにいなかった。ディケンズがクリオのソファに座り、しっぽを振りながらこっちを見ていた。

「下りなさい」とクリオは言ったが、ディケンズはただ伸びをするだけで、さらにくつろいだ態度を見せた。クリオはトレーをテーブルに置くと、犬をできるだけ自分の体から離して持ちあげ、床に下ろした。「この家にはルールがあるの。家具には座らないで。かじるのも、噛むのも、吠えるのもだめ」ディケンズは頭を横に傾けた。「それから、二階にも行っちゃ――」

「そんなのじゃ、つまらないわよね」部屋に戻ってきたエディスが口を挟んだ。「ここは家というより美術館みたい」

「褒めことばをどうもありがとう」とクリオは返した。「美術館は好きなの」

「あなた、昔からどうかしてるわ」

「二階にある予備の寝室はちゃんと整えておいたから。ああ、長い一日だった。わたしはもう二階に上がらせてもらおうかな」

「話をしたほうがいいと思わない？」とエディスが訊いてきた。トレーから紅茶のカップを持ちあげると、オーツ麦のクッキーを手に取ってにおいを嗅いだ。「これは何？」

「クッキーよ」

エディスは小さくひと口かじると、顔をしかめた。「でたらめ言わないで。こんなのクッキーじゃないわ」

「ほんとに疲れてるのよ、お母さん。朝になってからまた話さない？」

「朝じゃ遅いと思うけど」

「何が？」

「死んだ所長の件よ。警察がもしまちがった人物を逮捕したら？　この年になって、そんなことで良心を痛めたくはないわ」

「逮捕者は出たみたいよ」

「だれが逮捕されたの?」とエディスは訊いてきた。心配で両目を見開いている。

クリオは、また母親を動揺させるのは得策ではないと思った。余計なことを口走らなければよかった。「実は、わたしも刑事に話を聞かれて——」

「あなたが?」

「そう。たまたま事件が起きたときにケアホームに居合わせたばかりにね。チャップマン警部は、容疑者は三人いると思ってるみたい。わたしもそのひとりだって言われて——」

「だれが逮捕されたの?」エディスは娘をにらみつけながらもう一度訊いてきた。

クリオは肩をすくめた。「ペイシェンスよ」

「なんですって?　テントウムシちゃんが逮捕された?」

「逮捕されて、たぶん勾留されてるんじゃないかしら」

「どうしてもっと早く教えてくれなかったのよ?」エディスは金切り声を上げた。「何もかもわたしのせいだわ。今すぐ警察に行かないと」

フランキー

フランキーは、コベント・ガーデンの警察署の向かいにキャンピングカーを停めた。ここに車を放置すれば、まちがいなく罰金を取られるだろうが——今日はすでに一回切符を切られている——今はそんなことは少しも気にならなかった。正面玄関までは速足で三十三歩あった。三十三はいい数字だ。ユニークな数で、三十三を勇気の象徴と考える人もいる。もっとも、今フランキーがしていることは勇気のある行動ではなかった。ただの正しい行動だ。

警察署は、むき出しのれんがの壁でできた、木製の建具が使われた古い建物だった。フランキーの足音がタイル張りの床に響いていた。受付のプラスティックのついたての向こうに机があり、そこで警察官が新聞を読んでいた。髪が薄く、ベルトからおなかの肉があふれそうになっている。無精ひげの浮いたあごにマスタードがついていた。老人が、少し若い男の体に閉じ込められているような印象を受けた。

「チャップマン警部にお会いしたいのですが」とフランキーは声をかけたが、警官は顔を上げもしなかった。フランキーは呆気に取られた。「行方不明の少女のことで」と付け足した。それでも、警官はこっちの存在を認めないので、フランキーは気を引くために別の方法を試した。

「行方不明の少女と殺人なんですけど」

「なんだか小説のタイトルみたいだな」と警官は言って眉を片方だけ上げたが、新聞を読むのはやめなかった。

「自白しないといけないことがあるんです」

「教会に行って、懺悔はしてみたのか？」

「真面目に言ってるんですけど」

「それはこっちも同じだ。今何時かわかってるのか？　夜のこんな時間に何かを自白したいなんて言ってここに来るのは、ハイになってるか、頭がいかれてるかのどっちかだ。あんたはどっちだ？」警官はそう言って、ようやく新聞を置いた。ページの続きを読むのをできるだけ早く再開するつもりらしく、新聞は開いたままだった。

「時間にどういう関係があるんでしょう。最近の警察は、勤務時間中だけ犯罪を解決していればいいんですか？」他人から無礼な態度を取られるのは、フランキーの場合、相手が怠け者でも頭が鈍い人でもないと思えてはじめて我慢できることだった。この警官は明らかにその両方だ。

「チャップマン警部はいない。伝言を残すか？」警官は開いた新聞をちらりと見ながらそう言った。

フランキーは警官の顔を見つめた。意味がわからない。切迫感のなさが理解できなかった。

「急ぎなんです。無実の人間が逮捕されてるんですよ」フランキーは説明しようとした。

「おれはだれも逮捕しちゃいないよ。一月からずっと内勤なんでね」

「だから、警部と話す必要があるって言ってるんです。責任者と話をさせてください」

警官はため息をついて、机の上のパソコンを見た。「名前は?」

「わたしの名前ですか? それとも、殺された人の名前? まちがって逮捕された人の名前?」

「よりどりみどりだな。じゃあ、まずは逮捕されたとかいう人からにしようか」と警官は言った。細長い指をキーボードの上に構えている。

「ネリー・フレッチャー」とフランキーは言った。警官が青白い人差し指で娘の名前を一文字ずつタイプするのを見ていた。

警官は首を横に振った。「ないな」

「ないって何がです?」

「その名前で今日逮捕された人はいないってこと」

「スペルはちゃんと合ってますか?」

「おれがばかに見えるか?」と警官は言った。その質問には答えないのが一番だとフランキーは思った。

「ほんとに急を要するんです。どうにかしてチャップマン警部と話す方法はありませんか?」

「もちろんあるよ。明日また来ればいい」警官はそう言うと、また新聞を読みはじめた。世の中にはどうしてこうも早く集中力が途切れてしまう男が多いのだろう。フランキーとしても、もし何があったか真実を話すとすれば、こんな幼稚な男を選んで自白を無駄にしたくはなかった。

フランキーは、ぶつぶつ文句を言いながら車まで引き返した。が、車を発進させようとしたとき、何かが目に留まった。

こんな遅い時間に、ある人物が警察署のまえの短い階段をのぼっていた。

フランキーの知っている人だった。

まさかこんなところで会うとは。

終わり

二十年前の母の日

男性警官と女性刑事がスーパーマーケットからピンクの家まで送ると言ってくれた。とはいえ、それは実のところ、親切に見せかけた命令だった。わたしが何かしたと警察が疑っているのはわかっている。非難というのは、必ずしもことばがないとできないわけではない。表情もまた同じくらい雄弁なのだ。子供がひとり連れ去られたというのに、警察はあの子を探すどころか、わたしにあれこれ質問して、時間を無駄にしつづけていた。同じ質問をされることもあった。彼らが何を考えているのかはわかっている。嘘つきは、ほかの嘘つきを見抜くのもうまいものだ。

男性警官と女性刑事が空っぽのベビーカーを畳んで警察車両のトランクに入れるのをわたしは見ていた。警察は、それが終わるとドアを開け、わたしを後部座席に座らせた。わたしはもう一度住所を伝えた。すでにメモ帳に書かれていることなのに。わたしやわたしたちやあの子について、ほかにもあらゆることが書かれているにちがいない。逮捕されるときはきっとこういう気分なのだろう。二度ともとには戻らないと知りながら自分の人生から退場させられる感覚。といっても、彼らはわたしを逮捕しようとしているわけではない。今はまだちがう。

わたしは悲しみのあまり泣くこともできなかった。何も感じない。罪の意識以外は。

娘が消えてくれたらいいのにと思っていたら、だれかが赤ちゃんを連れ去ってしまった。

警察車両に乗っているあいだ、時間の感覚がくるっているように感じられた。時間の流れが速いようにも遅いようにも感じる。考えを整理することができず、自分がどんな顔をしているのか心配になった。車を運転しているセイウチに似た警官は、絶えずバックミラーでわたしを見ていた。目が合うたびに、わたしは目をそらした。彼の顔を見ると気分が悪くなるからでもあり、何を見透かされるのか心配だからでもあった。

「立派なお宅ですね」ノッティングヒルの馬屋を改造した家が並ぶ丸石敷きの通りに車を停めると、警官は早口にそう言った。ばかげたことを言うものだ。褒めことばと見せかけた批判。警官は助手席に乗った刑事と目配せをしていた。また声にならない会話をしている。いっそ口に出して言ってくれたらいいのに。最初は嘘つきだから嫌われ、今度は金持ちだから嫌われた。そのひとつについては、彼らも正しい。

　ドアを開けて外に出ようとしたが、鍵がかかっていた。

「ひとりで中に入りたいんですけど」とわたしは言った。

　セイウチが首を横に振ると、新しいふけがぱらぱらと黒い制服の肩に落ちた。「それはちょっと――」

「もちろんです」女性刑事が警官のことばを遮(さえぎ)った。スーパーマーケットで自己紹介されたが、名前は思い出せなかった。名字はチャップマンだったような気がする。「でも、準備ができたらわれわれも中に入らせてください」と刑事は付け足した。

「わかりました。ちょっと時間をいただければ――」

「どうぞごゆっくり。われわれはここにいますから」

　ここにいますから。ほんとうはどこか別の場所であの子を探していないといけないのに。

　わたしはピンクの家の中に入ってドアを閉めた。このままずっと外の世界を締め出しておけたらいいのに。もう午過(ひるす)ぎにもかかわらず、カーテンもブラインドも閉めたままだった。最後に開けてからどれくらい経つだろう。

　産後うつ――最近ではそう呼ばれている。

　昔はベイビーブルーと言われていた。

　廊下の電気をつけ、続いてリビングとキッチンの明かりもつけた。どこもかしこも――以前は雑誌に載った部屋みたいに整理整頓されていてきれいだったのに――ぐちゃぐちゃだった。わたしと同じだ。あの子とも同じ。二階も大差なかった。廊下には、汚れたカップや皿が散乱し、未開封の手紙や未払いの請求書があふれていた。子供部屋は洗濯物でいっぱいで――何が清潔で何がそうでないのかもわからない――主寝室に着くと、ドアを開けるのが怖い気持ちになった。

あの子の父親は出張で家にいなかった。

あの子の母親はベッドにいた。

赤ちゃんが生まれてからというもの、母親は具合が悪く、わたしはできるだけ力になろうとしてきた。

数日前、家の中を片づけようかと声をかけたのだが、娘は平手打ちでもされたみたいに嫌そうな顔をしたので、わたしはそのままにしていた。世の中には、親切なおこないが悪いおこないであるかのように感じさせるのが得意な人もいる。そのことを踏まえて、わたしはクリオの寝室のカーテンを開けるのを思いとどまった。最近の彼女の振る舞いを見ていると、いろいろな意味で娘が十代だった頃のことを思い出す。娘がほしがっているように感じるのは睡眠だけだったが、それもうまくできていない様子だったので、かわりにわたしがここ数日赤ちゃんの面倒をみていたのだ。今はわたしも疲れ果てていた。ようやくわたしにとってただひとりの孫の世話を任せてもらえたのは、単にクリオが自暴自棄になっているからにすぎなかった。それと、事態がどれほど悪くなっているか、夫には知られたくないせいだった。

わたしたちの母娘関係は、うまくいっているとは言いがたかった。

クリオが生まれてから、わたしにも自分の子供が腹立たしく感じたり、成長した娘を厭わしく思ったりする時期があった。それでも、娘に自分の子供ができればもっと距離が縮まるだろうと思っていた。確かに、距離は縮まった。が、必要に迫られてそうなっただけだ。クリオはどうしようもなくなったときだけわたしに助けを求めてきた。ほかに頼る人がいなかったからだ。わたしとしても、いいおばあちゃんになりたかった。母親としての失敗の埋め合わせができるかもしれないという淡い期待があったのだと思う。けれども、子供の世話は大変だし、赤ちゃんは手のかかる扱いにくい生き物だ。はじめてのときも、自分の赤ちゃんの世話は楽しめなかった。今回はちがう、テントウムシちゃんだけはちがうと感じていたが、あの子にしたところで、一瞬たりとも泣くのをやめはしなかった。今に至るまでは。

もちろん、赤ちゃんはほとんどの場合、人前ではお行儀がいいものだ。それは、クリオもわたしも意見が一致していた。生後六ヵ月にして、癇癪は他人のいないところでしか起こさないという狡猾さを身につけているのかと思うほどだった。だから、スーパーマーケットへ連れていったのだ。クリオに必要なもの――粉ミルクやオムツやコーヒー――を買うために。買い物が終われば、赤ちゃんを連れて帰る予定だった。この家に。クリオは明らかに赤ちゃんを嫌っているとはいえ、長いこと姿が見えなければ寂しがるだろう。普段から、子供の顔を見るのも耐えられないというときでさえ、赤ちゃんがそばにいるかどうかは必ず知りたがっていた。

子供が生まれたとき、クリオはわたしが手を貸すのを嫌がり、わたしの意見には興味も示さった。娘は聞く耳を持ってくれなかった。わたしは精いっぱい努力したが、娘は聞く耳を持ってくれなかった。実の母親からのアドバイスより自分が本で読んだりインターネットで見たりした情報のほうが正しいといつも信じていた。お母さんの経験や知識は時代遅れなのよ——そう言わんばかりだった。わたしはまだ六十代だ。仕事もまだ引退していないにもかかわらず、娘はこっちを見下した態度で接してくる。まるでケアホームで生活している、もうろくした年寄りを相手にするみたいだった。ケアホーム——年を取っても、そういうところにだけは入りたくない。クリオはいつも自分が一番よくわかっていると思っていたが、今の自分と大事なピンクの家の状態を見てみるといい。子供を産むのは簡単だが、世話をするのはそれほど簡単ではなかった。クリオには助けが必要だ。それも専門家の助けが。職業柄、自分の兆候には気づいてもよさそうなものなのに。わたしはそう思ったが、クリオは病院に行こうとはしなかった。そのことについてだれにも話そうとはしない。そして、わたしがどれだけ手を差し伸べても、一向に信用してはくれないのだった。

結局、信用しなくて正解だったかもしれない。

いつまでも警察が外で待っていてくれるわけでないことはわかっていた。何が起きたかクリオに話さないといけない。でも、どうやって切り出せばいいのかわからなかった。もし娘がいなくなったらどうなるだろうと、普段からたまに考えていた。自分の手で、自分のやり方で孫を育てることができたらと。そうなれば、わたしにとっては第二のチャンスだ。今度こそちゃんとやるつもりだった。クリオとジュードが小さい頃はつねに忙しく、なんとか生活していくために寝る間も惜しんで働いていた。もっといい母親になるための時間やエネルギーなど残されていなかった。もし親がちがったら、自分の人生はどうなっていただろうと子供はよく考えるものだと思う。もし子供がちがっていたら、わたしの人生はどうなっていただろう。あるいは、もし最初から子供などいなかったとしたら。こんなときにまで――娘の寝顔を見ているときにさえ――おぞましいことを考えるとは。そんな自分が心底嫌になる。とはいえ、もし娘が生まれてこなければ、わたしの人生はほんとうにまったくちがったものになっていただろう。

娘が消えてくれたらいいのにと思っていたら、だれかが赤ちゃんを連れ去ってしまった。

子供がいなくなった――そんなことをいったいどうすれば自分の娘に伝えられる？

「クリオ」わたしはドア口から小さな声で娘の名前を呼んだ。もしこの声が聞こえなければ、真実を伝えずにすむかもしれない。そんな願いもむなしく、クリオは目を覚ました。母親の勘なのか――わたしにはそんなものは一切なかったが――何かがおかしいと気づいたようだった。

「赤ちゃんは？」とクリオは訊いてきた。髪はぼさぼさで目はすでに血走っている。子供が生まれてからずっとこんな具合だった。夫が最近仕事でしょっちゅう家を空けるようになったのも無理はない。自分がどんな姿になったか、見えていないのだろうか。だが、わたしには見える。娘は、わたしになっていた。そうなってほしいとは少しも思っていなかったのに。毎日一日中赤ちゃんとふたりきりで家にいるせいで老けていた。三日三晩、子供の面倒をみているのはこのわたしだというのに。目の下にはまだくまが残っていて、何週間も化粧をしておらず、服も汚かった。しばらくお風呂に入っていないようなにおいがする。酒を飲んでいてもおかしくないような風貌だったが、アルコールは飲んでいなかった。極度の疲れとはこんな姿をしているのだろう。

わたしは慎重にことばを選んだが、どのことばもぴったりには感じられなかった。

「ほんとうにごめんなさい」小さな声で言った。

クリオは起きあがり、ベッドから出てこっちに駆け寄ってきた。

「ごめんなさいって何が？　あの子はどこ？」

「その……」

すでに打ちひしがれた人間に、赤ちゃんはいなくなったなどと、どうしたら伝えられるだろう？

いいから言いなさい。

「いなくなったの」とわたしは出し抜けに言った。「だれかに連れ去られてしまった。ほんとうにごめんなさい」

クリオはわたしをまじまじと見たかと思うと、わたしを押しのけて家の中を探しはじめた。時間をかけてしっかり探せば必ず見つかる鍵でも探すみたいに。わたしは暗い家の中を探す娘を追いかけた。「ちょっと待って。ここにはいないわ。スーパーに行ってたの。ほんの一分目を離したすきに」二分だったかもしれない。「いなくなってしまって」

クリオは足を止めて振り返った。わたしが外国語でもしゃべっているかのようにこっちを見ている。すでに涙が頬を伝っていた。娘が子供の頃にやってあげていたみたいに、わたしはカーディガンの袖口にしまっていたティッシュを見つけ、涙を拭おうとした。が、娘は一歩うしろに下がった。

「警察。警察に電話しないと――」

「警察はすでに知ってるわ」とわたしは娘に言った。「今外にいるの。あなたの話を聞きたがってる」

クリオはうなずいた。そして、バスルームに向かうと、激しく嘔吐した。

終わるまで、顔にかからないよう、わたしは娘の洗っていない髪をうしろで持っていてあげた。トイレを流し、もう一度ティッシュを差し出す。クリオは首を振って断ったかと思うと、手の甲で口を拭いた。こんなときでもわたしの助けを拒否するなんて。娘が膝をついていたので、手を貸して立ちあがらせようとしたが、娘はその手にも気づかないふりをした。わたしを無視した。ここ何年もずっとそうしてきたように。

「これって現実？」とクリオは言い出した。突然、三十四歳の娘が小さな女の子に戻ったみたいだった。わたしを尊敬していて、わたしを必要としていた女の子。わたしがうなずくと、クリオは泣きはじめた。目を閉じ、バスルームの床で体を丸めて、傷ついた動物のように声を出して泣いている。わたしも泣いていた。なぜなら、残っていた娘のわずかなかけらもこれで壊れてしまったとわかったからだ。時間がまたゆっくりになった。娘はそんなふうにして長いこと、いや、長すぎる時間泣いていた。身を切られるような痛みの声に、わたしの魂も傷ついた。

「ええ、現実よ。ほんとうに申し訳ないと思ってる」ほんとうにそう思っていたので、わたしはそう言った。娘を抱きしめようとしたが、押しのけられた。かわいかった娘はまたいなくなり、かわりに成長した女が顔を出した。

「呼んできて」クリオは涙を拭いてそう言った。

「警察？」

「そうに決まってるでしょ。呼んだら出ていって」

「クリオ、お母さんは――」

「出ていって。もう二度と顔も見たくない」

エディス

エディスは、娘の家の予備の寝室で目を覚ましたまま横になっていた。テントウムシちゃんが誘拐されたとき、ここに三泊したのを覚えている。その後は、何年もここに招かれることはなかった。去年、ほんの少しのあいだここに滞在したが――クリオが自分をケアホームに入れるまえの話だ――ほんとうの意味でピンクの家で歓迎されたことは一度もなかった。そもそも、エディスもクリオも昔から長いあいだ一緒にいるのが得意ではない。

朝になったら一番に警察署へ行くとクリオは約束してくれたが、エディスはそのことばを信じていなかった。クリオは破るために約束をしているようにしか思えない。ディケンズが哀れっぽい鳴き声を出してエディスの思考を邪魔してきた。ディケンズは床で眠るのが好きではなかった。

「シーッ。ふたりとも困ったことになっちゃうわよ」とエディスはささやいた。「静かにすると約束できるんだったら、上がってきていいわ」そのことばに、ディケンズはしっぽを振ってベッドに飛び乗った。その場で三回まわったあと、満足そうなため息をついてエディスのとなりのクッションに横になった。「わたしにはやらなければならないことがあるのよ、ディケンズ」エディスは犬を撫でながら小声でそう言った。「あなたは賛成してくれないかもしれないけど、そのことについては真剣にじっくり考えてきた。そうするのが正しいと思う。そうするしかないの」

十分後、ディケンズが仰向けになって夢を見ているすきに、家じゅうが静寂に包まれる中、エディスはベッドから起きて着替え、こっそり部屋を出てそっとドアを閉めた。廊下の先に別のドアがあった。かつて子供部屋だった部屋のドアだ。そのドアが開いていて、エディスはどうしても中をのぞいてみたくなった。月明かりが差し込んでいる。エディスは木の棚に靴の箱がずらりと並んだその光景を眺めた。娘が運動靴にこだわっているのは昔から知っていて、奇妙だと思っていたが――学校にいた頃から他人の汗が怖くて体育館にも足を踏み入れないほどだったのに――これは正気の沙汰ではないだろう。箱のひとつが開いていて、しかも、高級そうな絨毯(じゅうたん)の上にぽつんと置かれていた。中には、スニーカーは入っていなかった。見たところ、新聞の切り抜きだけのようだ。床に広げたままの記事もあった。

娘は生まれてこの方、自分の感情を箱の中に閉じ込めてきたわけだ。

エディスは、娘が長年保管してきた新聞記事をひとつ手に取ってみた。時間の経過とともに黄色くなっていたが、ページの上の日付は見なくてもわかった。今朝食べたものは思い出せなくても、二十年前のあの母の日のことは何もかも覚えていた。エディスは床に座った。倒れそうな気がしたせいもある。そして、記事を読みはじめた。

赤ん坊誘拐事件、母親は沈痛

ウェスト・ロンドンのノッティングヒルにあるスーパーマーケット〈テスコ〉から生後六ヵ月の赤ん坊が誘拐された事件で、警察は引き続き赤ん坊の行方を探している。エレノア・ケネディは日曜日の朝、ベビーカーにいたところを何者かに連れ去られた。

「恐ろしい。ほんとうに恐ろしい事件ですよね。〝赤ちゃんはどこ?〟って女の人が何回も叫びはじめたんですよ。だから、わたしも大急ぎで助けにいって。多くの人がそうしてました。すぐスーパーのドアに鍵がかけられたんですけど、子供を連れ去った人はすでに逃げてたみたいで。わたしも子供がふたりいるんです。ご家族がこれからどんな思いをするのか想像もつきません」とある目撃者は言った。

ノッティングヒルに住む赤ん坊の母親のクリオ・ケネディ(三十四)は昨日、警察の記者会見でひと言だけコメントを残し、沈痛な面持ちでこう語った。「娘を返してください。お願いです」

エレノアちゃんが誘拐された瞬間は監視カメラがとらえていた。しかし、ベビーカーから犯人が赤ん坊を奪ってスーパーマーケットを出るところは映っていたものの、画像が鮮明ではなく、犯人の特徴ははっきりしなかった。

「誘拐犯の年齢や性別を推測するのは困難です。今手元にある映像からは何も特定できません」と警察の広報担当者は言う。当日何か怪しいものに気がついた人がいれば名乗り出てほしいと、警察は市民に呼びかけている。

エディスは次の新聞記事を手に取った。日付は一ヵ月後だ。

エレノアちゃん誘拐事件、いまだ手がかりなし

当時生後六ヵ月だったエレノアちゃんが誘拐された事件で、警察は事件から一ヵ月が経つものの、今後も引き続き捜索を続けるつもりだと明かした。エレノアちゃんの両親は、娘との再会につながる情報の提供者に一万ポンドの懸賞金を出すと申し出ている。このたび、鼻に特徴的なそばかすのあるエレノアちゃんの新しい写真が公開された。

エディスは箱の中からまた別の記事を取り出した。時間の経過とともに、記事の長さは短くなっている。

エレノアちゃんはどこに？

当時生後六ヵ月だったエレノアちゃんが誘拐されてから一年が経つが、警察は、エレノアちゃんが見つかるまで捜査を打ち切るつもりはないと語った。特別捜査本部が設置され、多大な時間が捜査に当てられたにもかかわらず、エレノアちゃんの身に何が起きたのか、その謎の解明にはまだ至っていない。

最後の記事には、クリオと夫と赤ちゃんの写真が載っていた。赤ちゃんは、髪は父親に似たブロンドの巻き毛で、目は母親譲りの大きな緑色の瞳で、鼻にはそばかすがあった。そばかすこそ、エディスが孫をテントウムシちゃんと呼んでいた理由だった。ペイシェンスにも同じ理由でその名前をつけている。

子供を失うと、どこに行っても永遠にその子の姿が見えるものだ。

エディスは以前にも増して確信していた。今すぐ警察に話をしなければならない。朝になってからでは遅いのだ。無理な選択を迫られていたが、もしこの問題が解決すれば、はるか昔に壊れたものもとどおりになり、同じ歴史が何度も繰り返されずにすむかもしれない。

「大丈夫？」とリバティが訊いてきた。

「ううん」

「そのうち慣れるって。寝るまえに何かほかに必要なものはある？」リバティは懐中電灯の光をつけ、子供みたいにそれをあごの下に当てた。

「消灯時間なんじゃないの？」

「そう。でも、あたしはメイクも落とさなきゃいけないし——そのまま寝たら肌に悪いでしょ？——寝るまえに布団の下で本も読みたいし。リラックスできるんだよね。看守も別に気にしないよ。何か悪いことをしでかさないかぎりはね」

こんなところに閉じ込められていてどんな悪いことができるのだろうとわたしは思った。

リバティはブロンドの巻き毛をうしろで結び、メイク落としシートで顔を拭いていた。

「わたしと一緒でそばかすがあるんだね」とわたしは言った。

「そう。そばかすコンビだね。でも、あたしのは化粧下地で隠してるんだ。ねえ、疲れてるでしょ。ちょっと休んだほうがいいよ。ここに来て最初の夜が一番きついから。眠れなかったら起こして。じゃあ、もう寝るね」

リバティはそう言うと、小説と一緒に掛け布団の下に姿を消した。ぼんやり光る懐中電灯の明かりがなければ何も見えず、たまに聞こえるページをめくる音以外は何も聞こえなかった。しばらくすると、その明かりも消え、雑居房はまた暗闇に包まれた。

刑務所で眠れる人がいるなんて、わたしには理解できなかった。物音が絶え間なく聞こえていたが、なんの音かわかる音もあれば、ずっとわからないままの音もあった。そのすべてが怖かった。こんな恐怖ははじめてだった。暗闇は怖い。目に見えないものは。ようやく自分の身に起きたことを実感してきたような気がした。リバティがいてくれるのが唯一の救いだ。彼女を起こしたい衝動に駆られた。リバティがいてくれないと、ここはうるさすぎて、その音をかき消すことができない。心の中で思いがぶつかり合っているのと同じく、恐怖が全身を駆けめぐっているようだった。おかげで、まともに考えることができない。この状況から抜け出す方法もわからなければ、どうしてこんなところに行きついたのか、その理由もわからなかった。

この二十四時間のあいだに、わたしは犬を、唯一の友達を、仕事を、家を失い、そして自由まで失うことになった。どうしたらこんなひどい状況に追い込まれるのか、理解するのはむずかしかった。四十八時間前は、順調に暮らしていたのに。そのときはわからなかったけれど、わたしの人生は実際に申し分なかった。自分の身は安全だったし、住む家もちゃんとあった。さっきみたいに他人に夕食を分けてもらう必要はなく、食べ物を買うお金もちゃんとあった。人生が悪いほうへ転がってはじめて、人は自分がいい人生を送っていたと気がつくのかもしれない。

　耳が解釈できない音がまた聞こえた。金属が金属に当たるような音。穴に鍵を挿し込んでいる音？　ドアのほうに目を向けたが、そこには何もなく、闇が広がっているだけだった。目を閉じてもう一度眠ろうとしたが、無理だった。幸せな頃の記憶の中に隠れる。目のまえの現実から目をそらさせてくれるものであればなんでもよかった。もうすぐわたしの誕生日だ。その頃もまだわたしはここにいるのだろうか。

　母親は誕生日を大事にしていた。よく船を輪飾りと風船で飾り、大量のプレゼントを買ってくれたものだ。毎年、年の数と同じ数のプレゼントをくれていたので、去年はかわいい紙に包まれ、そのうえでリボンをつけられた贈り物が十八個もあった。準備にはひどく時間がかかったにちがいない。ひとつひとつに多くの思いが込められていた――大きいのもあれば小さいのもあったが、どれも完璧だった。母親ほどわたしをわかってくれている人はいない。それぞれのプレゼントには番号のシールが貼られていて、開ける順番が示されていたが、少しひねりも加えられていた。四歳のときは、四つプレゼントがあったが、シールには一、二、三、五と書かれていた。四番のプレゼントはなかったが、これは、母親が四を不吉な数字と考えているせいだった。

「頭がおかしいと思うかもしれないけど……」よく母はそう言っていた。正直に言うと、わたしもときどきそんなふうに感じた。「でも、中国の人はみんなわたしの考えに賛成してくれるはずよ。四という数字は不吉なの。死を意味するから。だから、中国のエレベーターには四階がないのよ」

中国には行ったことがない。それは母親にしても同じだったが、母親は数字を重要視していた。

十八歳の誕生日、プレゼントを開けるとき、紙が破れないよう慎重に開けたが、中身を早く見たくてしかたがなかった。本や服、新しい切り絵用のナイフ、きれいなイヤリングなどが入っていたが、一番ほしかったものはそこになかった。

「約束したくせに」とわたしは言った。ふたりきりのわたしの家庭では、約束とは契約のようなものだった。

母親はうなずき、悲しそうな顔をした。今でもその顔が目に浮かぶ。わたしがなんの話をしているのか、知らないふりをされなくてよかったと思った記憶もある。母は、わたしが十八歳になったら出生証明書を見せてくれると約束していたのだ。父親についての真実を知る機会を、わたしはすでに何年も待っていた。

「ごめん」と母は言った。「でも、無理なの」

そのとき感じた怒りはとてつもなく激しかった。というのも、母は最初からわたしに出生証明書を見せる気などなく、明らかに嘘をついていたからだ。続いてお互いに何を言ったか、わたしは一言一句覚えていた。母親もきっと同じだろう。それがお互いに交わした最後の会話だった。

「パパがだれかなんてどうでもいい。わたしは会いたいとも思わないから――そばにいてくれないなんて、ちっともわたしを気にかけてくれてないし、興味もまったくなさそうだし。わたしはただ、パパの名前が知りたいんだよ。自分のルーツが知りたいの。どうしてそれをわかってくれないの？　出生証明書を見せてくれるって約束したじゃない」

「わかってる。ごめん」と母は言った。目に涙を溜めてこっちを見ていた。「でも、無理なの」

「無理じゃなくて、見せる気がないんでしょ」

「お願い。今日という日を台無しにするのはやめましょう。今日のところは誕生日を祝って、その話は明日にしない？」

「嫌だ。だってママは絶対にその話をしたがらないもん。家系図サイトで調べてみたんだけど、わたしたちの情報は何ひとつ載ってなかった。まるでわたしたちが存在してないみたい――」

「えっ？　何をしたって？」

「存在してないみたいだったから、役所へ行って、パスポートを取りたいので出生証明書のコピーがほしいんですって係の人に相談した。係の人はわたしをパソコンのまえに座らせて、やり方を教えてくれた。で、どうなったと思う？　わたしはそこにも存在してなかったの。このイギリスにはこの年のネリー・フレッチャーという人の出生証明書はなかったわけ。じゃあ、わたしはだれなの？　そもそもママはわたしのママ？」そう言うと、母は大泣きしていた。何日も考えていたひどいことばが口から出てきて、止めようにも止められなかった。「わたしたち、とくに似てるわけでもないしね。考え方もちがう。共通点がひとつもないもん」

「いいえ、あるわ」母は小さな声でそう言った。「同じ緑色の目をしてるじゃない。みんなに言われるでしょ」打ちひしがれた声だった。母は細長い船の中を行ったり来たりしはじめた。心を落ち着かせるために歩数を数えているのはわかった。自分と手をつながなきゃいけないみたいに、両手で自分の手首を握っていた。

「ほんとうはだれなの、わたし?」とわたしは訊いたが、答えを聞くのが怖かった。「幼い頃はどうしていつも引っ越しばかりしてたの? わたしはもう子供じゃない。ほんとうのことを言ってよ」

「それにはわけが……」

「じゃあ、説明して」

「辛抱強く聞いてね」

「辛抱強く(ペイシエント)って、今までずっとわたしはそうしてきたじゃない。いっそのこと名前にすればいいね——ペイシェンスって」

「知ってると思うけど、ママは母親になったとき、ものすごく若かったの。今のあなたと同じで、ほんの十八歳だった——」

「わたしはどこで生まれたの? どの病院?」とわたしは口を挟んだ。母が答えなかったとき、この数ヵ月心を支配していた恐怖がまた顔を出した。「ママはほんとうにわたしのママなの? さっき答えなかったよね」

「もちろん、あなたのママよ。あなたのために料理をしたりベッドを整えたり誕生日にプレゼントを買ったりする人はほかに——」

「今日がほんとうの誕生日だとすればね」母の顔に浮かんだ表情を見て、わたしは気分が悪くなった。母はこっちに一歩近づいてきたが、わたしは一歩下がった。「嘘でしょ？　誕生日さえ、ほんとは今日じゃないっていうの？　何がどうなってるわけ？　意味がわからない！」

「いいから落ち着いて」

「ママはわたしを産んだ？」

母の顔がこんなに怯えているのは見たことがなかった。頭の先から足の先まで震えている。

「お願いだから少し話を――」

「ママはわたしを産んだ？」わたしは怒鳴った。

長いことお互いに見つめ合ったあと、母は口を開いた。

「いいえ」

脚の力が抜けるのを感じた。「わたしはだれなの？」そう訊く声はささやき声になっていた。

「あなたはわたしの娘よ」と母は答えた。頬を涙が伝っていた。

「でも、そうじゃないんでしょ？　わたしはだれなの？」

それでも、母は答えなかった。ただ泣くだけで、そのあと自分の部屋へ行った。

だから、わたしも自分の部屋へ行き、リュックに荷物を詰めた。そして、キッチンの隠し場所から黒と金の日本製の茶缶を取って、中に入っていた金を出した。缶を取る音が聞こえていたとしても、母は何も言わず、部屋からも出てこなかった。船の外に出る音が聞こえていたとしても、母はわたしを止めようとしなかった。わたしは泣きながら駅まで歩いた。追いかけてきてくれないかとひそかに願っていたが、母はそれもしなかった。

それ以来、母とは会ってもいないし口も利いていない。母は少なくとも週に一度電話やメールを寄越してきていたが、わたしは一度もそれに応じなかった。

わたしのほんとうの両親について真実を語る気になるまでは、母とは関わりたくないとずっと思っていた。母のことを恋しく思わなかった日はない。けれども、今は母が必要だった。母にもう一度わたしのママになってもらいたい。もしほんとうはそうじゃないとしても。わたしにはほかにだれもいなかった。

まばたきして暗闇を見た。暗い刑務所の雑居房の中を見まわしたが、闇以外は何も見えなかった。どうか眠りが訪れてくれますようにと思ってもう一度目を閉じてみたが、うまくいかなかった。かわりに涙が込みあげてきた。母のことを思った。次に、エディスとエディスの娘のことを考えた。クリオ・ケネディは、画廊の上の屋根裏部屋では一度も会ったことがないふりをしていたが、ほんとうはわたしのことを知っていた。そして、黙っているようにとメールで伝えてきたから、わたしはそうした。わたしと彼女のどっちの言い分を信じるかという話になるので、警察にはクリオのことは話していない。わたしの話など信じてもらえないだろう。信じてもらえるわけがない。警察はすでにわたしが嘘つきだと知っているのだから。わたしがほんとうの名前を言おうとしなかったとき、あの刑事はひどく腹を立てていたではないか。

言えないということを理解していないのだ。だって、わたしにもほんとうの名前はわからないのだから。

エディス

ノッティングヒルの娘の家に今度こそきっぱり別れを告げる準備をしながら、エディスは泣いていた。これからしなければならないことのせいではなく、置いていかなければならないもののせいだ。家を出るまえに、自分用に紅茶を淹れてトーストを焼いた——娘のヴィーガン用のパンと〝植物由来〟のバターは、本物の味とほとんど変わらなかった。何を告白するにしろ、空腹ではその場に臨めない。だれも起こさないよう、できるだけ静かに玄関のドアを閉めようとした。夜間運行のバスの中でも泣きつづけたものの、コベント・ガーデンの警察署の入口まで歩いていくときにはようやく泣きやんだ。暗がりで足元に注意を向けなければならなかったせいもあるが、警察官と話をするまえに心を落ち着かせたいというのが一番の理由だった。そうしたほうがいいことはずっと昔に学んでいた。足元を見ると、スリッパを履いたままだった。これではまちがいなく頭のおかしなおばあさんと思われてしまうだろう。もしかしたら実際にわたしはそうなのかもしれない。人生を歩んでくる中でそうさせられてしまったのか。

「チャップマン刑事にお会いしたいのですが」エディスは机のまえで背中を丸めている男に声

をかけた。

「おっと。チャップマン刑事ときたら、今日はひっぱりだこだ」と男は言い、腕時計を見た。「まだ夜中だということにはお気づきですか？」

「真実を知るのにちょうどいい時間というのはあるものよ」とエディスは言った。「ちょっと急ぎの件なんだけど」

「ほんとですか？」

「ええ、そう思います。職業柄、あなたもきっと同意なさるんじゃないかしら。というのも、深刻な誤認逮捕があったもので」

男は、エディスが手を添えたピンクのスーツケースにあごをしゃくった。「どこかへお出かけですかな？」

エディスは肩をすくめた。「刑務所、かしら」

男は机越しにこっちを見て、スリッパに目をやった。「こんな時間にほんとうにひとりで外出しなきゃならない用事でもあるんです？」

「あなたこそ、ほんとうに自分に合った仕事に就いてるの？　さっき言ったことは聞こえなかったかしら？」

「なんでおれのシフトを狙って変人ばかり来るんだ？」男はぼそっとそう言った。

「今なんて？」

男は机の上のパソコンに向き直った。「まずは、お名前から教えてくれますかと言ったんです」

「エディス・エリオットです。死んだ女性の名前はジョイ。どちらかというと哀れな人でしたけど」

「死を迎えると、みんなそう見えるものです。ここで働いててもそうなりますが」

「そして、無実の女の子の名前がペイシェンス」

「おれにも今夜忍耐力（ペイシェンス）があればなあ」

警官は文字を入力するのをやめていた。今や慣れっこになった哀れみの視線をこっちに向けている。年寄りはどうしようもないとでも思っているのだろう。でも、今度ばかりはエディスも黙っているつもりはなかった。正しいことをするのだ。いつも周りには、見くびられるか買いかぶられるかのどちらかだった。それでうまくいくこともあったが、たいていはマイナスに働いた。わたしに何ができるか、ほんとうにわかっているのはわたししかいない。

それと、はるか昔に会った、怯えた女の子。

心がさまよいはじめ、エディスは一瞬、自分がどこにいるのか忘れた。

「だれかお電話できる方はいますか?」と警官に優しく訊かれ、エディスははっとわれに返った。

「ええ、チャップマン刑事を呼んでください。もしくは、もう少し耳の遠くない方であればだれでもいいんですけど」

「いいですか、よく聞いて――」

「いいえ、聞くのはそっちよ、この鼻たれ小僧。殺人事件があって――場所は〈ウィンザー・ケアホーム〉よ――あんたたち、ばかな役立たずは、無実の人間を逮捕したの」

警官は椅子にふんぞり返って腕を組んだ。「で、どうしてその人が無実だとわかるんです?」

「だれが何をしたか、わたしは知ってるからよ。その場にいたの」

フランキー

警察署に入っていく高齢の女には見覚えがあったが――あの顔は忘れるわけがない――こんなところであの女が何をしているのか、あるいは、パズルのピースがどうはまるのかは、さっぱりわからなかった。エディス・エリオットとは、昨日ケアホームで話そうとした。自分が彼女をどう思っているか、はっきり言おうとしたのだが――これが最後のチャンスになると思って――あの薄気味悪い所長のせいで、その計画は台無しになってしまった。

「どちらさまですか?」とジョイは訊いてきた。廊下に立ってフランキーの行く手を阻んでいた。

「母の日で、ある人に会いにきたのですが」とフランキーは答えた。

「面会者はみなさん、面会者名簿にサインしていただくことになっているんですよ」ジョイはそう言って、ペンと一緒に面会者名簿を渡してきた。フランキーは躊躇したあと、いくつか情報を書き込んでジョイに名簿を返した。抜け目のなさそうなジョイの目がページを確認しているあいだ、フランキーは自分の頰が真っ赤になるのを感じた。ジョイは確認すると、したり顔で笑みを浮かべた。険しい顔がさらに魅力を失っていた。

「クリオ・ケネディ？」

「そうですが」とフランキーは答えた。

「あなたはクリオ・ケネディではないですよね。わたしはこのケアホームの所長です。たった今、わたしのオフィスで十三号室の娘のクリオ・ケネディと話してきたところなんです。十三号室のひとり娘と。それから、変な女がみんなに妙な質問をしてまわっていると、入居者から聞いていたんです。あなたのことですよね。で、ほんとうは何者なんです、あなた？」フランキーは答えなかった。「〈ウィンザー・ケアホーム〉ではセキュリティーをとても大事にしています」ジョイは疑うように目を細めた。「もし当局の査察だと言うなら、少なくとも四十八時間前までに告知しなければならないことはご存知ですよね。もしそうでないなら、さっさと出ていってくれますか。警察を呼ぶはめになりますよ」

靴についた犬の糞みたいな扱いをされるのはもううんざりだった。フランキーの中で何かがはじけた。

「あんたなんか死ねば？」そう言って、フランキーはその場をあとにした。

しばらくして戻ると、ジョイは死んでいた。

フランキーはボタンを何回も押してエレベーターを呼んだ。ようやくエレベーターが四階から降りてくると、生気のないジョイの体がどっかり座り、首には〝故障中〟の札がかけられていた。どうりで中国には四階がないわけだ。四という数字はほんとうに死を意味するらしい。フランキーはエレベーターの扉を閉めると、だれかに見られるまえにその場をあとにした。エディスに言いたいことを言う暇もなかった。

復讐は甘美だ、時間をかけたほうが味わい深いと人は言うが、フランキーとしては、料理は熱いうちに食べてその瞬間を味わいたかった。エディスとクリオとジュードに当然の報いを受けさせるのが遅すぎたのだ。おかげで、一家そろって娘の失踪になんらかの形で関わらせてしまった。ピンクの家の女を見くびったのはまちがいだった。時間を無駄にしてしまった自分が腹立たしくてしかたがなかった。疑わしきは罰せずと言うが、罰せずにいたところで、だれかの得になることはめったにない。フランキーは選択を誤った――それが真実だ。とはいえ、正しいかまちがっているかの選択は必ずしも、一部の人が考えるほど境界線がはっきりしているわけではない。

フランキーは、ノッティングヒルに続く道を車で走りながら、すれちがう車の数を数えていた。おかげで、少しは冷静さを保つことができた。もう遅い時間にもかかわらず、驚くほど交通量が多かった。閉まった地下鉄の駅の近くで若いカップルがキスをしているのが見えた。一方で、店の入口に段ボールを広げて眠っているホームレスもけっこういた。幸せな生活が続く人もいれば、生活自体が破綻(はたん)している人もいるというのが、フランキーには昔から興味深かった。運なのか。運命？　天の定め？　ただその人が居合わせた場所とタイミングがよかったか悪かったかの話なのかもしれない。フランキーは、自分がまちがった場所にいるまちがった人間だと感じることが多かった。だから、何事もうまくいかないのかもしれない。一種の自己暗示だ。ひとつ学んだのは、幸せな瞬間は必ず祝ったほうがいいということだった。喜びは借り物でしかなく、貸してくれたのと同じくらい速いスピードで取りあげられてしまう。楽しい時間は、つまらなくなるまえに楽しむのが一番だ。

フランキーは、通りの端に車を停めた。ピンクの家からできるだけ離れてはいるが、かろうじて見える場所だ。車に座ったままピンクの家を眺め、ここに住む女に対する積年の憎しみを片っ端から振り返った。キャンピングカーの中を見まわし、武器として使えそうなものはないか確認する。車から降りようとしたちょうどそのとき、道を渡る何かが目に留まった。最初は犬かと思ったが、そうではなかった。キツネだ。しっぽの先が白いクロギツネ。クロギツネを見るのははじめてだったが、以前本で読んだことがあり、クロギツネを見るのは不吉な前兆とされていることを知っていた。こういう前兆をフランキーはものすごく大事にしていた。

続いて、別のものが見えた。

ピンクの家のドアが少し開いていたのだ。

建物を見上げると、家全体が暗闇に包まれていたが、二階のひと部屋だけ懐中電灯の明かりのようなものが光っているのが見えた。カーテンの向こうで動く人影が見える。ピンクの家の女はひとり暮らしだ。あらゆる情報を知っているフランキーは、そのことももちろん把握していた。クリオがフランキーについて知っているよりはるかに多くの情報をフランキーは握っている。キャンピングカーから降りると、できるだけすばやく道を渡って、開いた玄関のドアのまえに立ち、耳を澄ました。

クロギツネを見て動揺した自分の勘は正しかったらしい。あれは、不吉な前兆だったのだ。

家の中で何かが割れる音がした。

そして、甲高い叫び声が聞こえた。

クリオ

クリオは、真夜中に外から車の音が聞こえて目を覚ました。今住んでいるひっそりしたこの界隈は普段から静かなのだが、何年もまえから寝るときは耳栓をつけていた。娘がいなくなってからだ。耳栓がないと、夜中に赤ちゃんの泣き声が聞こえるような気がしてならなかった。神経がぴりぴりしているのは、前日のストレスのせいかもしれない。あるいは、母親と同じ屋根の下では眠れないだけか。しかし、今夜は耳栓が役に立っていなかった。人生はやかましすぎる。

何かに窓辺へと引き寄せられ、さっき聞こえた音も気のせいではなかったのだと気づかされた。通りの端でヘッドライトがふたつ光っていた。キャンピングカーのような車の横で何かが動くのが見え、クリオはカーテンのうしろに隠れた。しかし、それは人ではなくキツネだった。しっぽの先が白いクロギツネだ。呆然と立ちすくんで見ていると、クロギツネは道を移動し、クリオの家の玄関のまえで足を止めた。街灯に照らされ、こっちを見上げているように見える。

これは夢だろうか?

そのとき、別の音が聞こえた。階下で物音がする。クロギツネにもその音は聞こえたらしく、クロギツネは通りをさっと横切ったかと思うと、共同庭園のほうへ走っていき、最初からそこにいなかったみたいに、黒い門の向こうへ姿を消した。また音が聞こえた。二階からではなんの音か判別するのは困難だったので——くぐもった足音みたいに聞こえる——クリオは寝室を出て調べに向かった。

家の中は真っ暗で、廊下の電気をつけようと手探りで壁のスイッチを探した。しかし、スイッチを押しても反応はなく、もう一度押してみても、明かりはつかなかった。廊下にある化粧台に置かれた金属の電気スタンドをつけようとしたが、それもつかなかった。停電でもあったのだろうか。が、そのとき、階下からまた音が聞こえた。想像力が別の可能性を示唆してくる。悪い可能性だ。とはいえ、昔からクリオは理性が強いタイプで、その恐怖もすぐに消えた。きっと母親が階下にいて、いつものごとく迷惑行為をしているだけだ。

夜中に壊れかけのトースターでトーストでもつくろうとして、ヒューズが飛んだにちがいない。何もめずらしいことではなかった。この古い家の配線はクリオの神経と同じくらいもろいのだ。クリオは携帯のライトをつけると、音も立てずゆっくり階段に向かった。聞き慣れない音があれば聞き逃すまいと耳を澄ましたが、聞こえるのは自分の心臓の音だけだった。母親の寝室のドアをそっと開けると、ベッドで眠っている人のような形が見えた。ということは、階下にいるのはエディスではないらしい。

恐怖がぶり返した。クリオは普段、危険を承知しながら、家の裏手の勝手口に鍵を挿しっぱなしにしていることが多かった。そうでもしないと、鍵をよく失くすからだが、今も自分が昨夜引き出しの中にちゃんと鍵をしまったかどうか思い出せなかった。と、階下で何かが割れるような音が聞こえ、クリオの恐怖は怒りに変わった。片手で携帯のライトを持ち、もう一方の手で金属の電気スタンドをつかみ——その場しのぎの武器としてはこれくらいしか思いつかなかった——速足で階段を下りた。それにしても、うちの階段は裏切り者だ。踏むたびに板が大きくきしみ、こっちの存在を侵入者に知らせてくれる。が、そんなことは気にしなかった。怒りが恐怖に勝ち、そのおかげでクリオは勇敢になれた——よくもわたしの家に入り込んでくれたわね。侵入したことを後悔させてやるのだ。

一階に着くと、玄関のドアが開いているのが見えた。こんなふうにドアを開けっ放しにしておくことは絶対になかった。寝るまえにはいつもチェーンをかけている。

また音が聞こえた。すぐそこだ。

だれかがクリオのカウンセリングルームにいるようだ。

クリオは手を震わせながら、忍び足でその部屋へ向かった。勇気と恐怖が交錯し、カウンセリングルームに向かって背中を押されてはまた引き戻された。が、ついに怒りがその両方に勝った。

ドアを勢いよく開けて中に入った。どうやら気のせいではなかったらしい。

何者かがそこにいた。クリオの椅子に座っている。

その正体がわかると、クリオは躊躇しなかった。叫び声を上げ、そっちに駆け出した。

エディス

ずいぶん若い刑事だとエディスは思った。髪は一部がピンクで、耳にはピアスもつけている。

「ほんとうにあなたが刑事?」とエディスは訊いた。

「よくそう訊かれます」とその若い女は答えた。エディスと向かい側の席に座り、ばかみたいに大きなテイクアウト用のコーヒーを口に運んでいる。エディスには希望どおり〝ちゃんとした紅茶〟を淹れてくれていた。「わたしがほんとうにシャーロット・チャップマン警部です。こう見えてもけっこう年をくっているんですよ。あいにくカスタードクリームビスケットは切らしていまして。すみませんね」

「ここはテントウムシちゃんがいたのと同じ部屋?」エディスは白い壁を見つめた。絵でも飾ればもっと明るくなるのに。

「ペイシェンス・リデルのことでしたら、答えはイエスです」

「あの子は無実よ」

「らしいですね。さっき電話で起こされたときにそう聞きました。巡査部長が言うには、あなたはペイシェンス・リデルの無実を確信していると。こちらとしては、そちらに強くお勧めされて真夜中に出勤させられたわけですから、事件の解決に少しでもご協力いただけたらと思います」

「喜んで協力するわ」とエディスは言った。

「ケアホームの所長が殺されたこと、どうしてご存知なんですか?」

「あら、秘密にしようと思ってたの? あの女は、首から故障中の札を下げて死んでるところがエレベーターの中から見つかった。そういうニュースはすぐに広まるものよ」

「どうしてケアホームを出ていかれたんです?」

「あなた、ああいうところで暮らしたことはある? もしそうなら、わたしがあそこを出た理由もわかるんじゃないかしら」

「言い換えます。どうして所長が死んだのと同じ日にあそこを出ていかれたんですか?」

「あなたは偶然を信じる?」

「いいえ」

「賢いわ。いつかいい刑事になるでしょうね」

「わたしはもう刑事な――」

「でも、いい刑事ではないでしょ。今のところはまだ。こんなこと言うと嫌われるかもしれないけど、経験してはじめてわかることってあるものよ。わたしはただの万引きの監視員（ストア・ディテクティブ）だったけど、人を見る目は鍛えられたわ。わたしたちみんながつけている仮面の下のほんとうの顔が見えるようになった。ところで、娘から聞いたんだけど、この事件の容疑者は三人いると考えてるんですってね。娘もそのひとりらしいじゃない」

「そうです」

「そんなばかな話があるものですか。でも、きっと経験と常識がないせいね。だれだってまちがいはあるわ。そうやって学んでいくものよ。自分がどれほどまちがってたか、あとで気づいても、あまり自分を責めないようにね」

「ありがとうございます。気をつけます。昨日まで数ヵ月会いも話しもしていなかった娘さんのことですか？　あなたが行方不明だと娘さんは思っていらっしゃいました。その話だと、再会されたようですね」

「何ヵ月もお互いを無視することがわたしたちにはよくあるのよ」

刑事はうなずき、タンクのような巨大な容器からまたコーヒーを飲んだ。「母娘の関係はときに複雑――」

「何が複雑なのか、わたしにはわからないわ。わたしたちはただお互いが好きじゃないだけ」

「そうなんですね。わたしったら早とちりを……で、どうして娘さんは昨日ケアホームにいたんですか？」

エディスは肩をすくめた。「昨日は母の日だったでしょ。罪の意識と怒りが入り混じったような気持ちになったんじゃないかしら。あの子にとってはずっとむずかしい日だったのよ」

「母の日がですか？」

「そう言ったでしょ。耳が遠いの？」

チャップマン警部は頬を膨らませ、大きな音を立てて口から息を吐き出した。親指と人差し指で鼻梁（びりょう）をつまんでいる。爪が全部ちがう色で塗られていた。「どうして母の日は娘さんにとってむずかしい日なんでしょう？」と刑事は訊いてきた。

「ずっとましな質問になったわね。あなたもまだ望みがあるわ。母の日は、一連の出来事がつながる日なの。というのも、その日は赤ちゃんが連れ去られた日だから」

「赤ちゃん？」

「あなたたち警察はその後、何もしていないその赤ちゃんを逮捕した。ねえ、ほんとうにそんな髪のままここで働いていいの？　そんな悪ふざけ、わたしの時代には許されなかったわよ」

エディスがそう言うと、刑事は肘をテーブルの上に置いて両手で頭を抱えた。「あなたたちの世代ときたら……」とエディスは続けた。「わたしに言わせれば、若い人の問題はたくさんあるけど、そのうちのひとつは、話の聞き方を忘れてしまったことね。目の使い方はちゃんとわかってるくせに。一日中画面とにらめっこしてるでしょ。でも、耳は全然使ってない。あれはわたしのせいだったの」

「何がですか？」

「何もかもよ」

チャップマン警部は両手を合わせた。人差し指だけはずして指を組み合わせているせいで、銃の形をつくっているみたいに見えた。「つまり、ケアホームで殺人事件が起きたのもあなたのせいだということですか？」

「まさか！　でも、そのほかのことは全部わたしのせい。赤ちゃんが連れ去られて数ヵ月後、クリオの夫は地元の教会でお葬式をしようと言い出したの。とくに信心深い夫婦でもなかったのに。まえに進むために、なんらかの区切りが必要だと娘の夫は言ってたわ——クリオには、まえに進むなんて無理なのにね。そして、そのあとすぐ彼は娘のもとを去った。だから、彼にとっては、確かにまえに進むきっかけになったんでしょう。現に、遠い場所に引っ越して、新しい生活を始めたもの。あの日は、教会に集まってみんなで見守った。小さな空っぽの白い棺が土の下に埋められるのをね。でも、赤ちゃんは死んでいなかった」

刑事は、外国語でも話している人を見るような目つきでこっちを見ていた。

「ミセス・エリオット、よかったら一緒に〈ウィンザー・ケアホーム〉へ帰りま——」

「ばかを言うのはおよし。あんなところ、二度と戻らないわ！」あまりに勢いよく立ちあがったせいで椅子がひっくり返った。「わたしはケアホームにいるような年寄りとはちがうの！」

「それなら、娘さんに電話させてください」

「あんな子、まったく役に立たないわ。あの子を呼ぶなら、妖精でも呼んだほうがましよ。あなたと話してると、つくづくれんがの壁と話してるような気がしてくる。れんがの壁のほうがまだ面白いんじゃないかしら。ねえ、意味のわからないことをぺちゃくちゃしゃべるのが得意なの？　それとも、わけのわからない話しかできない？　すぐ目のまえにあるものがどうして見えないのよ？　ジョイ・ボネッタを殺したいと思う人なら列をなしてたでしょうよ。それなのに、一番明白な解決法って、めったに認めてもらえないのよね」

「失礼ながら、その考えには同意しかねます」

「失礼ながら、あなたがどう思おうと関係ないわ。あなたみたいな無能でだめな刑事のせいで、殺人を犯した犯人がのうのうと生きてるの。ケアホームに以前、メイという名前の友人がいたんだけど、彼女は殺されたわ。それなのに、だれも何もしてくれなかった」

刑事は身を乗り出してきた。「続きを聞かせてください」

「メイは確かに少し抜けてるところがあったけど――ときどき頭が混乱したり、飼い犬のコーギーを探してるなんて変なことを言ったりする癖があったけど――美しい心の持ち主だった。推理ゲームのクルードやトランプのジンラミーで彼女が負けるなんてありえなかったわ。わたしたちは友達だったの」

「いい話ですね。でも、それとこれとどういう関係が？」

「あなたが口を挟むのをやめたらちゃんと説明するわ。メイは刑事だったんだけど――あなたと同じよ――でも、もっと年も上で賢くていい刑事だった。彼女は、ケアホームにいる何者かが入居者の親族と結託して、入居者を殺してると考えてたの。入居料が払えない親族や、遺産を早く受け取りたがってる親族がいた場合にね。パターンがあるって言ってたわ。メイとしては、今度孫娘が来たときにその話を伝えるつもりだったんだけど、数日後に亡くなってしまった。自分が知ってることをだれかに話す暇もなくね。ジョイを殺した犯人がだれであれ、そうするにはもっともな理由があったんじゃないかしら」

チャップマン警部はしばらくのあいだこっちを見ていた。「メイのお孫さんのことはご存知ですか?」と刑事に訊かれ、エディスは首を横に振った。「メイの名字は?」

「知らないわ。聞いたことがないような気がする。みんなメイおばさんって呼んでただけだったから」

チャップマン刑事はもうひと口コーヒーを飲もうとしたが、巨大な容器は空だった。「興味深い説ですね。だけど、証拠が――」

「もし証拠があったとしたら? もしケアホームで入居者たちが早すぎる死を迎えてる件にジョイが関わっていて、ついに天罰が下ったのだとしたら? 正義というのは本来、悪い人からいい人を守るためにあるものじゃないの?」

「座ってください。そんなふうに興奮したら――」

「わたしは何が起きたか、この目で見たの。テントウムシちゃんはジョイを殺してなんかないわ!」

「それなら、だれが殺したのか教えてください」

フランキー

フランキーは、覚悟を決めてピンクの家の中に入った。さっきのは空耳ではなく本物の叫び声だった。昨日いたカウンセリングルームのほうからだったような気がする。切り絵を持ち去ったあの部屋。だれかが困ったことになっていると知りながらここから立ち去るとすれば、そんな最低な人間もいない。たとえそのだれかが自分の憎んでいる相手だったとしても。

「なんでここにいるのよ！」閉じたドアの向こうでピンクの家の女が怒鳴っていた。女を助けなければという衝動に駆られた。廊下は真っ暗だったので、手探りで進まなければならなかった。

「武器を持ってるわ。容赦なく使うから」フランキーはそう言いながら、薄暗い部屋に飛び込んだ。

クリオはくるりとこっちを向き、携帯のライトをフランキーの顔に向けた。

フランキーはそっちを見て状況を把握した。

ターコイズブルーの肘掛け椅子に犬が座っていた。クリオはもう一方の手に金属の電気スタンドを持ち、フランキーの手に握られたものをじっと見ている。

「それでわたしを死ぬまで磨くつもり?」つや出し剤の缶に目を向けたまま、クリオはそう言った。「ああもういい加減にして。我慢の限界よ。こんなふざけたこと、もう耐えられない。警察を呼ぶわ」

「だめ! それだけはやめて」フランキーはつや出し剤を手から落とし、クリオに撃たれることを恐れるみたいに両手を上げた。「ドアが開いてたんです。叫び声が聞こえたから――」

「それで? 勝手に入ってもいいと思った? こんな真夜中にこんなところで何をしてるわけ? またこの家から絵を盗もうと思って戻ってきたんだとしたら、残念ね。絵はひとつもないわ。患者がストーカーっぽくなった経験はまえにもあるけど、まともにカウンセリングもしないうちからこんなふうになったのははじめてよ。あなた、だれなの?」とクリオは言った。「昨日の話はひとつも信じてないから。真夜中にどうしてうちを見てたわけ? ほんとは何者なのよ?」

フランキーは息ができないような気がした。

壁が四つ、窓が三つ、椅子がふたつ、ピンクの家の女がひとり。

クリオを見て、そのあと、ターコイズブルーの椅子に座った犬に目をやった。犬は首をかしげてこっちを見返していた。玄関からこの部屋までは十八歩だった。このまうしろを向いて走り出せば、二分もかからず車にたどりつけるだろう。けれども、真夜中にここへ来たのは娘を探すためだった。ほかのことはどうでもいい。

「話があるんです」とフランキーは言った。

「なら、予約を取ってください。それか、もっといいのは別のセラピストを探すことね」

「あなたじゃないとだめなんです」

「どうして？　どうしてわたしじゃないといけないの？」

「伝えなきゃいけないことがあって」

「なんの話か知らないけど、そんなの知りたくもないわ」

「いいえ、興味を引く話だと思います。もしそうじゃないとしても、やっぱり伝えないといけないかと」

「じゃあ、言いたいことがあるならなんでも言って。それが終わったら、さっさと出ていってよ」

フランキーはクリオを見つめた。しばらくすると、目を閉じて数を数えはじめた。

壁が四つ、窓が三つ、椅子がふたつ、犬が一匹、ピンクの家の女がひとり。

「赤ちゃんを連れ去ったのはわたしです」

クリオ

クリオはフランキーを見つめた。「今なんて？」

「二十年前、スーパーマーケットであなたの赤ちゃんを連れ去ったのはわたしです」女はささやくような声でそう言ったあと、床に視線を落とした。暗い部屋でクリオの携帯のライトから目を覆っているのもあり、女の顔はよく見えなかった。

女の名前を思い出せたらいいのに。クリオはそう思ったが、患者番号999としてしかこの女のことは記憶になかった。習慣と自衛本能から、無意識のうちに相手を観察していた。びっくりするようなことを患者に言われると、いつもそうしている――相手が次に何を言うか、様子を見るのだ。そうすることで、相手がほんとうのことを言っているのか、ただの妄想なのか、それとも注目してもらいたくて作り話をしているのかを見分けることができた。

「別に、謝るためにここに来たわけじゃありません」患者番号999は反抗心をのぞかせてそう言った。はじめて見せる顔だった。「赤ちゃんを奪ったことは後悔していません。これからもずっとそれは変わらないです」

「ほんとに警察を呼ぶわ」

女はクリオの手から携帯を奪い取った。「だめです、やめてください。座って話をしましょう。昨日そうしておけばよかったんです。いや、もっとずっとまえにそうしておけば」クリオは部屋から出ようとしたが、女に道を塞がれた。「十分。十分で終わらせます。話が終わって、それでもわたしに帰ってほしいということなら、そうします。約束しますから」

クリオはこの状況と患者番号999の本心を見極めようとした。次の行動を決断するまえに、電気が復旧した。おかげで、明かりと自信を取り戻せた。むずかしい計算問題を解こうとするかのように女をしばらく観察したところ、女がどういう人間か、はっきり見えてきた。

「どうせわたしのことを調べたんでしょ。古い記事でも読んで、どういうわけだか知らないけど、わたしの行方不明になってる子供のことで何か知ってるふりをしてここへ来たのよね。あれからずいぶん経つけど、あの子が連れ去られてから何年ものあいだに、いったいどれくらいの人が情報を握ってると名乗り出てきたと思う？　みんな報奨金目当てだったわ。もしくは、ただ注目を浴びたかっただけ。あなたみたいな情緒不安定で、妄想に取り憑かれた嘘つきに、わたしの人生はめちゃくちゃにされたのよ」

「わたしは嘘なんかついていません。どうして信じてくれないんです？」

「目的は何？　お金？　高級住宅地に住んでるからってお金があると思ってるなら、見当ちがいだから」

「あなたの助けが必要なんです。でなければ、わたしだってわざわざこんなところに来ていません」

「その点に関してはわたしも同意するわ。あなたには確かに助けが必要ね」

「じゃあ、これはどうですか。あのとき、赤ちゃんはピンクのロンパースを着ていた。あの日はおばあちゃんが赤ちゃんの面倒をみていて、スーパーに連れていった。わたしがベビーカーから赤ちゃんを抱いてそのまま店から出たとき、時刻は十時十分でした。それも覚えてます」

「どれもこれも新聞で読んだだけでしょ。もし真実を語ってるっていうなら、これも知ってる？　夫はわたしたちの小さな娘が連れ去られて半年後にわたしを捨てたの。わたしみたいに壊れた人間のそばにいるのは耐えられないって。わたしを治す方法はないって知ってたのよ。確かにそのとおりだった。あのとき起きたことのせいで、わたしは子供と夫と自分自身をなくした。何もかも失ったの。ほらね、新聞には書いてないことだってあるのよ」

「ごめんなさい」

「帰って」

「あなたに似てます、娘さん。同じ目をしてますね」

「出ていって」

「あの子の居場所を教えてくれませんか?」

クリオは口ごもった。「だれのことを言ってるのか、なんの話をしてるのかさっぱりわからないんだけど!」

患者番号999はバッグの中をごそごそ探りはじめた。クリオは一歩下がった。つや出し剤より危険なものが出てくるかもしれない。

「娘さんの写真です」と女は言って、一枚の写真を見せてきた。

クリオはその写真を見た。「わたしの娘じゃないわ。これはペイシェンスよ」

「ペイシェンス?」

「やっぱり信用ならないと思ったのよ、あの女。ふたりで手を組むなんて、えらく手の込んだ信用詐欺じゃない。まあ、あの子もわたしの母親はだませたかもしれないけど、わたしはだませないわ。今度は何? ゆすり? せいぜい頑張ることね」携帯が鳴りはじめ、クリオはそれを見た。「ちょうどよかった。警察が向こうからかけてきてくれたわ」そう言ったものの、刑事の声を聞いた瞬間、クリオは電話に出たことを後悔した。

「こんな時間にすぐ電話に出てくれるとは思っていませんでした」とチャップマン刑事は言った。「もしかして不眠症気味ですか？　行方不明のお母さまが心配で眠れなかったとか？」

「母ならもう――」

「見つかったけど、また姿を消したようですね。お母さまならここへ来ましたよ。コベント・ガーデンの警察署に」

「えっ？　ほんとうですか？」

「そっくりな双子の姉妹がいるというのでもなければ」

「すみません、はた迷惑な人で。今から連れ戻しに――」

「それはできません。だから、お電話した次第でして。お母さまは、ケアホームの所長を殺したのがだれだか知っているとおっしゃっています……」雲が猛烈な嵐をつくっているみたいに、クリオの頭の中で思いがぶつかっていた。クリオには、刑事の言った最後のことばしか聞こえなかった。「……で、お母さまはそこにいます」

「すみません、どこにいるって？」とクリオは訊いた。

「病院です。さっきも言いましたが、お母さまはひどく興奮して動揺されていました。救急隊は心臓発作だろうと言っていましたが、救急車に運び込まれたとき、意識はありませんでした。お母さまに会いたいなら、今すぐ行かれたほうがいいと思います」

フランキー

「どうしてこんなことになったのか、わけがわからないんだけど」とクリオは言った。キャンピングカーの助手席に座った彼女は、シートベルトをもう十回も確認していた。病院まで車で送るというフランキーの申し出にピンクの家の女が応じたときは、フランキーも同じくらい驚いていていた。

フランキーは肩をすくめた。「でも、この時間はタクシーもなかなかつかまらないですよね」

「病院までの道なら、ちゃんと把握してるから。裏道を通ったり暗い路地に連れ込んだりしようとすれば――」

「別に、危害を加えるつもりなんかありません。わたしはただ力になろうとしてるだけです」とフランキーは言った。

「どうして?」

「お母さまが病院にいるからです」

ふたりともしばらく黙っていた。フランキーは居心地が悪くてしかたなかったが、適切なことばが見つからなかった。

「その赤いスニーカー、かわいいですね」唐突にそう言った。

「えっ?」

「スニーカー。すごくいいと思います」

クリオはまじまじとフランキーを見た。「こんな状況でそんなことを言うなんてすごく変だってこと、気がついてる?」

「ちょっと気をつかっただけです」

「なら、気をつかうのはやめて。わたしだって、好きでこんなところに座ってるわけじゃないのよ。タクシーがつかまらなかっただけだから」

「お礼ならけっこうです」とフランキーは返した。

「よかったら、目的地に着くまでお互いに黙っていない?」

「よかったら、車の運転を覚えたらどうですか?」

フランキーはラジオをつけた。またもや思ったとおりの展開にはならなかった。長年、自分は悪いことをするいい人間だと思っていた。しかし今は、自分自身を疑いはじめていた。悪い人間というのは自分がそうだと気がついていないのでは? もしかしたら、悪人はみんな自分の物語の中ではヒーローなのかもしれない。

クリオは手を伸ばしてラジオのスイッチを切った。「彼女のことを話して」

「彼女って?」

「娘さんのこと」

フランキーは躊躇した。この世で一番愛している人のことをこの世で一番憎んでいる人に話してもいいものかどうか迷った。

「あの子はあなたの娘でもあるんですよ」フランキーは目のまえの道路を見たままそう言った。

「その話を蒸し返すのはやめて」

フランキーは笑みを浮かべた。「わたしの娘は理想の娘ですね。頭がよくて優しくて面白くて……美しい子です。外見も中身も。もうすぐ誕生日で、十九歳になる――」

「あら、あなたも思ったほど綿密には調査してなかったのね。わたしの娘は九月生まれで今度――」

「ほんとうはもう少し年上ですよね、知ってます。赤ちゃんを連れ去ったとき、実際の誕生日はわからなかったので――だってわかるわけがないでしょう?――自分で決めたんです。もうひとつの理由としては、実際より遅く生まれたことにして、十八歳になるのを少しでも遅らせたかったから……子供時代はあっという間に過ぎてしまうでしょ。そう思いません?」

「うちの母は本気で信じてたと思うわ。その子――あなたの娘さん――が自分のいなくなった孫娘だって。だから、ああいうことをしたのよ。あなたたちがしてるのは立派な詐欺よ」

「わたしの娘はだれかをだますような子じゃありません。あなたの存在さえ知らないんですよ」

クリオは笑い声を上げた。「何言ってるの、知ってるわよ」

「どういう意味です?」とフランキーは訊いたが、クリオは無視して、またラジオをつけた。

一分後、フランキーはラジオを消した。「どうしてわたしの言うことを信じてくれないんですか？」

「あなたが嘘をついてるのがわかってるからよ」

「どうしてそう思うんです？」

「まず、わたしの小さな娘は父親に似てブロンドの巻き毛だった。新聞でチェックしなかったなんて驚きね」

「連れ去ったときはブロンドだったけど、三歳頃には茶色くなったんです。ブロンドの赤ちゃんも、成長するにつれて髪が黒っぽくなるって聞いたことはないですか？」

「いいから黙ってて」

「わたしが伝えようとしてることをどうして信じようとしないのか――」

「娘は死んだからよ」クリオは当然のことのようにそう言った。「肌で感じるの。知ってるのよ。ここでね」クリオは自分の胸に手を当てた。「病院は次の角を左よ。救急外来のところで降ろしてくれたら、あとは自分で行けるから」

最後の数分間、ふたりは黙って過ごした。フランキーは正面玄関に車を停めた。「ここで待っていたほうがいいですか？」

「なんのために？」とピンクの家の女は言った。

「ひとりでいるのがなんとなく気の毒で。でも、きっとひとりが好きなんですよね。あの、行くまえに、受け取ってほしいものがあるんです」とフランキーは言った。手を伸ばしてグローブボックスを開けると、封筒を取り出した。

クリオは毒でも入っているのかと疑うような目つきで封筒を見た。「これは?」

「証拠です」

クリオ

かれこれ一時間以上病院にいた。申し訳なさそうな顔をした人でいっぱいの広い待合室に案内されたが、それ以来、だれも話しかけてこなかった。ジュードには五回電話をかけたが、反応はない。というわけで、またひとりきりで母親に対処しているわけだった。椅子はたくさんあったが、クリオは座らなかった。汚そうだし、そこに座っている人も決して魅力的には見えなかったからだ。不潔なものは嫌いだ。人もそう。毎日最後の患者が帰ると、必ずカウンセリングルームを消毒していた。患者の問題に触れていると、汚れた気がするのだ。病院も同じだった。死と絶望のにおいのせいで息をするのがむずかしい。もうこれ以上何も知らない状態には耐えられない——そう思ったクリオは、待合室を行ったり来たりするのをやめ、机の向こうにいた看護師に近づいた。

「エディス・エリオットの娘です」とクリオは言った。すぐさま看護師の表情が和らいだのがわかった。その目は同情心でいっぱいだった。クリオとしては、そんなものは必要ではなく、見たいものでもなかった。

「準備ができ次第、担当医がお母さまのことを話しにきますので」

何が起きているかわからない状態が続くのは耐えられなかった。自分が主導権を握っていない状態は落ち着かない。同情の目を向けてくる看護師にも、自分を待たせっぱなしにする医者にも、いつもやきもきさせられる母親にも我慢ならなかった。今この瞬間のすべての人とあらゆる物事が憎く、何もかも止まってほしかった。何より、こんなふうに感じる自分が憎くてたまらない。幸せや悲しみへ続く人生の地図は自分で描くものだ。地図が完成した状態でこの世に生まれてくる人はいない。わたしたちは自らの運命を自分で決めていく。とはいえ、世間――あるいは母親――から憎むことを教わると、子供は愛し方を忘れるものだ。

長く感じたが、実際はほんの数分だったかもしれない。とはいえ、周りの顔ぶれはすっかり変わったような気がした。しばらくして、医者がようやくドア口に姿を現した。ひょろっとした若い医者で、苦労で体が引き延ばされたみたいな体つきをしていた。自分がここまで待っていたのがこの医者ではないといいけど、とクリオは思った。

「クリオ・ケネディさんですか?」若い男は疑い深げにそう訊いてきた。だれも解き方を知らない謎でも解こうとするような顔つきだった。クリオはすぐに返事をしなかった。この瞬間、強い孤独を感じたが、電話をかけてとなりにいてくれるよう頼む相手はひとりも思いつかなかった。死別の悲しみは、罪悪感と同じく、自分自身にしかわからないものだ。他人と共有することなどできやしない。気分が優れなかった。そもそも何かを感じるということがむずかしかった。それでも、ひょろっとした医者にもう一度名前を呼ばれると、クリオはようやく足を踏み出して、待合室という、ぴったりの名前がついた部屋をあとにした。

医者は疲れた顔をしていた。あまりに忙しくて、人目につかない場所へ移動する暇もないのか、いきなり廊下で話を始めた。もっと思いやりのある伝え方はできないものだろうか。しかし、クリオとしても、かえってそのほうがありがたかった。必要以上に時間は取られたくない。「ほんとうにお気の毒です」話の最後に医者がそう言うのを聞いて、どのくらい頻繁にこのことばを赤の他人に使っているのだろうとクリオは思った。シフトごとに一回？ 一時間に一回？ 「お母さまの記録を確認しました。前回の発作のあと、心臓の薬を処方されていたようですね。薬は飲まれていましたか？」

その声音や、こっちを見る医者の目つきが気に入らなかった。「そうしたほうがいいと、本人はわかっていたはずですけど……どうでしょうか」

「たまにわざと薬を飲まれない患者さんがいらっしゃるんですよね。どうかご自分を責めないでください。娘さんのせいではありませんから」自分のせいだとは、クリオは今に至るまで微塵も思っていなかった。「お会いになりますか？」クリオが何も言わずにいると、医者はそう訊いてきた。ことばが出てこなかったので、クリオはうなずいた。それだけで医者は理解したらしく、廊下を進みはじめた。「われわれも手は尽くしました」こういう瞬間のために病院が用意している静かな部屋へたどりつくと、医者はそう言ってきた。手は尽くしました――そう言われると、いつもその反対に聞こえてしまう。同時にクリオは、親孝行が充分ではないと、みんなに責められているような気がした。ケアホームの従業員にも、警察にも、医者にも。

　最後にもう一度、悪い娘役をまわされてしまった気分だ。

　ひょろっとした医者は背中を丸めてドアを開け、できれば見たくなかった光景を見せてきた。ここまで来てしまったが、クリオは中に入りたくなかった。これ以上一歩も近づきたくない。とはいえ、足は体をまえへ運んでいた。母親の顔を見ると、涙が出てきた。まさか自分がこんな気持ちになるとは。何か感じるものがあるかどうかすらわかっていなかったのに。予想と現実がぴったり合うことはめったにないらしい。

　エディスの肌は灰色がかっていて、目は閉じていた。鼻からチューブが出ていて、体の一部が管で機械とつながっていた。クリオは泣くのをやめたかったが——感情を見せるのは恥ずかしい——涙を止められなかった。医者は、場慣れした気の毒そうな顔でこっちを見て、心のこもっていない慰めのことばをかけてきた。クリオの安堵(あんど)の涙を悲しみの涙と勘ちがいしたらしい。ほんとうのところ、涙の意味はそれだった——安堵と後悔の涙。

「ふたりきりで過ごされてください」と医者は言った。すでにあとずさって部屋から出ようとしている。ここにいてくださいと、もう少しで頼みそうになった。

「残された時間はあとどれくらいですか?」とクリオは訊いた。

「長くはないです。はっきりどれくらいと申しあげることはできませんが、あえて言うなら数時間でしょうね」また勝手に涙が出てきた。「意識はありませんが、まだ声は聞こえる可能性があります。何かお伝えしたいことがあるようでしたら、今からでも遅くはないと思いますよ」医者にそう言われ、どういう意味だろうと、クリオは思った。人間だれしも生きているうちに親に伝えておけばよかったと思うことがあるものなのかもしれない。

　クリオは医者に礼を言い、医者が部屋の外に出るのを待って涙を拭いた。外はもう日が昇りはじめていた。新しい一日の始まりだ。母親にとってはおそらく最後の日。クリオは携帯を取り出してもう一度弟に電話をかけた。呼び出し音が鳴るごとに、苛立ちが募っていく。今回はメッセージを残した。もう二度と電話はするまい。ベッドに横たわっているエディスはひどく年老いて見えた。ものすごく小さくて、無力で、もろそうに見える。昔の強くて恐ろしい女の面影はほとんどなかった。クリオは、ベッドからできるだけ近い場所に立った。まだ声が届くことを祈って、耳元でささやける距離までかがみ込む。

「警察に何を話してくれたのよ、このまぬけなばあさん？」

ペイシェンス

　目を開けて、ぱっと起きあがった。見慣れない景色を見て、自分がどこにいるのか思い出した。

「一日の始まりだよ。そっちは大丈夫？」向こうのベッドからリバティが声をかけてきた。「刑務所初日を無事切り抜けられたね。おめでとう！」わたしはまばたきをして明るい光に目を慣らし、あたりを見まわした。さっきは悪夢を見ていた。また別の夢を見はじめたところで目を覚ましたらしい。「毎朝七時に電気がつくんだ。あたしは太陽の光が差してきたって思うことにしてる」リバティは起きあがって伸びをした。体を横にして眠ったのか、ブロンドの巻き毛が片方だけぺちゃんこになっていた。鼻のそばかすがゆうべよりくっきりしている。「ほら、ぐずぐずしてる暇はないよ。さっさと起きて顔を洗って着替えないと。もうすぐ朝食が届くんだ。あたしはあとで図書室に行くから、しばらくひとりで頑張ってね」

「今なんて言った？」とわたしは訊いた。

「しばらくひとりで頑張ってって――」

「そうじゃなくて、そのまえ。図書室に行くって？」

「うん」

「一緒に行ってもいい？」

「図書室に？　行けるわけがないでしょ。まだ登録番号ももらってないのに、この部屋から出るなんて絶対に無理だよ。そんなに本が読みたいなら、あたしの棚から勝手に――」

「母が図書室で働いてるの。会いにいかないと」わたしは思わず口走った。リバティの顔に浮かんだ表情を見て、それは言うべきではなかったとすぐに悟った。

リバティは首を横に振った。巻き毛が一緒に揺れている。「図書室長のフランキーがきみのママってこと?」わたしはうなずいた。リバティはまだ険しい顔をしている。「それは困ったね。だってきみのママがここで働いてるってもしみんなにばれたら、どんなにまずいことになるかわかる?　きみにとっても、きみのママにとっても大変なことになるよ?」

「それは……考えてなかった。でも、どうしても母に会わなきゃいけないの。ね、信用してるから」

リバティの顔から笑みが消えた。その表情は読むことができない。リバティは一歩こっちへ近づいてきたかと思うと、さらにもう一歩近づいてきた。

「顔はかわいい(プリティ)かもしれないけど、頭はおそろしく鈍い(プリティ)んだね」とリバティは言った。距離がものすごく近い。「ここで生き延びるための第一のルールはなんだった?」

うしろに下がろうとしたが、うしろはもう壁だった。わたしは蚊の鳴くような声で言った。

「だれも信用しないこと」

クリオ

クリオは母親のベッドを離れ、コーヒーを探しにいった。目を覚まして、どうにかこれを乗り切らなければならない。まだ早い時間だったが、日が昇ってから病院は活気づいていた。横を通りすぎる人をひとり残らず凝視せずにはいられなかった。この人たちはどうしてここにいるのだろう。多くの人が顔に不安と恐怖と悲しみの色を浮かべていた。しかし、中には、楽観した様子を見せている人もいる。喜んでいるそぶりを見せている人さえいた。目が希望で輝いている人がうらやましかった。希望というのはなかなか持てるものではない。

一階に小さなカフェがあり、クリオはそこでブラックコーヒーとヴィーガン向けのキットカットを買った。一日の中で朝食が一番大事だと母親から教わっていたので、いつも朝は健康的な食事をとらないようにしていた。フランキーから渡された封筒がバッグの中にあることに気づいて、開けてみることにした。中から出てきたのは、テントウムシの形をした銀の指輪だった。指にはめてみると、ぴったりだった。くらくらする。迷路のように入り組んだ階段と廊下を走ってエディスの部屋に戻った。ドアを開けたところ、驚いたことに、母親はもうひとりではなかった。

「てことは、メッセージを聞いたわけね?」クリオはさっと部屋の中に入った。

「まあね」とジュードは言った。「まだ生きてるみたいだけど」

「シーッ」クリオはそう言って、ドアを閉めた。「まだ声は聞こえるかもしれないって、お医者さんが言ってたわよ」

「そんなの知ったこっちゃない」

「相変わらずね」

「医者はあとどれくらいだって?」とジュードは訊いてきた。

「長くないらしいわ」

「よかった。こっちも用があるんでね。それにしても、結果オーライだな。ペイシェンスはいなくなったし、母さんが遺言状に加えた変更もこれで無効になる。姉さんはローンを払えるし、ぼくは画廊を続けられる。みんな万々歳ってわけだ！」

「どうしてそんなことが言えるの？」

「どうしてって、口を開けたら勝手にことばが出てきただけさ」

「あきれた」

「まあ、これでようやくぼくたちの愛する母さんも、神さまのところへ召されるってわけだ」

「お母さんはもう神さまなんて信じてなかったわよ」

「はい？」

「神さまとは仲たがいしたとか言ってた。自分の母親のことをよくそんなに知らずにいられるわね？」

「まあ、母親に教会へ通わされてたことは覚えてるけどね。日曜日のミサでは必ずかごに金を入れさせられてた。自分たちの食事を用意する金さえなかったときでも」

「もしかしたらああいうのもすべて、わたしたちをいい学校に入れるためだったんじゃ――」

「ばか言うなよ。めずらしく仕事がなかったりすると、母さんはよく告解室に駆け込んでたじゃないか。木の箱の中に隠れて、神父に自分の罪と秘密を告白してたんだよな」

「それは覚えてないけど」とクリオは言った。

「じゃあ、姉さんがカトリック教徒になるのを拒んだときのことは覚えてるか？　あのときの母さん、相当怒ってたよな」

　当時のことをクリオは忘れていなかった。信じないといけないものを信じることができなかった場合、信仰の厚い家庭で育つのはつらい。クリオは母親と同じものが信じられなかった。はじめての聖体拝領はすばらしい日になるはずだったが、八歳のクリオは詐欺師になった気分だった。母親を喜ばせたくて神を信じたいと思ったが、結局、母親を喜ばすのも神を信じるのも至難の業（わざ）だとわかった。思春期が来る頃には、母親が決めたルールに嫌気がさしていたが、神のルールについても同じことが言えた。どちらもクリオにとっては意味がわからないものであり、当時からずっとその気持ちは変わらない。天にも海にもルールなどないのだ。ルールを決めるのは疑いようもなく人間で、残念ながら、人間はなんの疑問も抱かずそれに従う。十三歳のとき、カトリック教徒にはなりたくないと母親に告げたのだが、事はうまく運ばなかった。

「あんたにだけチョコやお菓子を買いはじめたのは覚えてる？　それで、学校に持っていく弁当箱に入れてたんだよね？　わたしは何ひとつもらえなかった」とクリオは弟に言った。

「ふたりのうちどっちかにだけ優しくして、もうひとりのほうに罰を与えるって手はよく使ってたよな」とジュードは言った。

「あと、新しい靴を買うお金なんかないってはっきり言われたときもあった。当時履いてた靴には穴が開いてたのに――」

「それなのに、ぼくには新品のスニーカーを買い与えてさ。しかも高いやつを。なんて名前だっけ?」

「ナイキのエアよ」クリオは即答した。あれはよく覚えている。「ナイキのエアはわたしがクリスマスに買ってほしいって言ってたのに、見せしめとして、かわりにあんたに買い与えたのよね。あんたはそんなもの、ほしくもなんともなかったでしょ」

ほかの人が持っているから——単にそれだけの理由で人はものをほしがることがある。十代の頃のクリオは、あらゆるものがほしかった。以前はほしくもなかったスニーカーや自由や男の子。母親は自分と同じものを信じない娘に、ほしがってはいけないものをほしがる娘に、容赦なく罰を与えた。

「それでも、悪いことばかりでもなかったわよね?」クリオは幸せな時期を思い出した。手作りの衣装を着て、三人だけで開いたハロウィーンパーティー。海辺への旅行。たくさん褒めてくれた保護者会。みんなでオーブン料理をつくった最高のクリスマス。あのときは、銀色の紙に包まれた特別な腕時計をもらった。数週間前にショーウィンドウで見かけたものをエディスが覚えていて、お金を貯めてその店で買ってくれたのだ。母親は自分たちをときには愛した。ただ、その愛し方が充分ではなかったのかもしれない。

ジュードはそのことを考えまいとするかのように首を振った。

「いや、悪いことばかりでもなかっただろ。あの女にされたことは絶対に忘れないし、一生赦さない」それ以上言う必要はなかった。弟が自分はゲイだと母親に告げたとき、エディスは彼をよそ者扱いしたのだ。「姉さんにしたこともぼくは赦してないけどね」とジュードは付け足した。

クリオは身が縮む思いがした。「まあ、あれはもう過去の――」

「よくそんなことが言えるな？　あのことがあったせいで今も姉さんの人生はめちゃくちゃなのに。当時、ぼくはまだ十一歳だったけど、姉さんが家出したときのことは覚えてるよ。その理由もちゃんとね。二度と戻ってこなければいいのにとも思った」

「それは悪かったわね」

「だって、十六歳のときに子供をあきらめさせられてなかったら、姉さんもまったくちがう人生になってただろ」

クリオとしては、その話はしたくなかった。できない。無理だ。二番目の子供の記憶はすべて靴の箱の中に隠していたが、一番目の子供の記憶は頭の中のもっと大きな箱に鍵をかけてしまっていた。決して開けることのない箱だ。二番目の子供があの日、スーパーマーケットで連れ去られたのは、自分が一番目の子供を手放したせいではないかとずっと思っていた。とはいえ、当時の自分は若かった。妊娠するには若すぎたし、赤ちゃんを産むにはあまりに若かった。少なくともそれが母親の言ったことだ。何度も何度もそう言われた。エディスは、赤ちゃんを産まないのが正しい選択だと娘を説得したが、クリオは今までずっとそのときの選択を後悔していた。

敬虔（けいけん）なカトリック教徒の母親が急に人工中絶賛成派になるとは笑える。

ノックの音がした。邪魔者がだれであれ、クリオはその人物に心の中で感謝した。

ただし、その顔を見るまでだったが。

「トントントン、お邪魔して申し訳ありません。こんなふうに突然病院に押しかけるなんて、いかにも不適切ですよね。お母さまと充実した時間を過ごして最後の別れを告げようとされてるときに」とチャップマン刑事は言った。腕に白と黒のクマのぬいぐるみを抱えている。

「どちらさまですか?」ジュードは、はじめて接する相手だけに使う中流階級の優雅な声でそう訊いた。

「警部のシャーロット・チャップマンです」

ジュードは片眉を上げた。「これはこれは。聞くところによると、どうもあなたがうちの母親を殺したらしいですね」

「聞くところによると、どうもそれがあなたの望みだったらしいですね」刑事がそう言った瞬間、すべてが止まった。

ジュードは背筋を伸ばして自分を大きく見せようとした。脅威を感じたときのフグと同じだ。

「今なんとおっしゃいました?」

「聞こえたはずですが。あなたはお母さまに死んでほしかったんですよね」

「よくそんなことが言えますね。なんの話かわかりませんが、これがすんだら、正式に苦情を申し立てますよ」

「苦情はいつでもお受けします。正式にでも内々にでも、どちらでも大歓迎ですので。ちなみに、もしさっき言ったことがまちがっているとすれば、進んで謝罪させていただきます。でも、人はまちがいを犯してこそ学ぶものですよね。そう思いません？」

ジュードは、何を言っているんだと言いたげな目つきで刑事を見た。「母親が死にかけてるんですよ。少しは敬意を示して家族だけにしてくれたらどうですか？」

刑事はジュードを無視してさらに部屋の奥へ入ってきた。「普段はわたしもけっこう仕事ができるほうなんです」刑事はピンクの髪を、ピアスをつけた耳にかけた。「実を言うと、この事件はわりと単純なものだと思っていました。容疑者は三人で殺人事件は二件、被害者はひとり。だれが何者なのか、わたしとしては、最初からわかっているつもりでした」

「この人が何を言ってるかわかるか？」とジュードに訊かれたが、クリオはその場に凍りついたまま、怖くて何も言えなかった。自分が容疑者なのはわかっていた。なぜそうなったのかも。

「終わりから話しましょう。終わりから物語が始まる場合もけっこうありますからね」と刑事は言った。「二件目の殺人事件の被害者は〈ウィンザー・ケアホーム〉の所長のジョイ・ボネッタでした。だれからも慕われていなかった彼女は、エレベーターの中で故障中の札を首から下げた状態で発見されました。三人の容疑者は、ペイシェンスと名乗る、最近解雇された従業員と、明白な理由もなく現場にいて、クリオのふりをして面会者名簿にサインしたフランキーという名前の女、それから……」刑事はそう言ってクリオのほうを向いた。「本物のクリオ・ケネディです。この三人はみんなジョイ・ボネッタが死ぬ直前、その被害者と言い争うところを目撃されていたにもかかわらず、全員嘘をついています。わたしは理詰めで考えるタイプですが、論理的に考えて、この三人のだれかが犯人のはずなんです。ですが、現状を整理するために、ひとまず、過去を振り返ってみることにしましょう。ひとり目の被害者は、数ヵ月前に殺されたメイ・チャップマンでした。彼女も〈ウィンザー・ケアホーム〉の入居者で、わたしの祖母でもありました」

「メイ・チャップマンって言った?」とクリオは訊いた。今に至るまで名字が一緒なのはただの偶然だと思っていた。

ジュードは刑事を無視した。「その話とこれとなんの関係が——」

「ご自分の声に耳を傾けるより、他人の声に耳を傾けたほうが学ぶことは多いと思いますよ」刑事はそう言って笑みを浮かべた。「わたしたちはみんなつながっています。人生についてもそれは言えますが、この事件についてもそうなんです。みんなからメイおばさんとして親しまれていたわたしの祖母は、信じられないくらい優しくて賢い女性でした。わたしたち家族も施設には入れたくなかったのですが、認知症を患っていたこともあり、最後にはそうするしかありませんでした。若いときの祖母は刑事で——」

「あなたよりはましな刑事だったんでしょうね」とジュードが言った。

「ええ、もちろんです。ものすごく優秀でしたよ。でも、未解決の事件がひとつあって、死ぬまでそのことを気にしていました。二十年前の母の日に生後六ヵ月の赤ちゃんがスーパーマーケットで誘拐された事件です。思い当たる節はありませんか?」

ジュードはめずらしく黙っていた。クリオも何も言わなかった。吐き気がする。

「祖母はケアホームで殺されました。それはまちがいありません。だれかが顔に枕を押しつけたことを示す綿の繊維が口の中から見つかっているんです。でも、はっきりした証拠がなくて。物的証拠も動機もなかったんです。わたしの職種ではそういうのがけっこう重要でして。ところがしばらくして、二件目の殺人事件が起き――所長のジョイの件です――パズルのピースが徐々に集まりはじめました。あいにく、すぐにぴたりとはまるわけではなかったですが。正直に言うと、しばらくやきもきさせられましたね。でも、三人の容疑者と二件の殺人事件とひとりの被害者という点に関しては、わたしの読みは正しかった」

「殺されたのはふたりなのに、どうして被害者はひとりなんですか？」とジュードが訊いた。

「そのうちのひとりは当然の報いだからです。その点に関してはわたしもまちがってはいませんでした。でも、一部の母親が子供のためにどんなことをするのかまでは、わたしも読み切れていなかった」

「よくわからないんだけど」とクリオは言った。

「そのうちわかります。お母さまも以前は刑事だったんですよね？」チャップマン警部はエディスのほうを振り返ってそう訊いてきた。

「万引きの監視員（ストア・ディテクティブ）ですけど」とジュードが言った。

「そうなのですね。でも、この捜査に関しては、わたしよりお母さまのほうが有能でしたよ」刑事はそう言うと、ドアを開けて警官ふたりを部屋に通した。「ジュード・ケネディ、あなたを殺人の共謀容疑で逮捕します。黙秘権はありますが、取り調べで何も答えなければ、のちの裁判で不利に働く恐れがあり、また発言はすべて証拠として扱われます」

「弟がケアホームの所長を殺したと思ってるの?」とクリオは言った。

「いいえ」チャップマン警部はジュードの手首に手錠をはめた。「でも、お母さまのおかげでその犯人はわかっています」

終わり

二十年前の母の日

「すごくおつらいのはわかります」とメイ・チャップマン警部はクリオに言った。「どんなお気持ちかは想像もできないですけど、いくつか質問させてもらわないといけなくて。子供が行方不明になったときは、最初の二十四時間が肝心なんです」

「あの子は行方不明になったわけじゃありません。わたしが見失ったわけじゃなく、スーパーマーケットで誘拐されたんです」とクリオは言った。

クリオのピンクの家は、警官や鑑識の服を着た人でごった返していた。何もかも悪い夢のような気がした。今までで一番ひどい悪夢の中にいるみたいだ。見知らぬ人たちが黙って家の中を這(は)いずりまわっていた。すべての部屋を荒らし、あらゆる棚と引き出しを開けてクリオの大事なものを触っている。こっちを見ている。非難している。みんな同じことを考えているにちがいない——悪い母親だと思っているのだ。確かに、それはまちがいではない。クリオ自身もそう思っていた。

クリオの悪い母親もまだそこにいた。もはや遺伝なのかもしれない。DNAから母性の遺伝子が欠落しているのだ。エディスには帰ってくれと頼んだにもかかわらず、さっきからずっとみんなにお茶やコーヒーを出していた。客にでも振る舞っているみたいだ。けれども、彼らは客ではなかった。ここではひとりも歓迎されていない。こんなところでさっきから同じ質問ばかりしていないで、外で赤ちゃんを探してくれればいいのに。

今は四人でリビングにいるところだった。クリオとエディスと男性警官と女性刑事の四人。メイ・チャップマンは年配の刑事で、六十代前半ぐらいだった。髪は白髪交じりのボブで、グレーの目をしている。話し方は優しかったが、クリオはこの刑事を信じていなかった。警察はだれのことも信用していない。

「ということは、お母さまは赤ちゃんの世話を手伝うために数日前からここに滞在されていたわけですね？　それで合っていますか？」と刑事は訊いてきた。

「そのことはもうご存知でしょう」めったに口を利かない娘の肩を持って、エディスがそう答えた。

刑事はエディスのほうを向いた。「ミセス・エリオット、もしよかったらもう一度タスク巡査部長に赤ちゃんの部屋を案内してくださいませんか？」そう言われ、エディスはその警官と一緒に部屋を出ていった。セイウチに似た警官の名前が牙(タスク)とは。クリオはついそんなことを考えてしまった。

「わたしより母を追い払うのが上手ですね」ふたりが姿を消すと、クリオはそう言った。

「お母さまとはうまくいっていないんですか？」

「世間並みに喧嘩するくらいの仲だと思いますけど」とクリオは答えた。

「でも、お母さまは赤ちゃんの世話を手伝いにここへ来られているわけですよね？」

「夫が出張中なので。ほかに頼る人がいないんです。気分が優れなくて」刑事はクリオがさらに何か言うのを待っていた。クリオのよく知っている手口だった。自分の患者にもよく使う手だ。気まずい沈黙を埋めたくてしゃべりつづける人は驚くほど多い。産後うつだということは、なんとなく刑事には黙っていたほうがいいような気がした。みんなが病気のことをよくわかっているわけではない。中には、悪い母親だと決めつける人もいる。

「赤ちゃんが連れ去られた瞬間の監視カメラ映像が残っていました。その一部を見ていただけませんか？」と刑事は訊いてきた。見るまえから見たくもないものだということはわかっていたが、それでもクリオはうなずいた。「これはお母さまがベビーカーを押しながらスーパーに入るところです。赤ちゃんのエレノアがはっきり見えますね」クリオはその映像を見て泣きはじめた。「次の映像は、事件が起きた通路を映したものです」背を向けた母親が、画面からはみ出している別の女性と話しているのが見えた。ベビーカーは監視カメラのほうを向いており、ピンクのロンパースを着た赤ちゃんはまだそこにいた。「一分後です」刑事はそう言って別の映像を見せてきた。ほとんどさっきと変わらない。しかし、ベビーカーの中は空(から)だった。

「事件の瞬間をとらえた映像はないんですか？」とクリオは訊いた。

「あります。でも、連れ去った人物の特徴ははっきりしなくて。身長も中くらいで、フード付きの服を着ていて、カメラに背中を向けているものですから」刑事はそこで一瞬間を置いた。「ご自分か赤ちゃんを傷つけたいと思っていそうな人物に心当たりはありませんか？」

「あの子を傷つける？　赤ちゃんに危害を加えたいと思う人なんているわけがないじゃないですか」

「過去に怒らせた可能性のある人物はいませんか？　あなたに恨みを持っていそうな人は？」

クリオは首を横に振った。「いません」最初は自信満々だった。「というか、思いつく人はいない気がします」刑事にじっと見られて身がすくむ思いがした。丸裸にされたような気分だ。頭の中まで見透かされているのではないかと心配になった。「喧嘩する相手といえば、母親くらいですから」

「それでは、お母さまが怒らせた可能性のある人はだれかいませんか？」と刑事は訊いてきた。

「時間は大丈夫なんですか？　というか、失礼なことは言いたくないんですけど、こんなところで油を売ってないで、娘を探しにいったほうがいいんじゃないですか？　何か手を打つべきでは？」

「ちなみに、旦那さまは――」

「夫は出張中です。もう二週間家にいません」

「出張はどちらに？」

「スコットランドのエジンバラ……だと思います。最近出張が多くて。ホテルの名前は覚えてないですけど、電話番号ならお伝えできますよ。今こっちに向かってるところです。あたりまえですが」

刑事はメモ帳に何かを書き加えた。〝離婚危機〟とでも書いているのかもしれない。

メイ・チャップマン警部は顔を上げた。人のよさそうな表情をつくったが、次に言ったことばは容赦なかった。「悲しいことに、子供の誘拐や殺人、児童虐待といった事件の大半は子供と顔見知りの人物による犯行です。こう訊くのは心苦しいのですが、今朝の十時から十二時のあいだ、あなたはどこにいらっしゃいました？」

クリオは刑事の顔を見つめた。「わたしが自分の赤ちゃんを誘拐したと思ってるんですか？」

「わたしはただ訊かなければいけないことを訊いているだけです」

フランキー

この世に信用できる人はひとりもいない。フランキーはそのことを知っていた。人とつきあっても最後には必ず失望させられる。幼い頃に身をもって学んだことだ。今は病院の駐車場で待っているところだった。ひどく疲れていたうえに、シフトが数時間後に始まるまではほかに行くところもなかったからだ。しばらくうとうとしていたにちがいない。夜がいつの間にか朝に変わっていた。美しい朝焼けが広がっている。出発しようとしたちょうどそのとき、シャーロット・チャップマン警部が病院の正面玄関のほうへ歩いていくのが見えた。どうしてあの刑事が病院にいるのだろう。意味がわからなかったので、フランキーは中に入って状況を探ることにした。

歩数を数えていると、自分の母親のことを思い出した。フランキーがものを数えずにいられなくなったのは母親のせいだった。人を信用しないほうがいいと学んだのも母親がきっかけだ。ロザムンド・フレッチャーは恐ろしい性格の女で、考えがはっきりしていて、養子縁組制度をうまく利用している人だった。養子縁組制度も、昔は受け入れ先が慎重に選ばれていたわけではない。フランキーの母親になったのは、ときにモンスターになる女だった。何度愛を贈ってもそれが決して宿ることのない、冷徹な心を持つ女。

ロザムンドは、彼女なりのどこまでも控えめなやり方でフランキーを愛した。口に出したりおおっぴらに表現したりするのではなく——それは、人前でもふたりきりのときでもやらなかった——人とはちがった形で示す愛だ。娘を愛しているときは、叫んだり怒鳴ったりしなかった。娘を愛しているときは、暴言を吐かなかった。ロザムンドはたまにひとりになりたがった。大きくなるにつれ、フランキーは理解した。母親はひとりの時間をただ望んでいるわけではなく、どうしてもそれがないとだめな人なのだと。

「どこかに行って、隠れたら百まで数えなさい。そしたら、探しにいくから」

小さい頃、よくそう言われていたが、多くの場合、そのことばは嘘だった。二百まで数えてから、だれも来ないのだと気づいたこともある。探そうとさえしてくれないことがよくあった。最悪だったのが、七歳のときだ。細長い船のデッキの下にある、食器をしまっていた狭いスペースの中に隠れたのを母親が見ていたのは知っていた。というのも、こっそり近づいて鍵をかける音が聞こえたからだ。フランキーはその日まで、暗いところなど怖くもなかった。その夜までは。その次の日までは。そこはじめじめしていた。あのかび臭いにおいは一生忘れない。まだ小さかったが、向きをかえるのもやっとの狭い場所だった。ほぼ二日間、食べ物も飲み物もない状態で、狭くて暗い穴の中にフランキーは閉じ込められていた。外をのぞける小さな鍵穴があるだけだった。そこでは数えることくらいしかできなかった。

　母親からは、そこに閉じ込めた理由についてなんの説明もなく、謝罪もなかった。そのあいだ自分がどこへ行っていたのかも、どうして戻ってくるのにそんなに時間がかかったのかも教えてくれなかった。時間が刻一刻と過ぎる中、フランキーには、暗がりで目をぎゅっと閉じて手と足の指を数えるくらいしか自分を安心させる方法はなかった。やっと外に出してもらえたとき、母親の目の下にくまができていて、首と腕と脚にあざがあることに気がついた。フランキーもどこに行っていたのか訊くほどばかではなかった。

　母親には、ときどき夜遅くに細長い船を訪ねてくる人がいた。そういう人が来るのは、冷蔵庫の中が空(から)っぽだったりガスが切れていたりするときだった。ロザムンドの寝室は、フランキーの部屋とは正反対の船の端にあったが、それでも、訪問客の声やふたりが立てる音は聞こえた。フランキーはよく訪問客が帰るまで耳を塞いで数を数えていた。しっかり待てば、嵐は必ず過ぎ去る。人も同じだ。数を数えると、納得のいったためしのないこの世界も少しはその意味を理解できる気がした。

ロザムンドが亡くなったとき、その知らせにはショックを受けた。正式に養子に迎えられたと知ってからまもなくのことだ。その頃、緊迫した関係はさらに緊張感をはらんだものになっていたが、フランキーは母親の死を受け、細長い船を相続することになった。さらには、そこでの暮らしまでも。自分のためになるかわからなかったが、〝黒い羊〟はずっと家と呼べる唯一の場所だった。少しして自分にも娘ができると、一から幸せな家庭を築くチャンスに思えた。川の上で育ってきた身として、熟知している水上生活の自由は捨てがたかった。船は、フランキーに住む場所を与えてくれただけではない。隠れる場所も与えてくれたのだ。

病院の中に小さなカフェを見つけ、コーヒーを買うことにした。しばらく座って、ほかの人が出入りするのを眺め、他人の会話に耳を傾けていた。最初のコーヒーを飲みおえると、シナモンロールと一緒にもう一杯買った。そこへ、ふたりの制服警官が病院に入ってきた。フランキーは、もう少しここでだらだらしていることに決めた。次に何が起きるのであれ、それを見逃したくはなかった。十分後、フランキーの好奇心と辛抱は報われた。ジュード・ケネディが手錠をかけられた状態で連行されるところが見えたのだ。こうなったら、何が起きているのか知らないままでは帰れない。悲しいことを思い浮かべてわざと涙を流し——これは母親に教わった特技だが、ここ何年も重宝していた——受付カウンターまで進んだ。

「どうされましたか?」カウンターの向こうに座った女がそう言った。

「エディス・エリオットを探してるんです。救急車でここに運ばれたはずなんですけど……」

女はフランキーの涙を見てパソコン画面を確認し、エディスの部屋を教えてくれた。そっちへ向かうあいだ、フランキーは用心していた。一番避けたいのは、ケアホームのときと同じように、ここにいることが刑事にばれることだ。このまえも、エディスに言いたいことがあったにもかかわらず、ケアホームの所長が死んだせいで、その暇もなく帰るはめになった。今回は、言いたかったことを全部言えるかもしれない。表示に従って廊下を進み、また別の廊下を歩いて階段をのぼり、目的の病室に向かった。またいくつか廊下を進み——それからさらに九十九歩進んだあと——病室はもう目のまえ、というところで携帯が耳慣れない音を立てた。不在着信を告げる音だった。

娘にちがいないと思い——ほかにだれがいる?——震える手で留守電のメッセージを再生した。しかし、わが子ではなかった。

「ミス・フレッチャー、リバティです。電話なんてしちゃまずいことはよくわかってるんですけど、できるだけ早く知らせるのが一番だと思って。娘さんの居場所がわかったんです」

クリオ

「よくわからないんだけど」クリオは、ふたりの制服警官が病室の外へ弟を連れ出すのを見ながらそう言った。「殺人を共謀したって言うけど、いったいだれを殺そうとしたっていうの？」とチャップマン警部に訊いた。

「お母さまです」と刑事は答えた。

「ジュードが母を？」

「実際に手を下したとかそういうわけではないです。ジョイ・ボネッタがその話を持ちかけたんです。相続する財産の一部をもらうかわりに自分が仕事をするからとジョイに言われて、ジュードはその話に乗った。有罪の強い証拠となりそうな、けっこうあからさまなメッセージのやりとりが残っていました。でも、ジョイはきっちり仕事を果たす暇もなく――この所長はだれに訊いても、不誠実で能力がなく信頼できない人物だったという答えが返ってきますね――自分のほうが何者かに殺されてしまった。でも、ご安心ください。あなたはもう容疑者ではありませんから。何があったか、すべてお母さまが話してくださいました」

「ほんとに？」とクリオは言った。

「ええ。ところで、いいスニーカーですね」クリオは、自分が履いた赤いスニーカーを見下ろした。靴を褒められてもあまりうれしくなかったのは、これで今日二回目だ。「それから、クマのぬいぐるみがありました」刑事はそう言って、抱いていた白と黒のクマのぬいぐるみを持ちあげた。「確か、お母さまにプレゼントされたものでしたよね?」クリオはなんと答えたらいいのかわからなかったので、ただうなずいた。「八十歳の女性のために、クマのぬいぐるみに見せかけた高価な隠しカメラを購入された理由を教えてくれますか?」

クリオは振り返って母親を見た。病院のベッドにじっと横たわっている。

「母のことが心配だったの。面会にも行かせてもらえなかったから。〈ウィンザー・ケアホーム〉にはずっと不信感があって、なんとなく最初から悪い予感がしてた。あそこは弟が選んだ場所なんだけど、実際のところ、わたしたちにはそれほど選択肢もなくて。いざ必要となったとき、母が住む介護施設を見つけるのは大変だったわ。それであそこに入れたわけだけど、面会にいくようになったらなったで、従業員はみんな適当で無関心で仕事もできないような人たちに見えた。ケアホームで会った人はだれひとりとして入居者を気にかけてるようには見えなかったわ。しかも、入居者が次々に死んでて。もちろん、ああいうところはもうすぐ死ぬ人が行く場所だとわかってるけど、あの規模のケアホームにしては、全国平均と比べてもあまりに数が多すぎる気がしたのよね。だから、だれにも知られずに母を見張っておきたかった。母が安全に暮らしてることをこの目で確認したかったの」

「お母さまのことがそれほど心配で、お金にも余裕がなかったなら、どうして一緒に住んであげなかったのですか？」

クリオは肩をすくめた。「刑事さんは、自分の人生を台無しにした張本人と一緒に暮らしたい？」

チャップマン警部は、クリオの赤いスニーカーに目をやったあと、クリオに視線を戻した。「ゆうべお母さまが警察署に来られたあと、ケアホームをもう一度捜索したんです。とくにお母さまの部屋は念入りに調べました。このクマのぬいぐるみを見つけたのはそのときです。中に仕込まれたカメラを見つけました。その映像を見たのはわたしひとりですが、エディスの証言の多くを裏付けてくれましたよ。そこには、ジョイ・ボネッタがお母さまの部屋に忍び込んで、お母さまの顔に枕を押しつけるところが映っていたんです。数ヵ月前、ジョイはおそらくメイおばさんにも同じことをしたのでしょう。残念ながら、犬がカメラをひっくり返したのか、そのあと何が起きたかはよく見えませんでした」クリオは何も言わなかった。「いずれにしろ、そのあとに何が映っていて何が映っていなかったのかは、もう重要ではなくなりましたけど」

「どうして？」

「お母さまがジョイを殺したと自白されたからです」

「わたしはやってない」もう十回くらい、わたしはリバティにそう言った。

「きみが何をして、何をしなかったかは、あたしにはどうでもいいんだけど」とリバティは言った。「でも、図書室に連れてってあげることはできない――ここはルールについてのルールがあるくらいだからね――あたしにできるのは、ミス・フレッチャーにメッセージを伝えることくらいかな。ミス・フレッチャーがほんとうにきみのママだとしたら、どうするかは本人が決めてくれるでしょ」

「わたしがかわりに行くのはどう？　リバティのふりをして図書室に行ったら？」

「看守は、だれがいつどこに行く許可を持ってるのか、全部リストで把握してる。ねえ、ペイシェンス、そろそろその名に恥じない生き方をしたら？　ここでは長い闘いになるんだよ。刑務所に来て一晩経つわけだし、いい加減、頭の回転を速くして要領よく行動できるようにならないと。言ってる意味わかる？」

あまりわからなかった。

が、ともかくわたしはうなずいた。

「あたしも信じてるものはそんなに多くないけど、なるようになるってことだけは信じてるんだ」とリバティは言った。「ミス・フレッチャーがほんとうにきみのママなら、きみを救い出す手立てを考えてくれるよ。それが母親のすることでしょ？　母親っていうのは、あたしたちを愛して守ってくれるんだ。中でもいい母親は、子供のためならなんだってする」リバティは顔をしかめた。「どうしてそんな浮かない顔をしてるの？　話してみてくれる？」

「ほんとうはわたし、ママの子じゃないんだ」とわたしは静かに言った。

「ミス・フレッチャーがきみのママだってさっき言わなかったっけ？」

「もしかしたらわたしは養子かもしれない」

リバティはこっちをじっと見た。「ママはきみを愛してくれてた？」

「うん」

「守ってくれてた？」

「うん」

「ママはきみのためならなんでもしてくれると思う？」わたしはうなずいた。「すごくいいお母さんみたいにあたしには聞こえるけど。子供を産まないと母親になれないわけじゃないよ。あたしの周りにもいっぱいいる――ほんとうの母親は知ってるけど、こんな親なら知らなきゃよかったって思ってる人はね。そのことを考えてみたほうがいいんじゃないかな。みんながみんな、愛される幸運に恵まれるわけじゃないよ。そんなの、宝くじに当たるようなものだもん。人生でそういう当たりくじを引いたなら、そのくじをどこで買ったかなんて関係ないんじゃないかな」

クリオ

「これはお返しします。わたしたちにはもう必要ないので」チャップマン警部はそう言って、監視カメラの入ったクマのぬいぐるみをクリオに渡したあと、病室を出てドアを閉めた。これでまた母親とふたりきりになった。座る必要があるような気がして、クリオはエディスのベッド脇へ戻った。そこに腰を下ろした瞬間、エディスの目が開き、クリオは椅子から飛びあがった。

「びっくりした（ジーザス・クライスト）！」

「キリストのことはもう信じてないんじゃなかったの」エディスはしわがれた小さな声でそう言った。「刑事さんはもう帰った？」

クリオはドアへ急いだ。「医者を呼んでくる」

「やめて。医者はもう必要ないから。ちょっとだけここに座って」

クリオはためらった。「でもやっぱり――」

「お願い。ふたりで話がしたいの。手遅れになるまえに」

もうすでに手遅れだけど、とクリオは思った。それでも、母親のベッドの横の椅子にもう一度座った。ふたりで話すなら、クリオとしても知りたいことがあった。

「どうしてケアホームの所長を殺したって警察に言ったの？」

「クリオ、わたしはもうすぐ死ぬの。残された時間があとどれくらいだか知らないけど、残りの時間をあの女の話でつぶされたくないわ」

「ごめんなさい（ソーリー）」

「ごめんなさいって、今の質問のこと？　それとも、わたしが死ぬのが気の毒（ソーリー）？　死というのは謎よね？　わたしたちはみんな生まれた瞬間から死に向かってる。それがいつ訪れるかの話でしょ。世界では、一秒ごとにふたりの人間が死んでるの。知ってた？　一分で百人以上。一時間で六千人以上、一日で十五万人、ひと月で五百万人、一年で六千万人。それも人間だけでね。ものすごい数の死よね」

「お母さんはまだ死なないでしょ」

「わたしがもうすぐ死ぬのはお互いにわかってるはずよ」とエディスは言った。「あなたにこんな苦労をかけることになっちゃってごめんなさいね――ほかのことでも苦労は散々かけてきたのに――でも、あなたは強い子だから。こんなに強くて勇敢な人はほかに知らないわ、クリオ。そんな子に育ってくれてうれしい。すばらしい子に育ってくれたわね。あまり口には出してこなかったけど――ほんとうはもっと言ったほうがよかったのかもしれないけど――愛してる。それをわかってくれたらと思ってね」

どんな薬を投与されたのだろうとクリオは思った。全然いつものエディスらしくなかった。

「わたしを愛してるなら、どうして遺言状の内容を変えたの？」とクリオは訊いた。

「あの子を見つけてほしかったからよ」

「あの子って？」

「テントウムシちゃん。あなたの娘」

「ほらきた！　あのね、あの子はわたしの娘じゃなくてただの詐欺師よ。ふたりともそうだったの」

「ふたりともって？」

エディスの体につながれた機械のビーッという音が速くなりはじめた。

「気にしないで」とクリオは言った。「気を楽にしてよ、お母さん。ちょっと休んだほうが──」

「ほんとうにあなたの娘なのよ」

母親がこの話を蒸し返すなら、クリオにも知りたいことがあった。「これを覚えてる？」フランキーに渡された銀のテントウムシの指輪をエディスに見せた。

「もちろんよ。あなたの娘が生まれたときに三つつくってもらったものでしょ。ひとつはあなたので、もうひとつはわたしの、そして、最後のひとつはあの子の。あの子のは、大きくなってつけられるようになるまで小さなチェーンにつないでおいたのよね。まだ持ってたとは知らなかったわ」

「持ってたわけじゃないの。でも、そのふたつを今日見た」

「ふたつ？　どこで？」

「さっき女の人がこれをくれたの。あの指輪とそっくりだった」

「そっくりというか、実物だと思うわ。あれは特別につくってもらったもので、この世に三つしかないから。ほんとうに悪かったわ、クリオ。わたしったら、後悔ばかり――」

「わたしがそのリストのトップなんでしょ。ほら、ノートに書いてあったじゃない？」

エディスは首を振った。「一番の後悔はあなたじゃない。あなたのことよ。ノートに書いたあれが言いたかったのはそういうことなの。人生で一番の後悔は、あなたにとっていい母親になれなかったこと。わたしも、ちゃんとしたやり方で愛する方法がわかっていればよかった。わたしのせいで壊れてしまったものをもとに戻したかった。わたしの最大の後悔はね、あなたを失望させてしまったことよ」クリオはなんと言っていいのかわからなかったが、エディスが手を伸ばしてくると、その手を握った。「わたしと同じ過ちは犯さないで。幸せをつかむのを先延ばしにした結果、手遅れになるなんてことはやめて。思い込みで自分にストップをかけて、理想の人間になることをやめる必要なんてないのよ」

機械がまたビーッという音を立てた。クリオはそっちを見たが、エディスはクリオから目を離さなかった。

クリオは立ちあがろうとした。「ほんとに医者を呼んだほうが――」

「クリオ、わたしはもうすぐ死ぬの。もう医者にできることはないわ。それに、残りの時間を赤の他人なんかと一緒に過ごしたくない。あなたのことは何もかも思いちがいをしちゃったけど、せめて最後のお別れだけはちゃんとさせて」

クリオは泣きはじめた。小さな女の子に戻った気分だった。「お母さん、わたし、どうしたらいいんだろう」

「大丈夫、自分でちゃんとわかってるはずよ。ここでね」とエディスは言って、胸に手を当てた。子供の頃と同じように、クリオの涙を拭い、もう一度娘の手を握る。

「わたしたちはみんな星でできてるの。何百万年もまえに起きた爆発の賜物よ。あなたもわたしも、わたしたちが出会う人はみんな星くずであり、ひとりひとりに物語があるの。それを覚えておいてね」とエディスは言った。目をつむるとじっと動かなくなった。クリオの手を握る力が弱くなる。機械がさっきとはちがう音を立て、医者が部屋の中へ駆け込んできた。

終わりが来て、エディスが息を引き取ったことを医者が確認すると、クリオは予期しなかった感情の波を感じた。その波が押し寄せ、波の下に引きずり込まれる。息ができなくなった。

クリオは立ち去り、そして、走り出した。

フランキー

フランキーは、留守電のメッセージを二度確認した。自分は内容を正しく理解していると確信すると――どうやらリバティは娘の居場所を知っているらしい――病院を飛び出してキャンピングカーへ急いだ。ウェスト・ロンドンから刑務所までの移動は、朝のラッシュのせいでやけに時間がかかった。車の数とそれを運転している人の数が多すぎる。赤信号が青信号に変わるまでの秒数を数えた。なかなか青に変わらないので、結局、信号を無視して交差点に突っ込んだ。苛立(いらだ)ちを訴える耳障りなクラクションは聞こえないふりをする。

ようやく刑務所の駐車場に入ると、お気に入りの場所が空いているのが見えた。これはいい兆(きざ)しだ。まだ朝が早く、駐車場には車もあまり停められていなかったこともあり、まえの座席で刑務所の制服に着替えた。フランキーは以前、この車で生活していたことがあった。細長い船を相続するまえの話だ。セント・アイブスの書店で働いていた頃は、この車が自宅だった。この車であらゆることをした――旅をしたり、食べたり、飲んだり、眠ったり、スーパーマーケットから連れ去った赤ちゃんの世話をしたり。こういうキャンピングカーでは、できないことはほとんどない。

制服のベルトをひとつきつい穴で締めないといけないことに気がついた――どうやらやせたらしい。鏡を見ると、目の下のくまが一段と濃くなっていた。化粧はしなかった。仮面をつけたところで、取り繕えるのは上っ面（つら）だけだ。でも、今日のフランキーは、見た目も気分もいつもとどこかちがっていた。

寒い朝の日差しに足を踏み出し、キャンピングカーに鍵をかけようとしたちょうどそのとき、車のスライドドアが突然開いた。その向こうから、しゃがんだ人影が現れる。どうやらかれこれ一時間以上ここに隠れていたらしい。侵入者は、フランキーが運転し、服を脱ぎ、赤信号から青信号に変わるまでの時間を数えているあいだもずっとここにいたようだ。

「どうも」とクリオが言った。

クリオ

「ということは、ここがあなたの職場なのね？」クリオはフランキーの制服に気づいてそう言った。うしろにそびえる刑務所の立派な壁を見上げる。フランキーは何も言わなかったので――どうやらショック状態のようだ――クリオは続けた。「病院から出たら、あなたの車が見えたのよ。この車、目立つでしょ。でも、まさか鍵がかかってないとは思わなかった。試しに手をかけてみたら開いたものだから、中を見てみることにしたの。それにしても、こんなに気の向くまま動いたのって、わたしはじめてかもしれない。自分が自分じゃないみたいよ。でも、ついさっき母の死を見届けたところで」

「エディスが死んだんですか？」

「どうして母を知ってるの？」フランキーは答えなかった。「まあ、いいわ。それで、車の中に入ったんだけど、あなたが戻ってくる音が聞こえてパニックになったのよ。だから、そのまま隠れて、ここまでやってきたというわけ。刑務所のまえまでね。でも、着いたのがここで、ちょうどよかったわ。だって、わたしの赤ちゃんを盗んだのはあなたなんでしょ」

「警察にはどうか言わないでください」

「さっき見せてくれた写真に写ってた女の子はほんとにわたしの娘？」

「そうです」フランキーはか細い声でそう言った。

　クリオは顔の中から手がかりを探すかのようにフランキーの顔を見つめた。「もしそれがほんとうだとしたら――」

「ほんとうです」

「だとしたらなぜ？　どうしてあの子を連れ去ったりしたの？　あの日からずっとそのことが気になってしかたなかったのよ」

　フランキーはじっくり考えたあと、こう答えた。「子供はだれしも愛されて当然だからです」

「わたしが娘を愛してなかったと言いたいの？」

フランキーは地面を凝視していた。「愛してなかったですよね」

クリオはもう一度目が合うのを待ったが、フランキーはこっちを見なかった。「どうしてこれをくれたの？」クリオはそう言って、銀のテントウムシの指輪を出した。

「さっきも言いましたけど、証拠です。あの子を連れ去った日、小さなチェーンに通したその指輪がベビーカーについていました。それを見たら、わたしがほんとうのことを言ってるとわかってもらえると思ったんです。指輪のことは、新聞では一切報じられてなかったですよね」とフランキーは言った。「悪いんですけど、もう行かないと。わたしにとって大事なのはあの子だけなんです。この中にいる人が娘の居場所を知ってるから」

「待って」クリオは、うしろを向いてその場から立ち去ろうとしているフランキーに声をかけた。「うちからあの切り絵を盗んだのは、娘さんがつくったものだと思ったから？」フランキーはうなずいた。「でも、もう流通してもない古い十ポンド札をかわりに壁に貼りつけたのはどうして？」

「それが、あなたのお母さんから受け取った金額だからです」

「えっ？」

フランキーは時間を確認した。「ほんとに行かないと」

クリオはフランキーの手首についているミッキーマウスの腕時計を見た。「それはどこで手に入れたの？」

フランキーは袖を下ろして腕時計と〝シーッ〟のタトゥーを隠した。「ここにいるなり、行くなり、警察に通報するなり、どうぞ好きにしてください。もうあなたのことはどうでもいいので」フランキーはそう言って立ち去りはじめた。

「ちょっと待って」

「待てません」

「それならわたしが待つわ」とクリオは言った。「戻ってくるまでここにいるから」

フランキーは肩をすくめた。「勝手にしてください」

フランキー

フランキーは速足で移動した。できるだけ早くリバティと話して、娘について何を知っていて、何を知らないのか、確かめる必要があった。ピンクの家の女との会話は、またしても思ったとおりにはいかなかった。キャンピングカーにキーを挿したまま来てしまったことに気がついたが、それほど心配する必要はないような気がした。クリオもキャンピングカーを盗んだりはしないだろう——あの人はいつもタクシーを使っていて、おそらく運転のしかたも知らないはずだ。二十、十九、十八、十七。フランキーは、刑務所の正面玄関に着くまでの残りの歩数を静かに数えた。

玄関のドアの中に入ると、暖房の効きすぎた部屋の空気に息が詰まりそうになった。入口にいた守衛に会釈だけの挨拶をし、笑みを浮かべようとした——普段どおりに振る舞おうとした——が、うまくいかなかった。十二歩という短い距離を歩いてロッカーに移動する。二日連続で金属探知機を鳴らすわけにはいかないので、荷物と携帯をそこに置いた。受付に行って名前を記入し、両開きのドアを通って検査場に向かう。今日はだれにも止められなかった。中庭に出るドアのまえまで着くと、制服のベルトに取りつけられた束の中から一番大きな鍵を探した。ドアの鍵を開けて深呼吸し、冷たい空気を吸い込みながら外に出る。

四十八歩で中庭を横切り、もう一度大きな鍵を使ってB棟に入った。ドアに鍵をかけると、少し緊張がほぐれるのを感じた。五歩で石の階段に着き、四十ある段をのぼった。上に着く頃には少し息を切らしていた。

十、九、八、七。

図書室のドアまでの最後の歩数を数えた。ベルトについた一番小さな鍵を出す準備をする。指が震えているせいで、穴に鍵を挿し込むのに苦労した。中に入るとすぐドアをしっかり閉めた。棚に本がずらりと並んだその光景と本のにおいに、すぐさま気持ちが落ち着くのを感じた。

遠くでチャイムの音が鳴っていた。学校にいた頃に聞いたのと同じような音だ。ミッキーマウスの腕時計を確認すると、ぎりぎり間に合ったようだった。自分の机に移動する暇もなく、図書室のドアをノックする音がした。来た道を戻り、ドアを開けると、当直の看守が立っていた。背が低くずんぐりしたその女には見覚えがなかった。どうやら新人らしい。

「図書室のボランティアのリストです」と女はぶっきらぼうに言って、リストを挟んだクリップボードをこっちに渡してきた。フランキーは礼を言って受け取り、紙に印刷された名前を確認した。ひとりずつ名前にチェックを入れていった結果、リバティの名前を見つけてほっとした。リバティとは、ふたりきりで話をしなければならない。

「みんな、流れはわかってるわね」とフランキーは参加者たちに言った。「今日は著者訪問の日なので、棚を片づけて、ポスターを貼って、椅子を並べましょう。リバティ、ちょっといい?」

リバティはオフィスまでついてきたが、ふたりともドアがしっかり閉まるまではひと言も話さなかった。

「メッセージを聞いたわ」とフランキーは言った。

「すみませんでした、ミス・フレッチャー。でも、あたしもどうしたらいいのかわからなくて」

「娘の居場所を知ってるって言ってたわよね」

リバティはうなずいた。「はい。娘さんはこの刑務所にいます」

フランキーはリバティをじっと見た。今のは聞きまちがいだろうか。「携帯を逆探知したら刑務所にたどりついたってこと?」

リバティは首を横に振った。ブロンドの巻き毛がつられて揺れている。「結局、逆探知は必要ありませんでした。娘さんは昨日の夜、あたしと一緒の部屋で寝たんです」

フランキーは、少しの間を置いてその情報を頭の中で嚙み砕くと、まっすぐドアに向かった。

「娘のところへ行かないと――」

「ミス・フレッチャー、でも、そこが問題で。娘さんは確かにここにいたんですけど、今はいないんです」

「どういうこと?」

「釈放されたんです」

「えっ?　いつ?」

「ついさっき」

ペイシェンス

釈放すると言われたとき、最初はそのことが信じられなかった。けれど、蓋を開けてみれば、刑務所を出るのは、入るのと同じくらい手続きが複雑だった。記入する書類の数が多く――ほとんど理解できなかったけれど、それでも看守にサインしろと言われたのでサインした――〝セキュリティーチェック〟もいろいろとあった。でも、結局は刑務所の棟から本棟のほうに移された。そして、服と所持品を返してもらった。その中には、エディスがくれた銀のテントウムシの指輪も入っていて、それは、返してもらってすぐ指にはめた。

刑務所の外に連れ出されるのは、中でも一番奇妙な体験だった。自分の身から一度自由が奪われたのだ――それを乗り越えられる日はいつか来るのだろうか。自由をあたりまえに感じられる日は。何もかも以前と比べて特別に感じられた。空を見上げることも、鳥のさえずりを聞くことも。どれも、ほとんどの人は自分がどれほど恵まれているか知らずに毎日享受していることだ。この悪夢もようやく終わりを迎える。ほんとうにそうなるよう願うばかりだ。

その希望も、外の門に着いた時点で不安に変わった。もしこれがまちがいで、警察には本気でわたしを釈放するつもりなどないとしたら？　仮に釈放されたとしても、わたしにはもうどこにも住む場所はないし、仕事もない。今まで大変な努力をして手に入れてきたものもすべて失ってしまった。大事なものも人も。そんなことを考えていると、看守が門を開けた。その瞬間、刑務所の駐車場に母親の青と白のキャンピングカーが停まっているのが見えた。

母が来ているのだ。

不安は喜びに変わり、状況が一変した。きっと大丈夫だ。母親が家に連れ帰ってくれれば安心だ。この悪夢も終わる。最初は歩いていたが、やがてキャンピングカーに向かって走り出した。何より、母の顔が見たかった。ほんとうの母親ではないと打ち明けられてから、もう一年ほど口を利いていなかった。でも、もうそんなことはどうでもいい。この世界で信頼しているのは母親ただひとりだ。これからもわたしは母のことをママと呼びつづける。だってわたしのことを産んでいようといまいと、ママはママだから。

運転席に母のシルエットが見えた瞬間、愛と幸福感で胸がいっぱいになった。窓を叩いたが、わたしはすっかり当惑した。というのも、そこにいるのは母ではなく、エディスの娘だったからだ。自分を信じてと言いながら警察にわたしを逮捕させた女。わたしは自分の足につまずきそうになりながら二歩下がった。

「待って」クリオは車のドアを開けてわたしに近づいてきた。「話があるの」

「わたしは何も言うことはありません」

「こっちは言うことが山ほどあるわ。でも、まずは言わせて。ごめんなさい」

「何がですか?」とわたしは訊いた。

「何もかも悪かったと思ってる」

フランキー

フランキーは図書室を出て階段を下り、中庭を横切った。そのすべてに一分もかからなかった。本棟の中に入ると、まっすぐ警備室へ向かった。

「受刑者が今出ていきませんでしたか?」フランキーはまだ少し息を切らしながらそう訊いた。

「出ていったよ。昨日入ったかと思ったら今日出ていってね」ロブジャントという名前の年配の職員がそう言った。白い髪を長く伸ばし、ハリー・ポッター風の眼鏡をかけた、くどくど話す癖のある職員だった。「容疑が晴れたそうだ」

「ああもう」とフランキーは言った。

「何か問題でも？　まだ門の外には出てないと思うが」とロブジャントは言って、机の上の電話に手を伸ばした。「守衛に電話して、引き留めてもらおう――」

「いえ、大丈夫です。追いかけますので」フランキーはもうそっちへ向かっていた。

「本の返し忘れか？」とロブジャントが叫んできた。

フランキーは振り返って無理矢理笑みをつくった。「そうなんです。ここではなんでも盗まれちゃって、本泥棒までいる始末で」

門までの三十二歩が、かつてないほど時間がかかるように感じられた。フランキーは走りたい衝動を抑え、普段のペースで歩いた。怪しく見える行動は取りたくなかった。門が手の届くところまで来たときには、心臓の打つ音が耳の中から聞こえるような気がした。当直の守衛が門を開けてくれるのを待ちながら焦燥感を隠そうとした。ようやく通してもらえると、周囲を見まわした。一年ぶりに娘に会えるのだ。この手で娘を抱きしめたくてたまらなかった。抱きしめたら、もう二度と離すものか。

ところが、娘の姿は見当たらなかった。

駐車場は空っぽだ。

そして、キャンピングカーが消えていた。

クリオ

キャンピングカーを運転するのははじめてだった。クリオは自分の車さえ持っていなかった。オートマ以外の車はもう何年も運転していない。シフトレバーが何度も耳障りな音を立てていた。

「どうして母の車に乗ってるんです?」横に座っている少女がまた訊いてきた。「移動中に説明してくれるって言いましたよね」

「さっきも言ったけど、あなたを家に連れて帰るようお母さんに頼まれたのよ」クリオは嘘をついた。

「でも、母とはどういう関係なんです? どうして母は自分で迎えにこなかったんですか?」

「話が複雑なのよ」

「どのへんがですか?」

「何もかも」とクリオは言った。「信じてくれないのはしょうがないと思うけど、お願いだから力にならせて」

「こっちは助けてもらわなくてけっこうです。あなたのことは二度と信用しませんから」

目のまえの道路なんか見ていないでこの子の顔を観察できたらいいのに、とクリオは思った。この子の顔が見たい。話したい。この子のすべてが、今まで見逃してきたことのすべてが知りたかった。

「指輪、同じですね」と少女は言った。クリオはちらりとそっちを見た。自分の指についているのとまったく同じ銀のテントウムシの指輪を少女もはめていた。

クリオは赤信号で停車した。「話さないといけないことがあるの」

「母がどこにいるか話してくれるのでもないかぎり、とくに興味はないです」と少女は言った。

「取引しましたよね。何も言うなと言われて、わたしはそのとおりにした。しかも、約束したじゃないですか。もしケアホームからエディスを出せたら――」

「だから、わたしはちゃんとここにいるでしょ？　あなたも刑務所から出られたわけよね？　お金はちゃんと払うわ」

「要りません。そんなのほしくないです」

「ばか言わないで。払うって約束したんだからちゃんと払うわよ。わたしも出だしを誤りたくないし」

「ハハ！　何かの冗談ですか？」と少女は言って、窓の外に目をやった。

「あなたには正直でいたいの。どうかリセットボタンを押させてもらえない？　一からやり直さない？」とクリオは言った。

「家まで送ってくれるのはありがたいです。でも、それが終わったら二度と会いたくありませんから」

そのことばに、クリオはこれ以上ないくらいショックを受けた。そのあとはふたりとも黙っていたので、少女がしばらくして口を開くと、クリオはびくっとした。

「次の出口で下りてください」幹線道路から脇道に入り、延々と続くように見える狭い田舎道を進んだ。ロンドンから何百万キロも離れているように感じられた。少女が窓を開けると、新鮮な空気が入ってきて気持ちよかった。美しい村の中を走り、古い教会と趣のあるパブのまえを通った。古くて小さなテラスハウスが並んでいて、煙突から煙が立ちのぼっている。かわいい庭に、青々とした芝生、古い石橋、川……

「この川はなんていうの？」とクリオは訊いた。

「テムズ川ですけど」

「テムズ川には見えないわ」

「川も人と同じです。姿を変え、行かなくてはいけない場所へ向かう。それらしく見えないときもあるけど、それでも本物にはちがいないんです」

「だれがそんなことを言ってたの？　お母さん？」

少女はクリオをにらんだ。「そうです」

「愛してるのね？　お母さんのこと」

「あんなすばらしい人、ほかに知りません」少女は躊躇（ちゅうちょ）なくそう答えた。

クリオはそのことばについてしばらく考えた。どう返したらいいのだろう。嫉妬と感謝と幸せと悲しみが一気に押し寄せてきた。

「ここでいいです」と少女は突然言った。家に連れて帰ると言ったものの——クリオとしては、自分にはそれくらいしかできないように感じたし、ただふたりきりの時間を過ごしたかったのだ——あたりに見えるのは、一本の田舎道と川だけだった。それでも、クリオはとにかく車を停めた。「話さないといけないことがあるって言いましたよね」少女は車のドアに手を伸ばしながらそう言った。

クリオはエンジンを切って言った。「どこか別の場所で話せる?」少女が首を横に振るのを見て、今にもドアを開けて逃げられるのではないかと心配になった。「ここでいいわ。まずひとつ質問してもいい?」

「ひとつなら」

「あなたのことはなんて呼べばいいかしら。ほんとうの名前は何? ペイシェンスは本名じゃないんでしょ?」

少女は口ごもった。「ネリーです」

クリオは顔をほころばせた。必死で涙をこらえる。「ネリー! エレノアの愛称ね。すごくかわいい名前じゃない」

この子はほんとうにあのエレノアなのだ。とても偶然には思えなかった。この子の目、笑み、しかめ面(つら)、何もかもが突如として見覚えのあるものに感じられた。触れたくてたまらなかったが、それは無理だった。やっとわが子が見つかったと思ったのに。クリオの心はまた粉々に砕けはじめた。

「もうひとつだけ訊かせて」とクリオは言ったが、ネリーはドアハンドルに手をかけていた。

「最後の質問だから。約束する。子供時代は幸せだった？」

ネリーはあまり考えもせず答えた。「最高に幸せでした」

クリオはうなずき、笑みを浮かべて手の甲で涙を拭った。

「それはよかった。じゃあ、約束は約束だから。でも、ひとつ言わなきゃいけないことがあるの。ちょっと言いづらいんだけど、あなたには知る権利があると思うから。母のエディスがね、今日亡くなったの。安らかな死だったわ。苦しむことは一切なかった。でも……死んでしまった」

どんな反応が返ってくるのかわからなかったが、ネリーの顔は心からショックを受けているように見えた。

「エディスを助けたいと言われたとき、わたしはあなたを信用しました」とネリーは言った。「ケアホームから連れ出したほうが安全だって言われたから、そのことばを信じたんです。あしたのはあなたのせいですよ。それなのに、亡くなった？　やっぱり、お母さんの言うとおりでしたね。ひどい娘」

胸を刺されたような気分だった。

ネリーはバッグをつかむと、振り返りもせずキャンピングカーから走り去った。道を渡り、階段を下りて川沿いの道へ遠ざかっていく。クリオはそれをずっと見守っていた。
そして、あの子はいなくなった。
わが子と行き別れたが、自分は知らず知らずのうちに娘と再会していたらしい。
クリオは思った。またいつか娘に会える日は来るのだろうか。

フランキー

フランキーは、娘がいないかあちこち探した。タクシーに刑務所のまえまで迎えにきてもらい、そのままノッティングヒルにあるピンクの家に向かったが、そこにもネリーはいなかった。クリオの姿もキャンピングカーもない。次に、コベント・ガーデンの屋根裏部屋へ行ったが、そこにもいなかった。そこで、タクシーで家に帰った。ほかに行く場所が思いつかなかったからだ。

何もかも失ってしまった。少しでも意味があると思えたものはすべて。これで仕事も失ってしまうのだろうか。あんなふうに説明もなく職場から出てきて、受刑者たちから目を離す時間ができてしまった。しかし、そんなことはどうでもいい。自分にとって大事だと思っていたものは結局、大事ではなかったのだ。重要だと思っていたものも、どれも重要ではなかった。そして何より最悪なのは、起きてしまった悪いことがすべて自分のせいに思えることだった。

川沿いの道を歩いて〝黒い羊〟が係留されている場所まで移動した。デッキに乗ってドアを開けたあと、中に入って鍵を閉める。娘の部屋のドアを見ずにはいられなかった。一年ほどまえから、家に帰ってくると必ずこのドアを確認している。が、もうそんなことをしても意味はないように感じられた。フランキーはすっかり希望を失くしていたが、一応開けてみようという気になった。ただのルーティーンだ。数を数えるのと同じ。

娘の部屋まであと四歩。

三歩。

ドアは少し開いていた。閉めたはずなのに。

二歩。

幻にちがいない。

あるいは、夢を見ているのか。

一歩。

ネリーがベッドに座っていた。

「やほー、ママ」と娘は言った。

フランキーは幽霊でも見るかのように娘を見た。以前より髪が長くなっていて、体はやせ、疲れているように見える。大人びたように感じた。けれども、わが子にまちがいはなかった。

フランキーはそっちへ駆け寄ると、娘を引き寄せて抱きしめた。実際に手で触れて、夢ではないことを確かめたかった。娘は本物だ。無事に、家へ帰ってきてくれた。

「大丈夫?」フランキーは両手で娘の顔を包んで、体に傷がないか隅々まで調べた。ふたりとも泣いていた。

「うん」

「ほんと? あなたが刑務所にいると知ったときにはもう手遅れで。すでに釈放されたあとで、いなくなってたの」

「わたしも、ママが外で待っててくれてるのかと思ったら、クリオ・ケネディっていう人がママの車に乗ってて。あの人が家まで送ってくれたんだ。ママとは知り合いだって言ってたけど——」

フランキーは吐き気がした。「ほかにその人、何か言ってた?」

ネリーはこっちを見つめた。「ママ、あの人とはどういう関係なの?」

ネリーにママと呼ばれて、フランキーは胸が痛くなった。

娘の手を握る。娘を手放すのが怖かった。「あなたに話さないといけないことがあるの」

「あの人もそんなことを言ってた」

「あら、まだ聞いてなかったのね」

「聞いてなかったって、何を?」とネリーは言った。

「すごく言いづらいんだけど——」

「はっきり言ってくれていいよ。もうふたりのあいだに秘密は要らないから。それに、ママがわたしの産みの親だろうとどうだろうと関係ない。ママを愛してるもん。わたしはただ真実が知りたいんだよ」

「ママはあなたを産んではいないかもしれない。だけど、あなたはわたしの娘。それが真実よ」

「わたしはずっとママの娘だよ」

また目頭（めがしら）が熱くなった。「わたしもずっとあなたのママよ。赤ちゃんのときからあなたの面倒をみて愛情を注いできた。でも、あなたの言うとおり、わたしはあなたの産みの親ではない。あなたにはほんとうのことを教えなくちゃね。知ったら、知らなければよかったと思うかもしれないし、わたしのことを嫌いになるかもしれないけど」

ふたりはベッドに横並びで座った。ネリーが小さかった頃、寝るまえに物語を読み聞かせていたときみたいに。これからする話は別の物語だ。あるスーパーマーケットに出かけたひとりの万引きの監視員（ストア・ディテクティブ）とピンクの家の女が登場する物語。エレノアという名前の赤ちゃんが連れ去られる物語。その赤ちゃんは成長してネリーという女の子になり、ほんとうの母親ではない女と細長い船の上で暮らしていました。

なかなか重い話だ。

ネリーはそっぽを向いて体を離し、両膝を抱え込んだ。

今した話はあまりに大それた話で、のみ込むのがとてつもなくむずかしいということはよくわかっていた。フランキーは娘を見守った。反応を待って、理解してくれたかどうか確かめようとする。ネリーがようやく口を開くと、何を言われるのか怖くなった。またかわいいわが子を失うなど耐えられない。娘の声はいつもとちがって、ひずんでいるように感じられたが、娘は確認を求めるようにこっちを見た。

「そう」とフランキーは言った。「わたしはあなたのお姉さんよ」

クリオ

クリオは、ピンクの家のまえを走る通りの端に車を停めた。家の中に入ると、何もかもが以前とちがっているように感じられた。娘は死んでいなかったが、自分の知る娘ではなくなっていた。この世に存在するほかの何よりも愛していた子供は、赤の他人になっていた。あまりに疲れすぎていて、眠ることしかできそうになかった。そこで、二階へ行き、廊下を歩いて自分の寝室に向かった。母親がゆうべ眠っていた部屋のまえで足を止める。記憶がよみがえってきて、クリオはショックを受けた。娘は生きていたが、母親は死んでしまった。

予備の寝室に足を踏み入れると、自分の家なのに不法侵入しているような気持ちになった。さっきベッドで見た人の形は、シーツの下にクッションを置いてそう見せかけていただけだった。母親のもの——服やカスタードクリームビスケットや保湿クリーム——はすべてそのままだ。部屋の中は、エディスの香水のにおいがした。と、化粧台に自分宛ての手紙が置かれているのが見えた。読みたくはなかったが、気づくと、手が勝手に動いていた。

クリオへ

この話を面と向かってすることはもうないのかもしれない。もしそうなっても、それはわたしのせいだから。ほかのこともいろいろと悪かったわ。ずっと先送りにしてきてしまった。あなたに話さないといけないことがあるの。ほんとうならずっとまえに伝えておくべきだったこと。あなたが赦す気になってくれることを願うばかりよ。

あなたが十六歳で妊娠したとき、赤ちゃんを産むなと言ったのはまちがいだった。そして、あなたがわたしの言うことを無視して結局産んでしまったとき、支えてあげなかったのもまちがいだった。あんな若いときに母親になるのに苦労してるあなたを見て、わたしもあなたのときに同じ経験をしたんだから、もっと手を貸してあげればよかったのよ。わたしは、赤ちゃんを養子に出すのが正しい選択だと思った。だって、あなたにはわたしよりいい人生を送ってほしかったから。自由に生きてほしかったの。あなたも知ってると思うけど、子供というのはすごく重荷になるでしょう。でも、今になってわかる。あなたはその荷物を抱えておきたかったのよね。

それから何年も経ってあなたがまた妊娠したとき——今度はちゃんと夫もいて家もあった——これはやり直しのチャンスだと思った。あなたにとってだけじゃなく、わたしにとってもね。これで親子の距離が近づくかもしれないと思った。でも、あなたは一回目のときと同じく、もがいてた。そう言ってもかまわないわよね。あの子を追い返したとき、わたしは、自分は正しいことをしてると本気で思ったの。

あれは、赤ちゃんだったエレノアの世話のために数日間あなたのところに滞在していたときだった。わたしのことを信用して手伝わせてくれたのはあれがはじめてだったわね。残念ながら、あれきりになってしまったけど。あなたは二階にいて、ようやく眠りについたところだった。赤ちゃんもそう。ドアをノックする音がしたときはイライラしたわ。あなたや赤ちゃんが起きたらどうしようと思って。でも、ドアを開けると、若い女の子が立ってた。セールスだと思った。女の子が言ったことはいまだに一言一句覚えてる。

「クリオ・ケネディを探しているのですが」

「わたしはクリオの母親よ。何かご用?」

若い女の子は数秒こっちの顔を見たあと、口を開いた。「わたし、クリオの娘です」

自分がどんな表情をしたかはわからないけど、この子がほんとうのことを言ってるというのはすぐにわかった。頭の中で計算して、ちょうどこれくらいの年になってると思ったの。あなたを説得して娘を手放させたとき、この子は赤ちゃんだったかもしれないって。女の子は、あなたがこれくらいの年だったときと同じような顔をしてたわ。すごくかわいくて、感じのいいお嬢さんで、緑色の大きな目は希望でいっぱいだった。わたしは中に招き入れもせず、ドアもちょっとしか開けてなかったから、女の子はドア口でしゃべりつづけてた。十八歳の誕生日に母親から養子であることを打ち明けられたんですって。明らかにショックを受けてて、ほんとうの母親がだれなのか知りたくなって、あなたの居場所を突き止めたということらしいわ。見つけるのには苦労したみたい。あなたが養子縁組の手続きの書類で〝今後接触を望まない〟にチェックをしてたとは驚いたわ。彼女にわかってたのは、母親の名前がクリオということだけだった。でも、あるとき《イブニング・スタンダード》の記事で〈ケネディーズ・ギャラリー〉にいるあなたの姿を見かけたらしくて——白のホットワインが配られたジュードの展示会があったでしょう——これは自分の母親だと確信して、次の日に画廊へ行ったみたい。それで、あなたの弟に会ってあなたのことをもっと知ろうとしたんですって。でも、十八年前に赤ちゃんがいたかどうかジュードに訊いたら、ジュードはいつものごとく嘘をついたらしいわ。でも、知ってのとおり、あの子はあまり嘘が上手じゃないでしょう。そのときのジュードとの会話をきっかけに、あなたを見つけて、その結果、あなたの家に来て玄関を開けたら、かわりにわたしがいたというわけ。

今はタイミングが悪い、とわたしは彼女に言って、目のまえでドアを閉めた。

これを読んでるあなたが感じてる痛みは想像できるけど、できることなら、あのときのわたしの立場になって考えてみてほしいの。あなたは落ち込んでたでしょ。最近ではベイビーブルーのしゃれた言い方があるらしいけど、あなたはそのひどい状態だったじゃない。自分か赤ちゃんのどちらかを傷つけちゃうんじゃないかとわたしは心配してた。これ以上のストレスや感情の揺れ動きには対処できないと思ったの。

　女の子はまたドアをノックしてきた。わたしが無視してると、郵便受けから大きな声で何か言ってきたわ。自分が何者か知るためにあなたがどんな人が知る必要があるんですとかなんとか。わたしは帰ってと言ったんだけど、彼女はノックをやめなくて、赤ちゃんも起きてしまった。わたしは腕にエレノアを抱きかかえたまま、しかたなくまたドアを開けた。迷惑だということをわかってほしくて。あなたを守ろうとしたの。

「この子はわたしの孫よ」とわたしは言った。「クリオには新しい赤ちゃんが生まれて、ちゃんとした家庭を築いてるの。あなたも、クリオが望まない妊娠を継続してくれたことを感謝したほうがいいわ。まちがいは起きるものだって、そろそろ理解できるくらいの年齢にはなってるでしょう。あの子にとってあなたはその程度なのよ。ただのまちがい。ここにいてもなんの得もないわよ」女の子はわたしに殴られたみたいな顔をしてた。「自分が何か理由があって養子に出されたというのはわかってたんでしょう？　娘もついうっかりあなたを手放したわけじゃないわ。ねえ、どうしてこんなところに来ちゃったのよ？何が望みなの？　お金？」

　女の子は首を横に振ったけど、わたしはとにかく財布を出した。赤ちゃんを腰に乗せてバランスを取りながら。エレノアがまた激しく泣きはじめたから、あなたまで起きてしまって、階下(した)に下りてくるんじゃないかと怖くなった。

「悪いけど、これしかないの」わたしは古い十ポンド札を出して彼女に握らせた。

「赤ちゃんが泣いてます」女の子は泣き叫ぶエレノアを見て顔をしかめた。

「わかってるわよ。わたしも耳が聞こえないわけじゃないんだから。この子はよく泣くの。あなたが生まれたときもそうだったわ」

「だからですか？」と女の子は訊いてきた。迷惑なセールスマンみたいにまだドアロでぐずぐずしてた。

「だから何？」わたしは噛(か)みつくように言った。

女の子は今にも泣き出しそうな顔をした。「だから、母はわたしを手放したんですか？」

「お金が望みなら、もうないわよ。娘は具合が悪いの。わたしは娘と孫を守らなきゃいけない。連絡先でも書いていったら？　将来もっとタイミングのいいときがあれば、もしかしたら、そのときに連絡させてもらうかもしれないわね」

「赤ちゃんがまだ泣いてます」と女の子は言った。ほんとうは自分のせいなのに、わたしのせいだと言わんばかりだった。

「ええ、泣いてるわね。いくら出せば、目のまえから消えて一緒にこの子を連れてってくれる？」

わたしだって本気じゃなかった。もちろん、ただの冗談よ。すごく疲れてたの。

女の子は何も言わずに帰っていった。けど、翌日の母の日、わたしのあとをつけてスーパーまで来たのはわかってる。あなたの娘があなたの赤ちゃんを連れ去ったのよ。あの子がエレノアを誘拐したということはわかってたけど、わたしも、どうやってあの子を探せばいいのかはわからなかった。あの子の名前さえ知らなかったから。

数ヵ月前、その本人がケアホームに会いにきたわ。長い年月を経て、またわたしを見つけたというわけ。でも、今回は自分の母親ではなく自分の娘を探してた。わたしも力になってもよかったんだけど、そうはしなかった——どうしてあんなにもあなたが苦しめられたあとで、そんなことをしなきゃならない？　けど、今思えば、それもまちがいだったのかもしれない。だからわたしは、事態を正すの。

これから警察署に行ってくる。あなたたちを守るにはそうするしかないと思うから。わたしもこれまでずっと悪い母親だったから、今度くらいはいい母親にならせて。ジョイ・ボネッタを殺したのはわたしじゃないけど——いっそこの手で殺してたらよかった——刑事さんは、あなたたちのだれかが犯人だと思ってる。テントウムシちゃんに罪をかぶらせるわけにはいかないから、わたしが殺ったと言うつもりよ。犯してもいない罪を認めるの。自分が犯したそのほかの罪すべてを償うためにね。それに、どのみちわたしは長くないから。みんな明日は必ず来るものだと思ってるわよね。お墓を見たり常識を働かせたりすれば、人間はいつか死ぬものだと簡単にわかりそうなものなのに。もしあなたの物語を、わたしの物語を、わたしたちの物語を書き換えられるなら、わたしはなんだって差し出すわ。でも、あなたには、物語の結末を変えられるだけの時間がまだ残ってる。愛し、愛されるために必要なことはなんでもして。歴史を繰り返させないで。

母より

手紙を読みおえる頃には、クリオは泣いていた。一番目の子供が養子に出された日のことは今でも覚えている。子供に何かを残したくて、土壇場でベビーベッドにミッキーマウスの腕時計を置いたあの日。十六歳では、あげたくてもあげられるものはほとんどなかった。数時間前にフランキーがつけていた腕時計だ。

クリオは自分の部屋へ行き、バッグを空にした。刑事に渡された白と黒のクマのぬいぐるみがベッドに転がり落ちた。記録された映像を見たいのかどうか自分でもよくわからなかったが、勇気を奮い起こして見てみることにした。そこにはすべてが映っていた。母親の部屋に入ってくるジョイ。ジョイがエディスの顔に枕を押しつける。その直後、カメラはひっくり返り、アングルが床を向いた。と、別の人物が部屋に駆け込んでくる。その場面は確かにとらえられていたが、見えているのは足元の靴——赤いスニーカー——だけだった。

階段をのぼってくる足音がし、クリオはその場に凍りついた。しかし、重い足音ではなかった。ドア口に顔が現れる。今に至るまで忘れていた顔だった。

「二階には来ちゃだめって言ったでしょ」

ディケンズは、床に伏せ、両肢のあいだに顔を置いた。大きな目でクリオを見上げている。

クリオは思った。心のどこかでエディスが死んだとわかっているのだろうか。

「いいわ。おいで」クリオはベッドを叩いた。

ディケンズはクリオの横に飛び乗り、膝の上でくつろいだ。
「お風呂に入らないと。犬臭いわよ」とクリオは言って、ディケンズの毛を撫でた。「それが終わったら、あなたをどうしようかな?」ディケンズはこっちを見上げて顔をなめてきた。不思議なことに、連れがいてうれしかった。ディケンズは、今までに起きたすべてを理解しているような顔でクリオを見ていた。「そうよね」とクリオは言った。「あなたにはもっと優しくしないとね。だって、あなたはケアホームで起きたほんとうのことを知ってる数少ない目撃者なんだから。あなたとこのクマちゃんは」

ペイシェンス

二日前の母の日

「もちろん、あなたはクビよ。推薦状を書いてください、なんて頼んできても無駄だからね」とジョイは言った。ミスター・ヘンダスンの部屋のドア口から腕組みをしてわたしをにらんでいる。

分が悪いのはわかっていた。確かに制服のポケットにはミスター・ヘンダスンのお金と所持品が入っている。とはいえ、すべてもとに戻そうとしていたのだ。これだけははっきり言えるが、わたしは泥棒という柄ではない——罪を犯すなど良心が許さないのだ。自分の言い分を伝えようとしたが、ジョイは聞く耳を持ってくれず、わたしはパニックを起こしそうになった。なんの身分証明書も銀行の口座も本名も持たないとなれば、仕事はなかなか見つからないだろう。「お願いです。話を聞いてください」ジョイの顔はそれ以上しゃべるなと言っていたが、わたしはかまわず続けた。「この仕事を失うわけにはいかないんです」

「わたしだって泥棒を雇うわけにはいかないわ。荷物を持って出ていきなさい。鍵と名札はわたしのオフィスに置いといて。制服は洗濯したあとに返してくれればいいから。あなたの嘘に耳を傾けてる暇はないのよ。また仕事が増えちゃった」

ジョイはドアを指差し、わたしはそっちへ向かった。

わたしのリュックはまだエディスの部屋にある。

ディケンズもだ。

ディケンズを置いて去るわけにはいかなかったが、ジョイは廊下までついてきた。ぐらぐらした最上階の手すりにもたれかかって、わたしが階段へ向かうのを見ている。選択肢が多いわけではなさそうだった。それに、選ぶ時間もほとんどない。何が正しくて何がまちがっているかは、ときに見分けるのがひどくむずかしい。

「それから、この町で別のケアホームの仕事を見つけようなんて思わないことね。ペイシェンスという名前の女の子は雇ってはいけないと全員に知れ渡るようにするから」

「どうぞお好きに」とわたしは言った。本心だった。

階段を下りはじめた——エレベーターはさっきボタンを押しまくったせいでまた壊れているだろう。途中まで下りると上を向いたが、ジョイがまだ最上階に立って、蔑むようにこっちを見ていた。見えないところまで来ると、従業員の部屋へ行き、上着を回収した。周囲にだれもいなくてありがたかった。面会時間はもう過ぎていて、ケアホームは普段の落ち着きを取り戻している。従業員と入居者はみんなここから離れたダイニングルームに集まっていることだろう。だれにもばれずに悪いことをするなら、今が絶好のタイミングだ。わたしはジョイのオフィスに入った。机の上に名札を置いたが、鍵はそのまま持っておいた。そして、現金箱をこじ開け、ポケットにその中身を入れた。といっても、ここ数日働いた分の給料程度の金額だ。自分のものと思えるお金を手にすると、わたしは玄関に向かった。ジョイがまだ見ているかもしれないと思い、わざと大きな音を立ててドアを閉める。

見えないところまで来ると、足音を忍ばせてケアホームの裏手にまわり、非常階段をのぼりはじめた。今頃ジョイも階下にある自分のオフィスに戻っていることだろう——そこを出てほんとうの仕事をすることなどめったにない人なのだ。最上階の非常口から中に入ったら、長居するつもりはなかった。やりたいのは、ディケンズを受け取ってエディスに別れを告げ、ここを出ることだけだ。出たら、もう二度と戻ってくるつもりはない。忍び足で廊下を進むと、エディスの部屋のドアが少し開いているのが見えた。部屋の中に入った瞬間、すべてが一気に起こった。

エディスはベッドに寝ていた。

ジョイがその顔に枕を押しつけている。

もうひとりの女がうしろから駆け寄った。

自分の目に映っていることが現実とは思えなかった。現実のわけがない。ディケンズがバスルームのドアから飛び出してきた。化粧台に勢いよくぶつかったせいで、ぬいぐるみと金属の置物が床に落ちる。ジョイが振り返って女の姿をとらえた瞬間、ふたりはもみ合いになった。エディスは目を閉じたまま動かない。ベッドの上でぐったりしているように見える。ジョイは女を床に倒し、やりかけたことを終わらせに向かった。ディケンズがうなり声を上げ、ジョイに飛びかかる。ジョイが首根っこをつかむと、ディケンズは哀れっぽい鳴き声を上げた。かまわずジョイは、ディケンズを部屋の向こうへ放り投げる。わたしの中で何かがぷつんと切れた。わたしはジョイに突進したが、あえなく床に投げ倒され、ジョイはまたエディスに向かっていった。女が立ちあがり、うしろからジョイをとらえ、その首に片腕をまわした。女がそのままジョイを押さえつけておけるかどうか、わたしにはわからなかった。そのとき、化粧台から落ちた金属の物体が見えた――虫眼鏡の置物だ。わたしはそれをつかみ、ジョイの頭を殴った。殴ると、何かが割れるような恐ろしい音がした。

ジョイは床に倒れ、動かなくなった。

女はショックでわたしの顔を見たが、何も言わなかった。

わたしはエディスに駆け寄った。

「生きてる?」と女は訊いてきた。

「わかりません。あなた、だれですか?」

「わたしはクリオ。エディスの娘よ。母は生きてる?」

「はい」とわたしは答えた。

「よかった。こっちは死んだと思うけど」クリオは床に倒れたままのジョイを見た。ジョイは目を見開いたまま、ぴくりとも動かなかった。

吐き気がした。「救急車を呼んだほうがいいですか?」

エディスがベッドの上で起きあがり、苦しそうにあえぎながら周りを見た。ディケンズが横に飛び乗り、エディスの顔をなめる。ふたりとも無事で、わたしは心からほっとした。「何があったの?」エディスはわたしたちふたりを見た。「あらまあ」ジョイを見て、そうつぶやいている。

クリオはジョイの横に膝をつき、脈を確認したが、首を横に振った。「部屋に入ったら、この人がお母さんの顔に枕を押しつけてたの」

エディスは思い出そうとするかのように顔をしかめた。「だから、ジョイを殺したの?」

「わたしは何もしてないわ。この子がお母さんの退職祝いの置物で頭を殴ったのよ」

「それなら、テントウムシちゃんがわたしの命を救ってくれたのね。友人のメイの言うとおりだったわ。ジョイはよからぬことを企(たく)んでると、メイは気づいてた。だから、殺されたのよ。テントウムシちゃん、ありがとう」

「ふたりで助けたんだよ。わたしひとりの力じゃない」とわたしは言った。

クリオはこっちを向いた。「ちょっと待って。わたしはジョイを押さえつけただけよ。あなたが殴り殺したんでしょ」

「あなたが押さえつけてなかったら、わたしもあんなことできませんでした。この人が死んだんだとしたら、わたしと同じくらいあなたにも責任はあると思います」

クリオは首を横に振った。「警察に通報しないと」

「そんなことしたら、刑務所行きになっちゃう」わたしは必死でエディスに訴えた。「ジョイとはついさっき口論したばかりで……ここには、ディケンズを受け取って別れの挨拶をしにきたの。クビにされたから」

「ジョイにクビにされたの、テントウムシちゃん？」

「どうしてこの子のことをそう呼ぶの？」クリオはこっちに目をやってエディスにそう訊いた。

「この子がテントウムシちゃんだからよ」

「ちがうわ、お母さん。人ちがいよ」

「わたし、クビにされるようなことをしちゃって」とわたしは言った。

エディスは頭を振った。「あなたはそんなことをするような人じゃないと思うけど、確かに、それだとまずい状況がさらにまずくなっちゃうわね。そうね、警察は呼ばないでおきましょう」

「まずい状況？」とクリオは言った。「お母さん、どこの馬の骨だかわからないこの子はジョイの頭を殴ったのよ。口論なら、ついさっきわたしもジョイとしたわ。警察に電話して解決してもらいましょう」

「あら、まえに問題が起きたときも、警察はちゃんと解決してくれたかしら？　この子はどこの馬の骨だかわからない子じゃないわ。わたしにとって大事な子よ。ふたりともわたしの命の恩人。今度はわたしがふたりを守らなくちゃ」

「その案には賛成できないわ」とクリオは言ったが、その声はどこかぼんやりしていた。奇妙なほど熱心にわたしの顔を見ている。

「また新聞に載りたいの？　今回は、残されたものもすべて失うことになるわよ。セラピストとしての評判も患者も大事なピンクの家も。所長と口論してるところは何人が見たかしら？　あなたが何をして何をしなかったかはもはや関係ないの。何をしたと人に思われるかが肝心なのよ。警察は殺人事件としてこれを扱うでしょうし、そうなったら、ふたりとも容疑者になる」とエディスは言った。「わたしの部屋で所長が見つかれば、わたしもそうなるけどね」

クリオが部屋の中を行ったり来たりしはじめるのを見て、わたしは自分の母親を思い出した。クリオは口を開いた。「こんなことになるなんて信じられない。わたしは善良な人間なのに」

「あなたが？　ほんとに？　わたしたちみんなそうかしら？　わたしを見なさい。善人は早死にするっていういい見本じゃない」とエディスは言った。「いい人の身にもときに悪いことは起きるの。だから、いい人は悪いことをしなくちゃいけない。この問題を解決する方法ならきっとあるわ。ちょっと考えさせて――」

「エレベーターに運んだらどうかな」とわたしは言った。「修理業者が来るまであの中はだれも見ないと思う」

　クリオは首を横に振った。「エレベーター？　本気で言ってるの？」

「もっといい案がある？」とエディスは言った。「わたしたちひとりひとりにアリバイが必要よね。ペイシェンス、まっすぐ家に帰って、だれかにあなたの姿を確認してもらうことはできる？」

　家に帰れば、まちがいなくジュードが屋根裏部屋に来るだろう。「うん」

「わたしは一時間以内に新しい患者の予約が入ってる」とクリオは言った。

　エディスはベッドから這い出そうとした。「よし。それじゃあ、そのふたりがあなたたちのアリバイを証明してくれるわね。みんなで黙ってれば、みんな大丈夫よ」

「お母さんは？」とクリオは訊いた。

「それはまだ考えてなかったけど、ここにいるつもりはないわ」

　エディスが荷物をまとめているあいだに、クリオとわたしはジョイの死体を壊れたエレベーターに運んだ。クリオがわたしを信用していないのはわかっていた。公平に言えば、わたしだって信用していない。

「このホームは危険だってずっとわかってたの」とクリオはかすかな声で言った。

「わかってたなら、エディスをどうしてここに入れたんですか？　どうして退去させなかったんですか？」

「お金は払うから」クリオはわたしの質問を無視してそう言った。「数日母の面倒をみてくれて、そのあとうちに連れてきてくれたら、その頃にはどうするか解決策が見つかってると――」

「なんで自分のうちに連れて帰らないんですか？」

「母がいなくなったとわかったとき、警察がまず調べるのはうちだからよ」

確かにそれもそうだ。「わかりました。でも、お金は要りません」

「いいから払うわ。母をしっかり守って、このことを黙っておいてくれたら、五千ポンド払う。それくらいが妥当じゃない？」それくらい現金があれば、わたしも人生が変わるだろう。それこそ百八十度変わる。屋根裏部屋を出てもっといい家に住めるだろうし、美術学校にも通えるかもしれない。

「決まりですね」とわたしは言って、握手しようと片手を差し出した。「ところで、わたしの名前は――」

「知りたくないから大丈夫」とクリオは言った。差し出した手も握らなかった。またわたしの顔を熱心に見つめたかと思うと、首を横に振って目をそらした。「母は昔からわたしの頭に悪い考えを吹き込むのが得意な人だったのよね。お互いのことは、知らないことが多ければ多いほどいいと思う。母を連れてきてもらう自宅の住所は、あとで教えるから。でも、それ以外は他人同士として振る舞いましょう。面識は一切ないということで」

わたしは、故障中の札をジョイの首にかけ、エレベーターの扉を閉めた。

「そんなことしていいの？」とクリオは言った。

答える暇もなく明かりがつき、エレベーターはがたがたと音を立てて息を吹き返した。そのままゆっくりと動きはじめ、一階まで下りていく。

「壊れてるって言ったじゃない！」クリオはささやき声でそう言った。

「そう思ったんですけど」階下でエレベーターが開く音がしたが、意外にもほかにはなんの音も聞こえなかった。助けを求める叫び声も、悲鳴もない。ジョイの死体を見つけた人がいたとしても、そのままにしてくれたかのようだった。「急いでここから出ないと」

「待って」エディスの部屋に戻るまえにクリオはそう言った。「あなたが信用できる人だとどうしたらわかる？」

わたしは、エディスから何度も聞いた話を受け売りした。

「他人なんて信用しないことです。してもいいですけど。まあ、期待を裏切られる確率は知り合いより低いでしょうね」

始まり

一年後の母の日

「ありがとう」わたしがプレゼントした切り絵のカードを開けると、母はそう言った。

刑務所の仕事を辞めてからもう六ヵ月になるが、母はまるで別人になっていた。以前よりも若く、幸せそうで、心配事もないように見える。もう制服を着なくてもよくなったので、今ではよく明るい色の服を着るようになっていた。今日の服は、慎重に選んだ花柄のワンピースだ。新たにハイライトを入れた髪は、顔を縁取るすっきりしたボブにまとめている。最近は笑顔も増えた。

「ほんとにありがとう」と母は言って、カードを読んだ。

わたしは母の頬にキスをした。「どういたしまして」

「もうすぐお客さんが来るわ。準備の仕上げをしないと」

船にある小さな調理室から入口のドアに向かうあいだ、静かに歩数を数える母の唇が動いているのが見えた。今日のことで神経をとがらせているのはわかっていた。それは、わたしにしても同じだ。母のあとについてデッキに出ると、ジャンプして川岸に下りた。細長い船も見ちがえるほど変わっていた。テムズ川の静かなエリアに引っ越したせいばかりでもない。〝黒い羊〟という名前はそのままだったが、今ではターコイズブルーのペンキで塗られた明るい船になっていた。人生もすっかり変わった。大部分はいいほうに転がっている。

船の中は染みひとつなかった。母が鳥たちより先に起きて、隅々まで掃除や片付けをしてくれたおかげだ。どこもかしこもつや出し剤のにおいがする。日曜日の美しい陽気な午後だった。わたしたちは草の生えた土手にテーブルを出し、暗くなってきたときのためのストリングライトと旗飾りを設置していた。テーブルは四人用だ。わたしたち親子と客のふたり。母は〝一番いいお皿〟と、お気に入りの色付きグラス――セットではないけれど――とかわいいナプキンを準備していた。川沿いのアフタヌーン・ティーのために用意したケーキスタンドは、まもなくおいしいごちそうでいっぱいになる。テーブルにはシャンパングラスも置かれていた。今日はお祝いだ。

母は新しい仕事に就いていた。ロンドンにできた新しい独立系書店の店長だ。

ふたりで船の中に戻ると、母は最後にもう一度調理室を磨いた。冷蔵庫には、リバティから届いたポストカードが貼られている。リバティは六ヵ月前に出所し、今はバックパックを背負って南アメリカを旅していた。帰ってきたら自分の店で働いてもらうつもりだと母は言っている。母が花瓶に花を挿して忙しくしていると、タクシーが停まる音が聞こえた。

「来た？」と母は訊いてきた。

「ここからだと見えないね。落ち着いて、ママ。何もかも完璧だから」

しばらくすると、ドアをノックする音がし、わたしたちは顔を見合わせた。

「わたしが出る」母が動かないので、わたしはそう言った。

クリオもまた別人になっていた。全体的に角が取れたように感じる。そして、ディケンズも別の犬に見えた。クリオの家で過ごすようになってから、定期的にトリマーのところへ通っているのだ――わたしが無理なときは、クリオに連れていってもらっている。今日はベロア素材の黒い首輪と同じ色の蝶ネクタイをつけていて、きりっとした印象を受けた。ドアを開けた途端、ディケンズはしっぽを振ってきた。

「いらっしゃい。ふたりとも会えてうれしいな」とわたしは言った。

クリオと母はハグこそしなかったものの、お互いに笑顔で挨拶を交わした。まだぎこちなさは残っているが、ふたりともずっとこのままのわけではないと思う。なんだかんだ言って、わたしたちは家族なのだ。一風変わった家族ではあるけれど。ふたりともわたしの人生に必要な人だ。

「シャンパンを持ってきたわ」とクリオは言って、バッグから高級そうなボトルを取り出した。

「お祝いすることがいっぱいね」

それはほんとうだった。確かにたくさんある。

わたしの嫌疑はすべて晴れていた。ジュード・ケネディは殺人を共謀した罪で刑務所へ行った。クリオはもともと持っていた画廊の権利と、エディスから相続した三分の一の権利とを合わせて、そこの支配株主になった。クリオの弟は長いあいだ——もしかしたら永久に——帰ってこないので、クリオは画廊を書店に変えることにした。それで、母に経営を任せたのだ。今のところ〈黒い羊書店〉は大繁盛している。壁には美しいターコイズブルーの書棚がずらりと並び、テーブルには本が高く積まれている。中二階へ続く木のらせん階段は、奇抜な本の柄の壁紙で足元が装飾されていて、手すりにはストリングライトが巻きつけられていた。店の隅には無料のコーヒーメーカーも置かれ、床は絨毯（じゅうたん）敷きだ。ビーズクッションと座り心地のいい肘掛け椅子にはいつも本好きの客の姿がある。

エディスが遺したほかのものはすべてわたしが持っていた。クリオも遺言状に異議を唱えたりはしなかった。わたしは、相続したものをクリオと母とわたしの三人で分けた。ことの成り行きを知れば、エディスもきっと賛成したはずだ。エディスの物語の終わりが、わたしたちの物語の始まりになった。クリオは、ノッティングヒルにあるピンクの家を売り、田舎に同じような家――けれども、値段ははるかに安い家――を買った。趣味のスニーカーはひとつも売ることはなかった。

クリオにも母の日の切り絵のカードを渡すと、クリオは少し涙ぐんだ。成人した娘がふたりいるにもかかわらず、それはクリオが母の日にもらうはじめてのプレゼントだった。わたしの母は動揺しているように見えたけれど、何も言わなかった。わたしたちが考えることと言うことのあいだにはよく隔たりがある。その隔たりにこそ、わたしたちの感情があるのだ。みんなで外のテーブルを囲んだ。ディケンズにも専用の席とドッグフードが入ったボウルが用意されていた。クリオがシャンパンを開けてくれてうれしかった。わたしたちには緊張をほぐすものが必要かもと思っていたから。

「乾杯したいな」グラスにシャンパンが注がれると、わたしはそう言った。「わたしの人生にいる女性たちに。ふたりともすごく感謝してる。母の日おめでとう」

「美術学校への合格おめでとう、ネリー！」とクリオが言った。わたしを見てほほ笑んでいる。

わたしはまた母がくれた名前を使うようになっていた。自分自身でいられてうれしかった。わたしは自分という人間が好きだ。

「ありがとう。でも、わくわくしてるけど、不安もあって」

「緊張しなくていいの」母がシャンパンをひと口飲んでそう言った。「わたしにはすでに未来が見えるって言ったらどうする？　あなたの人生はこの先幸せで健康で成功が待ってるわ。それなのに、心配する必要なんてないでしょ？　うまくいくとすでにわかってることを心配してもまったく意味がないじゃない」テントウムシがテーブルに飛んできて、みんないっせいにそっちを向いた。三人ともエディスのことを考えているのがわたしにはわかった。

「ケアホームの所長を殺した真犯人の謎を、警察はまだ解けてないんでしょ？」と母は言った。クリオとわたしはさっと顔を見合わせたが、何も言わなかった。あの日ほんとうに何が起きたかは母には話していない。母親というのはなんでも知っているものだが、中には知らないほうがいいこともあるのだ。

　三人の奇妙だけれどささやかで幸せな家族を見まわして、わたしは笑みを浮かべた。ときに切らなければならない家族のつながり（ファミリーツリー）がある。木を成長させるには、枝を数本切り落とさなければならないのだ。わたしとしては、自分たちは悪いことをしたいい人間だと思いたかった。似たような状況に置かれれば、だれでも同じことをしただろう。シャーロット・チャップマン警部のことは、今でも気づくとよく考えている。彼女も同じように感じたのだろうか。当初は、真実を突き止めようと躍起になっていたのに、わたしを野放しにし、エディスの自白を退ける（しりぞける）一方で、母とクリオのもとにもあれ以来連絡してきていなかった。あんなにも、三人の容疑者とふたつの殺人事件、被害者がひとりだとかなんだとか言ってこだわっていたにもかかわらず、見逃してくれたのだ。この世には解かないほうがいい謎もあるのかもしれない。やっぱりエデイスの言っていたとおりだ。いい人の身にもときに悪いことは起きる。だから、いい人は悪いことをしなければならない。

謝　辞

　この小説を書きはじめたとき、近い将来、胸が張り裂けるような出来事が自分の身に降りかかるとは思ってもいなかった。現実世界がうるさくなりすぎると、わたしはいつも物語の中に隠れているが、そんなわたしでさえ数週間執筆することができなかった。あれほど打ちひしがれたり、途方に暮れたりしたことはない。ジョニー、カリ、ヴィオラ、クリスティン、書きたかった物語をまた書きはじめられるよう力を貸してくれてどうもありがとう。

　どこまでも優れたエージェントで、わたしのお気に入りのふたりでもあるジョニー・ゲラーとカリ・スチュアートには、いつものように心から感謝を伝えたい。ふたりと出会えてほんとうによかった。翻訳出版に尽力してくれたケイト・クーパー、ナディア・モクダド、サム・ローダーにもお礼を述べたい。世界中で自分の本を見ることができるとは魔法としか言いようがない。わたしの物語を映像化してくれたジョージー・フリードマン、ルーク・スピード、アナ・ウェグリンにも感謝を。それから、わたしとわたしの本のために尽くしてくれたカーティス・ブラウンとＣＡＡのみなさまもありがとう。ヴィオラ・ヘイデンとシアラ・フィナンには深く感謝している。

親切で我慢強く、この上なく賢い編集者のクリスティン・コプラッシュには感謝してもしきれない。執筆中、たとえお互いにニューヨークとデボンという離れた場所にいても、彼女はときどきこっそり励ましのことばをかけてくれた。このすばらしい女性がいなければ、この本は書きあげられなかっただろう。フラティロンの輝かしいチームの面々にもお礼を述べたい――みんな最高だ。ボブ・ミラー、ミーガン・リンチ、マラティ・チャヴァリ、ナンシー・トリパック、キャサリン・トゥッロ、マルレナ・ビトナー、クレア・マクラフリン、マキシン・チャールズ、フランシス・セイヤーズ、ドナ・ノーツェル、リース・デイヴィス、サム・グラット、アンバー・コルテスには厚くお礼を申しあげる。

わたしにとってかけがえのないイギリスの編集者、ウェイン・ブルックスとパン・マクミランのすばらしいチームにも心からお礼を申しあげたい。ルーシー・ヘイル、ジョージー・ターナー、ベッキー・ラッシー、ケイト・バロウズには深く感謝している。わたしの小説を大事に扱ってくれている外国の出版社の方々もほんとうにありがとう。

本書を執筆するにあたり、調査に協力してくれた方々にも大変感謝している。わざわざ時間を割いて刑務所の図書室を案内し、すべての質問に答えてくれた図書室長にはすごくお世話になった。〝黒い羊〟の件で助言いただいたファーンコム・ボート・ハウスにもお礼を申しあげる。何年もまえの話だが、わたしは高齢者施設で介護職員として働いていたことがあった。ありがたいことに〈ウィンザー・ケアホーム〉とは似ても似つかない場所だったが、本書を執筆するうえで、そこで働いた経験と当時の記憶はとても役に立った。わたしたちの愛する家族の面倒をみてくれている方々は真のヒーローだ。

わたしの作品を読んでいつも優しいことを言ってくれる図書館員や書店員、記者、書評家にも感謝を伝えたい。わたしの本をブログやインスタグラムで紹介してくれている方々もどうもありがとう。世界中で撮られた美しい写真が見られてほんとうにうれしく思う。大切なダニエルにもお礼を言わなければならない。わたしの作品を最初に読んでくれて、わたしの一番の親友でいてくれて、わたしの大好きな人でいてくれてありがとう。最後に最大の感謝を読者の方に捧げる。みなさまがいなければ、わたしは今頃ほんとうにもうここにはいなかった。本書は母の日の物語だが、すべての娘たちにこれを捧げたい。

解説

古山裕樹

本書の冒頭にはこう記されている。

「世の母親と娘たちに……」

そう、これは母親と娘の物語である。強い絆(きずな)で結ばれながら、時に距離を置き、また時にはすれ違う母と娘の関係が、思わぬ構図を作り上げるのがこの小説だ。

もちろん、ただ親子や家族の関係を描くだけの小説ではない。なんといっても、本書の作者はアリス・フィーニーなのだ。たくらみに満ちた語りで読者を幻惑し、驚きへと導いてみせる彼女の技巧は、この作品でも際立っている。

その技巧とはどんなものかを語る前に、この作品の構造について述べておこう。物語は十代から八十代までの四人の女性を中心に展開する。

テムズ川に浮かぶ船を住まいとしているフランキーは三十八歳。刑務所で図書室長として働いていて、娘は一年前に家出している。自身の気持ちを落ち着かせるために数を数える癖があり、職場での移動に要する歩数まで覚えてしまうほどである。最初に登場する章では、ある秘められた目的を抱えていることが示される。

十八歳のペイシェンスは高齢者向けのケアホームで働いている。もっとも、ペイシェンスとは本名ではない。彼女には、名前も身分も偽らなくてはならない状況で、最低賃金以下の薄給で長時間労働に耐えざるを得ない事情があった。本当の自分は何者なのかを知りたいけれど、皮肉なことに自分を偽って暮らしている。

エディスはペイシェンスと親しくしている入居者だ。彼女は入居前に飼っていた犬をペイシェンスに保護してもらっている。八十歳の彼女は娘と折り合いが悪い。ケアホームのことも気に入っておらず、施設から脱け出したいと考えている。

エディスの娘であるクリオは五十代のセラピスト。ピンク色の自宅でカウンセリングを行っている。母のエディスとの同居を拒んで、彼女をケアホームに入居させた。家族とは不仲で、エディスだけでなく、弟のジュードとも距離を置いて暮らしている。

この四人の置かれた立場が、ある殺人事件から動き出す。物語は、章ごとに視点となる人物が切り替わる形で語られる。彼女たちはそれぞれに秘密を抱えている。そして隠している事柄が、物語の進展につれて徐々に浮かび上がってくる。

フィーニーの小説では、しばしば何かが欠落した形で叙述がなされる。過去の作品でも、登場人物の語りには奇妙な欠落が設けられていることが多い。語り手がなぜか語らないことが重要な意味を持ち、複数の語りの隙間に意外な真相が潜んでいた。

本書での語りも同様だ。四人の女性たちの視点からの叙述は、それぞれに語るべき何かを語らず、叙述の隙間に語られない何かが隠されている。彼女たちが何を知っていて、何を知らないのか、それがどう語られているか（あるいは語られないか）が重要になる。

誰かが語らなかったことを、他の誰かが語っていることもある。だが、その繋がりが読者にすぐに見えてくるとは限らない。四つの視点からの叙述の断片を組み合わせて、パズルを組み立てるようにして、読者は彼女たちの事情を探っていくことになる。断片と断片が少しずつ繋がっていくとともに、語られない欠落が浮かび上がる。語ることによって、語られない欠落へと読者の関心を誘導する。

そう、この小説で（あるいはフィーニーの作品で）重要なのは、「何が語られているか」だけではない。「何が語られていないか」もまた大きな意味を持っているのだ。

欠落といえば、本書の殺人事件の扱いにも奇妙な欠落がある。ケアホームの所長ジョイが殺される事件の描かれ方は、殺人を扱うミステリとしては妙にあっさりしているのだ。事件が最初に読者に提示される際も、直接の描写ではなく、チャップマン刑事の話という伝聞の形がとられている。その後、事件の詳しい状況が記されるわけでもない。殺人は作中の重大なできごとのはずなのに、物語の中ではそれに見合った位置を占めているとはいいがたい。四人の主要人物たちは警察の人間ではないので、捜査に携わることもない。むしろ四人のうち三人がチャップマン刑事に容疑者として扱われるくらいだ。容疑をかけられたからといって、素人探偵として真相の解明に乗り出すわけでもない。彼女たちはそれぞれの目的のために奔走はするけれど、事件の真相を解明しようと動いているわけではない。作中のチャップマン刑事は「三人の容疑者とふたつの殺人事件、それに被害者がひとり」と繰り返し告げるけれど、その台詞の奇妙な点がすぐに深く掘り下げられることもない。

もちろん、物語の終盤で事件の真相は明かされる。語りの妙技によって巧みに覆い隠されていた真相が意外な驚きをもたらす。だが、本書の殺人事件の奇妙な扱いには、アリス・フィーニーらしい、欠落がもたらすねじれが表れている。

では、このようなねじれ、あるいは欠落は、何のために生じているのだろうか？

それは、本書が母親と娘の物語として書かれているからだ。殺人事件は、たとえ重要とはいえ作中のできごとの一つに過ぎないが、「母親と娘」というテーマはこの小説の中心にある。

フィーニーが母親と娘の関係を扱うのは本書が初めてではない。『ときどき私は嘘をつく』では語り手と母の微妙な関係が語られ、『彼と彼女の衝撃の瞬間』でも、女性主人公とその母とのやりとりが描かれていた。

もともと、フィーニーは家族や個人の生き方を描くことに重きを置いている。『彼と彼女の衝撃の瞬間』の解説で、三橋曉氏は「アリス・フィーニーの小説には、大人の女性が自分らしく生きることの辛さ、難しさが滲み出ている」と指摘している。そうした個人や家族の事情を、作中のサスペンスを支える要素として、あるいは人物描写の一環として用いて、時には意外な真相とも絡めてみせるのが彼女の小説だ。

母の日から始まる本書では、さらにもう一歩踏み込んで、母親と娘の関係をドラマの中心に据えている。この小説には複数の母親と娘が、そして彼女たちの抱えた問題が描かれる。娘が家出したフランキー。エディスとクリオの不和。母親について知ろうとしているペイシェンス。これは問題を抱えた母親たちと娘たちの物語なのだ。なお、主な登場人物はほぼすべて女性である。主役の四人はもちろん、刑事のチャップマンも、殺人事件の被害者であるジョイも女性である。男性はクリオの弟ジュードくらいだ。

この物語での殺人事件は、触媒である。四人の女性がそれぞれ抱えた母との、あるいは娘との問題が、触媒によって複雑な化学反応を引き起こす。母親と娘の関係は、単なる人物描写の要素としてではなく、プロット全体の土台となっている。テーマとプロットが不可分のものとして一体になっているのは、本書の大きな特徴である。

そうしたテーマを語る手法にも、これまでに邦訳された三作との違いがある。

フィーニーの語りの特徴として、いかにも何か仕組んでいますよといわんばかりのあざとさがある。デビュー作の『ときどき私は嘘をつく』は、昏睡状態の女性が語る構造に加えて、冒頭で主人公が題名通りの宣言をするという凝り具合だ。『彼と彼女の衝撃の瞬間』でも、主役の男女の語りの合間に、殺人者のものと思しき不穏な独白が挿入される。『彼は彼女の顔が見えない』でも、夫と妻の語りの中に、過去の手紙を交えてみせる。

一方、本書ではそうしたあざとさを抑えて、オーソドックスな語りのスタイルに徹している。四人の語りも、ペイシェンスのもの以外は三人称が用いられている（四人の関係性の焦点となるペイシェンスだけ一人称を採用するところはフィーニーらしい）。あらかじめ、一人称の語りを利用した叙述トリックの可能性を排除している。ここにあるのは、大技一発のどんでん返しとは異なる、語りの断片から緻密に全体を組み立てる過程での、いくつもの驚きが連なる物語なのだ。

もっとも、あざといスタイルを封印しても、十分にフィーニーらしいたくらみに満ちた語りに仕上がっていることはすでに述べたとおりだ。本書を読み終えた後で、もう一度読み返していただきたい。冒頭から、ギリギリの語りの技巧を駆使していることがわかるはずだ。

また、これまでに訳された作品は二人の人物を軸にしたものだった（『ときどき私は嘘をつく』の姉と妹、『彼と彼女の衝撃の瞬間』の男と女、『彼は彼女の顔が見えない』の夫と妻）。一方、本書も「母親と娘」という二者を扱った作品ではあるが、物語の軸となるのは四人の女性である。彼女たちがそれぞれの思惑で動いて、時にはすれ違うプロットは、他の作品以上に錯綜した形になっている。語りの技巧だけでなく、彼女たちの動きが作り上げる複雑な模様と、そこに織り込まれた驚きもまた、この小説の大きな魅力だ。

アリス・フィーニーはBBCのジャーナリストとして十五年働き、今は英国デヴォン州で家族と暮らしているという。二〇一八年のデビューからほぼ毎年一作を発表し続けていて、本書は彼女の第六作である。

これまで（と刊行予定）の作品は次のとおり。

1 Sometimes I Lie（二〇一七）『ときどき私は嘘をつく』（講談社文庫）
2 I Know Who You Are（二〇一九）
3 His & Hers（二〇二〇）『彼と彼女の衝撃の瞬間』（創元推理文庫）
4 Rock Paper Scissors（二〇二一）『彼は彼女の顔が見えない』（創元推理文庫）
5 Daisy Darker（二〇二二）
6 Good Bad Girl（二〇二三）　本書
7 Beautiful Ugly（二〇二五・予定）

未訳の2の主人公は夫が失踪した女性。彼女が俳優という「他者を演じる仕事」についている点に加え、二つの叙述が並走するスタイルもこの作者らしい。5は孤立した館に集まった一族の間に起きる連続殺人を描く異色作。仕掛けもかなりの「劇薬」で、英語圏のレビューでは賛否両論だ。

語りの技巧で読者を幻惑してみせるアリス・フィーニー。その手玉にとられる快楽を、これからも大いに堪能したい。

検印
廃止

訳者紹介　東京外国語大学卒。英米文学翻訳家。訳書にフィーニー『彼と彼女の衝撃の瞬間』『彼は彼女の顔が見えない』、ブランドン『書店猫ハムレットの跳躍』、アレグザンダー『ビール職人の醸造(じょうぞう)と推理』などがある。

グッド・バッド・ガール

2024年6月21日　初版

著　者　アリス・フィーニー

訳　者　越(お)智(ち)　睦(むつみ)

発行所　（株）東京創元社
代表者　渋谷健太郎

162-0814/東京都新宿区新小川町1-5
電　話　03・3268・8231-営業部
　　　　03・3268・8204-編集部
URL　http://www.tsogen.co.jp
DTP　フォレスト
暁印刷・本間製本

ISBN978-4-488-17909-0　C0197

英国推理作家協会賞最終候補作

THE KIND WORTH KILLING◆Peter Swanson

そして ミランダを 殺す

ピーター・スワンソン

務台夏子 訳 創元推理文庫

◆

ある日、ヒースロー空港のバーで、
離陸までの時間をつぶしていたテッドは、
見知らぬ美女リリーに声をかけられる。
彼は酔った勢いで、１週間前に妻のミランダの
浮気を知ったことを話し、
冗談半分で「妻を殺したい」と漏らす。
話を聞いたリリーは、ミランダは殺されて当然と断じ、
殺人を正当化する独自の理論を展開して
テッドの妻殺害への協力を申し出る。
だがふたりの殺人計画が具体化され、
決行の日が近づいたとき、予想外の事件が……。
男女４人のモノローグで、殺す者と殺される者、
追う者と追われる者の攻防が語られる衝撃作！

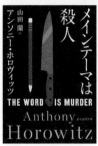